最受当代青年喜欢的
精致小品 | JINGZHI XIAOPIN

主编 张 放
编者 华 永 陈 洁 沈 培
张永彦 陈莉嘉 凌 浩

情寄万物

百花文艺出版社
BAIHUA LITERATURE AND
ART PUBLISHING HOUSE

图书在版编目(CIP)数据

情寄万物 / 张放编. — 天津：百花文艺出版社，2011.1
（最受当代青年喜欢的精致小品）
ISBN 978-7-5306-5809-3

Ⅰ.①情… Ⅱ.①张… Ⅲ.①散文—作品集—中国—当代 Ⅳ.①I267

中国版本图书馆 CIP 数据核字(2010)第 225667 号

百花文艺出版社出版发行
地址:天津市和平区西康路 35 号
邮编:300051
e-mail:bhpubl@public.tpt.tj.cn
http://www.bhpubl.com.cn
发行部电话:(022)23332651 邮购部电话:(022)23332478
全国新华书店经销
天津新华二印刷有限公司印刷
*
开本 880×1230 毫米 1/32 印张 8
2011 年 1 月第 1 版 2011 年 1 月第 1 次印刷
定价:16.80 元

阅读之美(代序)

汪惠仁

1

阅读是一生的事情。

和其他的消费活动一样，阅读发生的时候，也是“闲云潭影日悠悠，物换星移几度秋”——一切消费往根底里说，皆是对时间的消费。

但阅读是对时间的一种特别消费。阅读在时间之河中垂钓、打捞那些闪光的片段，它让我们时有“收获感”。这“收获感”增加了我们所占时间——即人生——的密度。

阅读是短暂人生的自我拯救——他让人生的每一个瞬间变得有情、变得睿智、变得丰盈。阅读，是平凡人生中对抗时间流逝的最简便易行的方法。

伴随着阅读的一生，便是无悔的一生，便是有质量的一生，便是了悟时间奥秘的一生。

2

阅读是一个人的事情。

阅读者在作品与浑茫的世事前，宛如客人。

孤寂感让阅读者寻找那些令人温暖和亲近的因素。夜深篱落一灯明——也许这盏灯早就亮在那里，在等着你去：白日的嘈杂与俗物掩埋了这盏灯的微弱亮光；而当夜幕降临，浮名淡远，你回到自己这里，你的眼睛也变得澄明，那盏召唤你的灯只为你闪烁。

阅读中到底发生了什么？是两颗心灵在互相证明。一开始可能是阅读者被吸引、被牵引、被导引；但后来，阅读者反客为主，他从作品中看到了自己，他要让作品成为自我人生的注脚。

阅读中，我们看到一个人，他得到滋养，他最终成为世界的解释者。也许，他原先会说，“无人信高洁，谁为表予心？”；但现在，因为阅读而成熟的他，不会这样说了。

3

阅读还可能是一个民族的事情。

具体的阅读当然是一个人的事情。阅读作为个人修为的一个门径，也当然是寂寞的事情。

但阅读的结局，不应该是“躲进小楼成一统”，也不应该是“还掩故园扉”。

宽阔的心灵利于阅读，阅读亦能塑造愈加宽阔的心灵。宽阔的心灵能放下关乎民族的事情。

城市的夜晚，溢彩流光。市政的照明工程和商业的霓虹工程成为夜晚最夺目的事物。统一的、庞大的规划及逐利的欲望在改变这一广袤大地上夜晚的自然属性，而越来越多的人们正愈发沉湎其中。

还有没有这样一盏灯，在这样繁华的夜晚，为阅读亮起？

——谁在这样的夜晚阅读，谁就在做着有益于民族的事情。

2010 年 10 月 10 日

敬告作者

本书作品均曾在《散文》上发表，选入此书时，向各位作（译）者发函征询，多数作（译）者都有回复。因发刊时间久远，有些信函被退回。如相关作（译）者见到此书，请与百花文艺出版社联系，以奉上稿酬。不周之处敬请谅解。

目录 CONTENTS

花

叶永烈

人们爱花。意大利著名诗人但丁在《神曲》一诗中，曾这样写道：

我向前走去，但我一看到花，
脚步就慢下来了。

苏东坡也是一个爱花的人，他甚至于：

只恐夜深花睡去，
故烧高烛照红妆。

那位苏州著名的作家周瘦鹃，更甚于但丁和苏东坡，自称是“花草的奴隶”。他写过一本书《花花草草》，在“前记”里这么写道：

古诗人曾有“一年无事为花忙”之句，而我却即使有事，也依然要设法分出时间来，为花而忙的。有时甚至忙得过了头，废寝忘食，影响了健康；这不仅仅是寻常的爱好，简直是做了花草的奴隶了。

呵，人们确实爱花：在花间漫步，心旷神怡；献上一束鲜花，表示友谊；在发辫中插一朵花，觉得更加美丽，可谓“锦上添花”；而在电影《花为媒》里，那花居然当起牵红线的月下老人了……

人们之所以爱花，是爱花的艳丽，爱花的芳香。

“春城无处不飞花”。春天，到田野上瞧瞧，大自然是多么艳丽多彩：黄澄澄的迎春花，粉红色的桃花，紫红色的紫荆花，浅红色的樱花，淡蓝色的喇叭花……百花齐放，赛丽争艳，五光十色，炫姿耀彩！不论是山楂花和杜鹃花浓烈的色彩，还是水仙花和兰花淡雅的打扮，都别有风味，令人陶醉。

尽管大自然把自己打扮得如此色彩缤纷，“万紫千红总是春”，然而，大自然对于人类却是非常吝啬的！在古代，人们为了使自己的衣服能像花儿一样富有色彩，不得不仰仗于大自然的鼻息：从木兰属植物的叶子和墨西哥的蓝檀树里提取一丁点儿蓝色的染料；从海蜗牛、胭脂虫、茜草里提取一丁点儿红色染料；紫色染料是一种地衣类植物中提取的，棕色染料来自热带的含羞草和合金欢，而黄色染料是用古巴的黄檀木作原料提炼而得的。

在欧洲，那时候腓尼基人为了取得一丁点儿紫色的染料，不得不潜入地中海的深水底下去采集海螺。从八千个海螺中得到的紫色染料，还不够染一件衣服！正因为这种紫色染料非常珍贵，古代罗马的法律便明文规定：“只有大官贵族才能穿紫色的衣服。别的罗马人如果穿紫色衣服，就要处以死刑。”其实，这个规定是白白浪费了笔墨，因为在那时，贫民们谁有钱买得起那价值连城的紫色染料？人们把这种紫色染料称为“帝王紫”。无独有偶，在中国古代，紫色染料也是异常昂贵。人们从紫草中提取为数极少的紫色染料。在那时的齐国，用五匹素绸去换一匹紫绸，都不易换到。帝王将相们为了显示自己的富贵，纷纷用紫绸做衣服，这便是所谓“满朝朱紫贵”。

自从人们在化学家的帮助下，创造了人造染料，这才把大自然那“只此一家，别无分店”的特权打破了。人们“化腐朽为神奇”，用又黑又稠又臭的煤焦油作原料，制成了五颜六色的人造染料。

有一次，我到染料厂去采访。本来准备上午到一车间去，下午到二、三车间去。由于采访很顺利，我在上午除了到一车间外，还完成了二车间的采访任务。吃中饭的时候，厂长一看见我，就说：“你到二车间去过了吧？”我感到很吃惊。厂长笑了笑说：“我们这里，一见面，就知道你是哪个车间的。你瞧，那边走过来的工人是一车间的，他的口罩是红色的，脸上、手上也有点红；这个工人是二车间的，他的口罩、脸、手是绿色的……”我低头翻起挂在胸前的口罩，见有红也有绿，怪不得叫厂长一眼就看出来了。自从知道这个窍门之后，我也学会了一眼就看出谁是哪个车间的：三车间的是蓝色的，四车间的是黄色的……因为每一个车间生产一种颜色的染料，很容易辨别。

在下午结束采访的时候，我跟工人们一起去洗澡。真有趣，当热水一淋到头上，突然从头发间流出五颜六色的水！厂长笑着告诉我一个小故事：“德国有个著名的染料专家叫做费歇尔。有一次，他到一个浴池去洗澡。没一会儿，就听见好多人在埋怨澡塘里的水太脏了，简直成了黄绿色的了。费歇尔低头细看，大吃一惊，原来是他在闯祸！因为他正在研究一种染色力极强的黄绿色染料，头发沾上了一点，谁知这一丁点儿染料竟使整个浴池的水都变色了！”

我洗了好久，才算洗干净了。我这才明白：用人造染料染出的花布，比春天的花儿更加艳丽，然而，生产这些“人造彩虹”的工人们却是何等辛苦，在下班洗澡之前又是何等的脏。没有这脏，哪来如花似锦的彩色布匹？

花儿红，花儿香。“一树桂花十里香”。花香，沁人心脾，给人带来了愉快的感觉。然而，大自然千百年来，同样垄断着香的秘密。人们为了使自己的生活充满芳香，向花儿索取香料。花儿也是够吝啬的：保加利亚素称“玫瑰的山谷”，那里盛产玫瑰。人们摘下三百万朵玫瑰花，得到近四千公斤的玫瑰花瓣，却只能从中得到一公斤的玫瑰香油！保加利亚一年出产的玫瑰香油，用一辆载重三吨的普通卡车便可以全部运走！

人们又是在化学家的帮助下，揭开了香的秘密，学会用人工的方法，大量生产人造香料。制造人造香料的原料，居然又是那煤焦油。人们这样赞誉道：“化学家把手伸进又黑又黏又臭的煤焦油，取出了彩虹般美丽的人造染料，取出了香气氤氲的人造香料。”

为了了解人造香料是怎么生产出来的，我来到香料厂采访。我想，香料厂是香料的大本营，在那里工作一定非常愉快。谁知到了那里，却不尽然：有的车间里，居然臭气刺鼻！

这又是怎么回事呢？香料厂的工人告诉我：“‘花香不在多’嘛！大粪很臭，其中原因之一，就是由于它含有浓度较大的吲哚（念‘引朵’）。然而，稀薄的吲哚却很香，是一种香料。我们常用的茉莉香精里，就掺有千分之一的吲哚！在我们香料厂里，除了有的香料浓度大反而臭之外，生产香料时的一些副产品，也常有各种各样难闻的气味。”

哦，我这才明白：为了给人们的生活增添芳香，香料厂工人们却要在难闻的气味中工作！

自从到染料厂、香料厂去采访之后，我每看到人们穿着色泽鲜艳的衣服，看到琳琅满目的呢绒、绸缎，闻到牙膏、香皂、糖果、香水、饼干、糕点散发的芳香，脑海里便浮现出那些辛勤劳动着的染料厂、香料厂的工人们。清洁工人们有句豪言说："宁愿一人脏，换来万人洁。"染料、香料厂的工人不也正是这样的吗？

我爱花，爱花的艳丽，爱花的芳香，我更爱那些用双手制造染料、香料的人们。

选自《散文》1980年第1期

台湾蝴蝶甲天下

丛培香

每到春暖花开的季节，在祖国的原野、溪畔、山谷、花园，到处都可以看到许多美丽的蝴蝶，它们在花丛中忽上忽下，忽东忽西，拂红穿绿，翩翩起舞，为大自然的春光平添许多景色。在诗人和画家的笔下，蝴蝶简直成了不可缺少的描写对象。一般说来，人们对祖国大陆上生长的蝴蝶，都有一定的体察，但是，对台湾省生长的蝴蝶，就了解得不多。试问有多少人知道，台湾竟是世界上著名的“蝴蝶王国”！

我国的台湾省，地处亚热带，雨水充足，气候温暖，一年四季花儿常开，草木常绿；再加上台湾到处有花木茂密、绿草如茵的山谷，所以非常适合于蝴蝶的繁殖和生长。据说，台湾所产的蝴蝶，数量之大，种类之多，名列世界之冠。有人做过统计，蝴蝶种类有四百种之多。其中独具特色、最为名贵的有“大红纹凤蝶”“蛇头蝶”“红边小灰蝶”“宽尾凤蝶”“皇蛾阴阳蝶”“兰屿黄裙凤蝶”等等。拿“兰屿黄裙凤蝶”来说，它产于台湾的兰屿岛，是凤蝶中最美丽的一种，后翅有大型金黄色的花纹，由于鳞片的特殊构造，逆光看去，会发出灿烂夺目的珍珠般的光辉。这种色彩，是世界上蝴蝶中独一无二的。再如“皇蛾阴阳蝶”，它双翅的形状、色彩，不但不像普通的蝴蝶一样对称，而且大小不一，更为奇特的是，它翅的左边为雌性，右边为雄性。据说，在一千万只蝴蝶中才能发现一只，自然是“物以稀为贵”。至于“蛇头蝶”，由于它翅膀的上端长着像蛇头一样的图案，所以称为“蛇头蝶”。它的两翅张开，足有洗脸盆那么大，是世界上最大的蝴蝶，堪称珍品。

台湾蝴蝶的活动区域，主要在南投县的埔里、雾社及阿里山的山林地带。在屏东县还发现了九处蝴蝶谷。这些蝴蝶谷，大都是三十度的斜坡，又陡又深，没有溪流，谷向与海岸线平行，季风吹不进，谷里温暖如春。因此，每年一入冬，成千上万五光十色的蝴蝶，就像候鸟迁徙一样，浩浩荡荡飞进蝴蝶谷里过冬。前几年，在高雄县的美浓镇，又发现了一处新型的蝴蝶谷。它原名叫“双溪河谷”，由于这里盛产黄色的蝴蝶，所以又起名叫“黄蝶幽谷”。谷内古木参天，流水潺潺，野草翠绿，鸟语花香，环境十分清幽。这个谷里的蝴蝶与其他谷里的蝴蝶相比，有很大不同：其他谷里的蝴蝶，只是到了冬天才飞进谷里避风寒，到了春天，又飞回原地产卵，传宗接代。而“黄蝶幽谷”中的蝴蝶，却是世世代代在这里繁殖生长，永远不离开它们的“故土”。

每年的三月到八月，是蝴蝶繁殖生长的黄金季节。在这期间，一只母蝶，最少产卵数十个，多者达数百个。为避免天敌的侵害，它们的幼虫能生出各种办法来保护自己。有的形同树枝，有的放射臭气，有的色彩刺眼，有的身含剧毒，在长期的斗争中，它们形成了各种本领。据说，仅就“黄蝶幽谷”一处，一年就能生出二百万只五彩缤纷的蝴蝶。它们长成以后，在树木花丛间，山石溪水畔，千姿百态，成群结队，犹如带带浮云，片片彩霞，在空中袅绕飘动，不时变化出自然奇观，真是美丽极了！此时，如果游人来到这里，就仿佛进入了神秘的仙境，顿时感到心旷神怡，情不自禁地喊出：“啊，神奇的蝴蝶，多么可爱！”

在台湾蝴蝶的活动地区，有不少人专以捕蝶为业。如果是一个有经验的捕蝶人，采用“酒醉法”“花诱法”等，一天能捕到一万多只。这些捕来的蝴蝶，一部分直接卖给外商，一部分送给蝴蝶工厂加工。有的做成蝴蝶画，供人们欣赏，有的制成蝴蝶标本，供学生和科学工作者之用，还有的用塑胶加工成茶垫、台布等，当作独具艺术风格的装饰品。台湾的这些蝴蝶产品，都深为人们所欢迎。

是的，人们爱台湾的蝴蝶，因为它们是美丽的；凡是美丽的东西，总为人类所喜爱。人们爱台湾的蝴蝶，因为它们是报春者；海峡两岸的同胞，都盼着它们早日报告春天的讯息。

选自《散文》1980年第4期

柳

季品三

柳，是植物界的“家常便树”，却又那么不寻常。每当你漫步街头、田野，纵目远眺那“东风摇曳垂杨线”时，的确发人遐思。

《群芳谱》上讲：“柳，易生之木也”。“涌金门外柳如金，三日不见绿如荫”，诗人用艺术手法夸张了柳树的速生特性。春天里，它还只是“柳榆含鹅黄”，“远看春色近却无”，转眼到夏季，已不觉柳丝长了。白居易在《种柳三咏》中写道：“白头种松桂，早晚见成林。不及栽杨柳，明年便有荫。春风为催促，副取老人心”。说明了种松桂远远不及栽杨柳的成荫快。全靠春风的便，吹得柳树含烟袅袅，临风摇曳，在晨光熹微中，或夕阳晚照时，景色宜人，恍如置身画图中。无怪晋代大诗人陶渊明在门前种了五株柳树，以“五柳先生”自娱。

杨柳不但入画，而且入诗入歌。拟柳状景，寓情于柳。自古以来，以杨柳为题讴歌者，何止千百人！“叶含浓露如啼眼，枝袅轻风似舞腰”。“桃红复含宿雨，柳绿更待朝烟”。这是古人的描写。当今老一辈革命家，也都写过咏柳的诗。“借得西湖水一圜，更移阳朔七堆山。堤边添上丝丝柳，画幅长留天地间”（叶剑英·游七星岩）。“堤柳低垂晚照斜，农家夜饭话桑麻”（陈毅·东征初抵高淳）。通过对柳树的热情礼赞，反映了诗人崇高品格和丰富感情的一个侧面。唐朝教坊用《杨柳枝》

作曲牌名，歌词形式就是七言绝句。刘禹锡《杨柳枝词九首》中有一首："城外春风吹酒旗，行人挥袂日西时。长安陌上无穷树，唯有垂杨管别离"。古人把杨和柳混为一谈，从植物学来讲，杨和柳各自立户头。"垂杨管别离"，就是垂柳管别离。汉代就有"折柳赠别"的习俗。大约因为"柳"谐"留"音，折柳表示留客的意思。《诗经·小雅·采薇》有"昔我往矣，杨柳依依"之句，因此折柳也可以表示惜别的意思。清褚人获《坚瓠广集》卷四："送行之人岂无他枝可折而必于柳者，非谓津亭所便，亦以人之去乡正如木之离土，望其随处皆安，一如柳之随地可活，为之祝愿耳。"也是合理的解释，这和谚语说的"无心插柳柳成荫"，都是同样道理。无产阶级战士雷锋，给柳树注射了时代的精神，他在日记上写道："我要像柳树一样，插到哪里都能活，紧紧与人民连在一起，在人民中生根、长大、结果，作人民最忠实的勤务员"。体现了完全彻底为人民服务的崇高品格。

柳树雌雄不同株，雄株没有柳絮。柳絮不是花，而是披着白色绒毛的果实。种子很小，不易被人注意，一千粒果实只有零点一克重。有些诗人用贬义诗句说它："颠狂柳絮随风舞，轻薄桃花逐水流"。

说到柳絮，使我想起《世说新语》中的一则故事：一个下雪天，谢安和侄儿、侄女在家里议论文章。忽然雪大了起来，谢安就问："你们看，这飘飘的大雪像什么？"侄儿谢朗说："有点像从空中撒盐。"侄女谢道韫却说："未若柳絮因风起（不如说像柳絮被大风吹起）。"谢安听了道韫的回答，非常高兴，称赞她比喻得好，好就好在贴切。

柳树，尤其是垂柳，枝干向上，枝梢下垂，是矛盾的统一体。有的国画家在谈及创作的甘苦时，曾说画中有四难："画人难画手，画兽难画狗，画花难画叶，画树难画柳"。枝干与枝梢相反的形势，给运笔带来了困难。画家只有准确地掌握柳树这一特征，突破难关，才能使柳树绰约风姿跃然纸上。

柳树在亚洲、欧洲和美洲的许多国家，都有栽培，适应性非常强。十七世纪比利时科学家海尔蒙特作过有名的柳条实验，至今仍被植物学家所引用。他把一根柳条插在盛土的木桶里，每天给它水"喝"，五年以后，惊人地长大了三十倍，而土壤却不过"瘦"了二两。这是靠什么动力长大的呢？当时，糊里糊涂地把这份功劳记在水分的头上。直到十八世纪，英国化学家普里斯特莱找到了答案，真相大白，原来是叶绿素光合作用的结果，从而推翻了柳条实验的结论，把植物生理学往前推进了一步。

在植物的大家庭里，有刚健笔挺的白杨，苍翠欲滴的刺槐，朴实坚韧的榆树，秀丽挺直的木瓜。但他们在水的面前，远远不及婀娜多姿的柳树。柳，是耐水性很强的"运动员"，短期内水淹没顶，不至于有生命危险。所以，我国早就用植柳来护堤。明朝刘天和总结群众经验，写成《植柳六法》，介绍了卧柳、低柳、编柳、深柳、复柳、高柳等六种植柳法。在分析植柳治河的作用时，他认为"内则根株固结，外则枝叶绸缪，虽风浪冲击，可保无虞"。这是"活"的工程，积极主动地改造自然、驾驭自然。一位林学家向我介绍过，平均长了四年、四米高的柳林，被水淹一百六十多天，深达二三米，保存率仍有百分之八十。柳树枝干生根能力很强，用水培养的枝条，十天便长出根来。农谚说得好："松树干死不下水，柳树淹死不上山"。因此，当种树的大好季节来临时，在坑边、池畔、路侧、宅旁和水库周围，栽上柳树，防浪护堤，大有实用价值。

举头望柳林、低头思柳情。吟诵“满街杨柳绿如烟，划出清明三月天”的诗句，固然是大自然之神缪斯赋予的美的感受，但柳树遭水浪冲击而安之若素的坚定性和插到哪里哪成荫的灵活性，岂不更值得深省吗！

选自《散文》1980 年第 6 期

含羞草

李武兵

一双双嫩绿的小叶儿，宛如抿着的小嘴唇。于是，有人赞美你是含羞的少女了。

不。我说你是怯懦的妇人，听到一阵脚步声响，便惊慌地裹紧衣裳，微微地颤栗着……

昨天，见到你这副受过凌辱的模样，禁不住用抖动的双手，轻轻地抚摸你耷拉着的枝叶，诅咒无情的骚乱，给你年轻的心灵缀满了恐惧忧伤……

今天哟，见到你还是这副丧气的神情，心里真不知是啥滋味儿了！你那收缩的神经，扯蔫了绿叶，更扯疼了我的心肠……

哦！春天来了呀，再没有令人惊恐不安的喧嚣。你该舒展每一片绿叶，亲吻灿烂的阳光。

选自《散文》1980年第6期

漫话龙舌兰

李　丹

想起鲁迅，我就想起一种野草——“龙舌兰”。

龙舌兰，漫山遍野地生长在东海之隅，厦门岛上。沙石，在它的绿叶下蜷伏；撮泥，紧紧抱着它伸展在荒野地角下的须根；甘泉，在它的条条绿色的叶脉里欣欣地浥流；海风，铸成了它一身不屈不挠的筋骨！

龙舌兰，它不依草附木，毫无媚骨奴颜。它围匝千山万丘，俨然成为蔚然可观的天然屏藩；它环绕农家菜圃，渔民场院，成为天然篱笆、萧墙；牛羊鸡豕见了退避三舍，正人君子偷儿扒手见了也手缩腿抖！难怪，伟大的鲁迅将南国野草龙舌兰爱得深深……

龙舌兰，每条叶纤维都极强韧：可以制纸张，可绞船缆；可以织渔网，可搓索绳；它耐磨耐绞，耐酸耐碱，海水泡不烂，石头难捶断，硙硙秉性，千年百代，美德不移！

龙舌兰，每一丛都蓊勃葳蕤，充满生机：它不辞硗瘠，不惧硗礴，不畏濑碛，不却矶礁。干旱难以冲犯，烂雨难以霉变，且总是透出它独具的风韵。

龙舌兰，威棱不假，志向战斗：它长出利剑般的叶片，长出特别尖硬的叶子前端，长出排列着锯齿的叶缘，长出两丈多高的花茎，虽十多年才从分枝出的侧茎上绽开出许许多多的淡淡的黄花，且花开果结，母株即萎死，但为追寻光明，它总是“有明确的是非，有热烈的好恶”（鲁迅语）；龙舌兰啊，对鞠躬尽瘁的含义深得三昧：活着，保护场院菜畦，风风雨雨，日夜不辞；死了，全身一切都是宝：连那叶粕也可制酒精，做肥料，做饲料，且浸过它的废液中还能提取“海桔吉宁”——那是激素“可的松”的原料呢！真是一切都无代价地献给了人民！

鲁迅先生在回忆散文《藤野先生》中说：“福建野生着的芦荟，一到北京就请进温室，且美其名曰龙舌兰。”鲁迅先生对当年厦大学生说：“厦门大学只有一件值得骄傲的，就是在它的周围有这么丰富的宝物。你们闽南人真可自豪。倘在北京，这种植物，靠着满清皇帝的大力，也只能在所谓‘御苑’里，看见一两株。”

由于鲁迅先生特别欣赏、赞扬、酷爱这亚热带植物龙舌兰，于是，在一九二七年一月二日，在他将要离开厦门奔赴“革命策源地”广州前的两个星期，先生特地请来了厦门市“中国照相馆”的老板郭水生，请他按鲁迅先生的意旨与构图，妙不可言地拍摄下了一张鲁迅穿着长衫、悠然自得坐在丛生的龙舌兰丛旁的古坟桌上的相片……

坟！埋葬着过去了的一切；

坟！鲁迅将他一九〇七年至一九二五年间的二十三篇重要杂文（如《摩罗诗力说》、《论“费厄泼赖”应该缓行》）集成一个集子，书名就叫《坟》，在《题记》中写着：“所以虽然知道过去已经过去，神魂是无法追蹑的，但总不能那么决绝，还想将糟粕收敛起来，造成一座小小的新坟，一面是埋藏，一面也是留恋。至于不远的踏成平地，那是不想管，也无从管了。”鲁迅在自己设计的封面上，除了一座新坟一座旧坟外，又有树与龙舌兰，都画成尖尖的，刺向青天。诚又如《题记》里说：“天下不舒服的人们多着，而有些人们却一心一意在造专给自己舒服的世界。这是不能如此便宜的，也给他们放一点可恶的东西在眼前，使他有时小不舒服，知道原来自己的世界也不容易十分美满。”……

啊，龙舌兰，鲁迅精神的又一写照！它同“横眉冷对千夫指，俯首甘为孺子牛”同一神峰标映！

每当我翻开《鲁迅全集》，看见这张相片，啊，龙舌兰又似乎在问我：“你生命的歌怎么谱？怎样才不辜负鲁迅先生的期望？”是啊，我们该怎么去谱生命之歌呢？我得深深的思，沉沉的想……

选自《散文》1982年第7期

风浪雕成的彩贝

柳　萌

青年朋友们，你们中的许多人也许喜欢诗，有的说不定还悄悄写诗哩！你们可曾读过那些咏赞贝壳的诗句？那简直迷人极了。我在年轻的时候，也喜欢诗，那些写大海和贝壳的诗，曾经拨动过我的心弦。有的把贝壳比做闪光的星星，有的把贝壳比做璀璨的珍珠，还有的把贝壳比做会说话的眼睛。总之，贝壳在诗人的笔下，竟是那么美丽，那么神奇。不过，在我读过的写贝壳的诗里，我最喜欢把贝壳比成大海的耳朵的诗句。说是大海留下无数的耳朵在倾听人间壮美的声音，你看这多浪漫呵！

贝壳的确是令人喜爱的。铺满彩色贝壳的沙滩，像是一个涂满神奇色彩的童话世界，吸引过多少颗稚嫩的求索的心；又像是一片飘动的彩色云霞，载过多少无忧的遐思飞向远方。至今，有谁同我谈起大海，谈起贝壳，我都无法抑止住仅存的一点孩提时代的欢悦。

我生长在濒临渤海的一个城镇，对于浩渺无边的大海自幼便执著地热爱，那时，几乎每天黄昏我都要到海滩去，同小伙伴们一起捡拾贝壳，常常是把衣袋装得鼓鼓的才回家。孩子们的天性本来是好动的。可是一来到这洒满贝壳的海滩，你看吧，每个人便都迈着缓慢的步伐低首踯躅，好像一瞬间变成了大人。

要是有谁偶尔拾到一颗别致的贝壳，一声吆喝，又会使沉静的海滩立刻欢跃起来，那种高兴劲儿如同大海奔腾的浪潮。在归去的路上，这颗美丽别致的贝壳，更会成为我们热烈的话题，而且还会不止一次地停下来围在一起端详。这情景有时还会进入甜美的梦乡。五光十色的贝壳，占据过多少颗单纯的心呵！

可是，贝壳为什么会是这样美丽？在孩子们的心目中却总是个谜。有的说是太阳晒的，有的说是下雨淋的，还有的说是沙粒磨的，总之，每个人都按自己的想象解释着，但谁也不能说的更准确、更具体。因此，留在每个孩子脑海里的，依然是个神秘的猜测。我们曾问过一位捕鱼的老伯，贝壳怎么会这样美丽？他爽快地说："那还用问，风浪雕的呗。"风浪是怎么雕的，他没有具体说，我们也未敢再问。但从此以后，我便确信是风浪雕的，并且暗暗赞叹风浪的神奇，竟会雕出这么多漂亮的贝壳。

当然，今天从科学的观点来看，这渔家老人的解释不见得对。它的形成是有其自然规律的。但渔家老人这句颇有哲理的话，却一直深印在我的记忆里，随着年岁的不断增长，我越来越觉得耐人寻味。为什么呢？

我们许多人不是爱把生活比做江河湖海吗？意思无非是说，生活是不平静的，随时都会掀起风浪，考验着你的意志，锻炼着你的性格，只有勇敢的人才会搏浪前行。这是人们经过磨难以后形成的认识，里边含蕴着多少人的辛酸和烦恼呵！试想我们在不识生活滋味的幼年时代，总是凭着孩子的一派天真把生活想象得过于美好，从不曾考虑过生活还有艰辛和磨难，如同我们只看到贝壳的美丽，却不理解它是被风浪雕成的。当我在生活的海洋中经受了一番风浪的撞击之后，现在回过头去重看那段不平静的时辰，我就不得不认为渔家老人的话是有一定道理的。我们要想让生活充满灿烂的色彩，就得准备经受岁月风浪的冲刷和雕琢。渔家老人的话，虽然脱口而出，但却是他几十年艰辛生活的体会。因为在他看来，美好的事物都是由艰难换来的，这是天经地义的事，所以他才不假思索地坚定地说："那还用问"。

我在年轻的时候，也曾把生活想得过于容易，如同诗人郭小川说的那样："仿佛只要报晓的钟声一响，神话般的奇迹就像彩霞似的出现在天边，一切都会是不可思议的美满。"其实生活中常常会有浪涛，这就要求我们学习那勇敢的贝类，越是被风浪拍打着，越要让自己的身体闪耀出光彩，启示人们去热爱美好的事物，为美好的事物去经历艰辛。

青年朋友们，相信老渔民朴实言语中的真理吧，美丽的东西，美好的生活，都不是自天而降的，它是风浪和艰辛锻就的。你置身于生活的海洋中，无论是在风平浪静的时刻，抑或是在风吼浪飞的时光，都应该为生活的美好而奋斗。经过风浪冲刷的心灵最圣洁，如同经过海洋风浪雕成的彩贝最美丽。

选自《散文》1982年第7期

海 石 花

黄彩虹

爱美的人一定会爱海石花的。到了西沙，谁不想带回一支海石花呢？

在那烟波浩渺的西沙海域，有许多大小不等的珊瑚礁。星罗棋布，绵延数里，犹如公园里的假山一样，姿态万千，交相辉映。在珊瑚礁的表层里和缝隙中，生长着一支支五颜六色的珊瑚。西沙人叫它海石花，意思是海底礁石上开出的石头花。说它像花、像树，一点不错。以前，我以为海石花是长在海里的什么植物。来到西沙后，我才知道海石花并不是一种植物，而是由珊瑚虫分泌的石灰质组成的。西沙美丽的“海底花园”，就是这种分泌物像雕塑家那样，巧妙地堆砌在珊瑚之上，由于受到不同色素海藻的影响，塑造出了团团簇簇多彩多姿的奇花异树，清奇古雅，剔透玲珑，可爱极了。

我到西沙，不论是在渔民的船舱里，还是在战士的营房里，观赏过许多珊瑚虫的作品。西沙的战士深爱海石花，你看，桌子上、窗台前、岗楼里到处摆着石花。有的洁白晶莹，像是象牙雕出的茶花；有的乌光闪亮，如同坚骨雕就的细柳；有的一片绯红，好似玛瑙雕做的灵芝；有的红白相间，恰同玉石雕成的腊梅。特别是那些红珊瑚，或像阳台上欣欣向荣的半海棠……其中有一种名冠西沙的鹿角石花，花束舒展，秀丽挺拔，给人带来了美的享受，给生活增加了美的内容。尽管西沙岛上没有淡水，没有土壤，偏僻得很，生活环境极其艰苦。但是，西沙战士却从海石花中寻得了生活乐趣。

西沙战士依照珊瑚的形态美加工而成的海石花，再现出自然界的胜境，能给人们以无穷的联想。我不知道世界上有哪一种艺术品像海石花这样，经历了极其漫长的岁月，人们才像西沙人那样真正发现它的美的价值，冠以“海底奇花”的美名，陈设于几案之上，来装点自己的生活。自古以来，海石花就是珍贵的观赏美品。读一读唐宋传奇和明清小说，就会发现一种有趣的现象：凡是关于龙女灵异的撰述，总少不了描绘珊瑚的笔墨，借以点染龙宫的奇透美妙。珊瑚，在传说中被视为无价的珍宝，在历史上则成了封建王公贵族标榜巨富的美品，哪怕它的碎枝也成了美女才配佩戴的装饰。他们是追求海石花的美吗？不！他们是用海石花来装饰自己已经腐烂而又空虚的生活。可惜，海石花到了王公贵族们的手里，也就失掉了美的意义。

我自然希望能从西沙海底下摘一支海石花，去寻得生活中的美。几个战士领着我到羚羊礁采海石花。我们都戴着潜水镜，身穿防鲨的红衣，手拿采伐珊瑚的铁棍，一口气潜到海中，在这“海底花园”里游览了一趟，多么神奇变幻的珊瑚世界啊！层层石花，片片海藻，真是令人陶醉！碧绿的、透亮的海水罩着望不到边的珊瑚，珊瑚花被放大了，宛若摩天的云树绵延不绝。紫色的海带、翠绿的水草缠着珊瑚花，随波曼舞：红色的锯鳞鱼、紫斑点点的石斑鱼、青褐色的金枪鱼、银灰色的蝴蝶鱼、金黄色的鲻鱼在珊瑚丛中悠游自在，把珊瑚花的世界当作它们娱乐的宫殿。更为有趣的是，在这堆云积翠的石花丛中，共栖着一群群颜色艳丽的珊瑚鱼，它们围着珊瑚礁恣游嬉戏，互相追逐，时隐时现，真可以与翩翩起舞的花蝶媲美，又能同那烂漫的山花争艳。我看中一棵又大又漂亮的石花，就动手去摘，谁知，用手一折，石花一串串折落，太可惜了！连根拔，可是，使尽全身力气也拔不下来。它们的根就像盖房子用的石灰浆粘在青砖上一样。我只好用铁棍，才从这“海底花园”里挖了几朵大石花。

海石花使我饱赏了西沙无限的美。但获得这种美又多么不易，人要下到海里去，同风浪搏斗，去探索，去寻找理想中的海石花。我想，在生活的海洋里，要获得像海石花这样的美，同样需要人们付出艰苦的努力，去探索，去寻求，去采撷，为生活增添绚丽的色彩。

选自《散文》1982年第6期

捕蟹者说

王充闾

“一年容易又秋风”。望着阶前悦目的黄花，我想起那句“对菊持螯”的古话，蓦然触动了乡思。西晋文学家张翰，因见秋风起而兴“莼鲈之思”，想起了家乡吴中的菇菜、莼羹和鲈鱼脍，遂命驾东归。鲈鱼脍，常见于古代诗文，名气很大，该是上好的佳肴，但菇菜却并没有什么味道，莼羹也未见得怎样的鲜美。无论如何，它们也比不上我的故乡的肉嫩膏肥、风味绝佳的蟹鲜，我想。

河蟹咸水里生，淡水里长，一生两度回游于河海之间。我的家乡地近海口，处于九河下稍，向来是河蟹生长的理想地带。那里流传着许多关于蟹的传说，有个红罗女的故事凄楚动人。据说很早很早以前，河口有一个蟹王，背壳赛过大笸箩，螯上夹钳像农户用的木叉，目光如炬。每当暗夜便出来伤人，成了乡间一害。这年秋天，村头来了一个身披红罗、手持双剑的卖艺女郎，说是能降魔伏怪。于是便和蟹王斗起法来。鏖战了三天三夜，女郎终因体力不支，被蟹王吞掉。但事情并没有完结。此后，连续数日大雾弥天，天晴后，人们发现蟹王死在岸边，从此妖怪就平息了。这当然是神话传说。但据群众讲，至今螃蟹还是很怕大雾的。老辈人口耳相传：道光年间，中秋节刚过，突然河里“刷刷刷”响成一片，螃蟹成群结队急急下海，河面上黑鸦鸦一片，有的小鱼船都被撞翻了。

螃蟹雅号“无肠公子”，又称“铁甲将军”。千百年来一直活跃在诗人词客的笔下。有对它进行嘲骂的（当然是借物讽人）：“眼前道路无经纬，皮里春秋空黑黄”；“常将冷眼观螃蟹，看你横行到几时”。也有加以赞美的：“未游沧海早知名，有骨还从肉上生。莫道无心畏雷电，海龙王处也横行。”有些诗感喟身世，寄慨遥深：“怒目横行与虎争，寒沙奔火祸胎成。虽为天上三辰次，未免人间五鼎烹。”“勃窣媻跚任涉波，黄泥出没尚横戈。也知觳觫元无罪，奈此樽前风味何！”有人把黄庭坚这两首诗比作《项羽本纪》，实属过誉，但指出诗人意在咏叹叱咤风云的悲剧人物，也似有些道理。还有些诗借题发挥，咏怀抒愤。吾乡近代诗人于天墀，出于对横行乡里、鱼肉人民的高俅式的恶棍的痛恨，乘着酒兴写下一首《捕蟹》七绝：“爬沙响处费工程，隔岸遥闻下簖声。毕竟世间无棘手，江湖多少尚横行！”人们从不同角度咏蟹寄怀，见仁见智，各具只眼。

但是，“口之于味，有同嗜焉”。对于蟹味的鲜美，古往今来，认识却是一致的。在现代国内外市场上，河蟹与海参、鲍鱼平起平坐，被誉为“水产三珍”。其实，早在几千年前人们就很抬高它的位置。春秋时期的卓茂世，经常左手持螯，右手把酒，说是“真堪乐此一生”。后世还有个叫冯梦桢的，敬事紫柏大师，虔心奉佛。一天，两人同赴筵席。冯因贪食蟹鲜，痛遭师尊的棒喝，但终竟不改其馋。据他在日记中记载：“午后复病，盖疟也。不知而啖鱼蟹，益为病魔之助矣。”即此亦足征蟹味之鲜美。大诗人李白是很喜欢吃蟹的，他写过“蟹螯即金液，糟丘是蓬莱，且须饮美酒，乘月醉高台”的诗句。在曹雪芹笔下，连那个温文尔雅的苏州姑娘林黛玉，也还啧啧称赞“螯封嫩玉双双满，壳凸红脂块块香”哩！

不过，就我体察，蟹味美则美矣，但随着情况的不同，人们的感觉也时有差异。四十年来，我吃过无数次家乡的河蟹，而感到风味最美的是童年时在草原上野餐那一次。那年秋天，我随爸爸去草场割柴。河清云淡，草野苍茫，望去有江天寥廓之感。休息时，爸爸领我去沙河岸旁掏洞蟹。原以为洞中捉蟹，手到擒来，谁知这绝非易事。我刚把手探进去，就被双钳夹住，越躁动钳得越紧，疼得我叫了起来。爸爸告诫我，悄悄地挺着，别动。果然，慢慢地蟹钳松开了，但食指已经夹破。爸爸过来从洞中把螃蟹捉出，并作了示范：用拇指和中指紧紧掐住蟹壳后部，这样双螯就无所施其伎了。爸爸教我把捉来的大蟹一个个用黄泥糊住，架在干柴枝上猛烧，然后摔掉泥壳，就露出一只只青里透红的肥蟹，吃起来鲜美极了。

后来学到了多种多样的捕蟹本领：摆迷魂阵，诱蟹就范；拦河挂索，迫蟹上岸；在秋粮黄熟的原野提灯照捕；驾一叶扁舟设饵垂钓；……无论哪种办法，都比掏洞捕捉轻巧得多。但说来奇怪，其风味总略逊一筹。未必草原上的螃蟹风味殊佳，恐怕还是主观上的感觉在起作用：得之易者其味淡，得之难者其味鲜。王安石说过：“世之奇伟瑰怪非常之观，常在于险远。”把这番道理推演一下，是不是也可以说：甘食美味往往出现在艰辛劳动之后呢？

选自《散文》1982年第11期

虞美人

燕　迅

这是一种美丽的花。她的身量不算高大，她的色彩也称不上浓艳，她那纤细的生有毛发的绿茎，挺着一朵黄澄澄的小花。朝天开放的花朵是薄薄的单瓣组成的，极像一只精巧的金盅。她是那样的淡雅、素朴、圣洁，简直就是一位含睇凝眸的美人。

在我国成千上万种花卉里，她算不上"富贵"，也排不上"第一香"的名次，但她留给我的印象之深，却意外地超出了我的想象。我不能够忘怀她，只要一闭上眼睛，就好像看到她窈窕的身影。这大约是和我与她相识的地方有关——既不是在江南的名苑别囿，也不是在北国的庭院或者花店，而是在著名的木兰围场。

木兰围场在避暑山庄迤北三百余里的坝上和接坝地区，在清代是一个辽阔的习武狩猎区。据《承德府志》记载，它的地域以今承德地区的围场县为中心，东达赤峰，南到隆化，西界丰宁，北到内蒙古自治区的克什克腾旗，"周环千余里"。这里"物产富饶，牲兽蕃育"，是一处山川秀美，"万灵萃集"的胜地。从顺治开始，直到康、乾、嘉年间，清代皇帝常常在这里举行"搜狩之典"，那规模是很大的。避暑山庄博物馆藏有一幅乾隆"秋狝"图，再现了当时的壮观场面：皇帝赴木兰围场巡狩时，随行的有王公大臣、将军、八旗兵丁及各少数民族上层人物，是一支庞大的浩浩荡荡的队伍。每当猎获熊、虎、鹿、麅、狐、兔，就分赐随行的王公大臣及少数民族上层人物，用以加强同各少数民族的关系。但是，“秋狝”的目的并非仅仅为了狩猎，它的用意其实还在于“习武”。这种习武活动，从康熙“垂为家法”至嘉庆二十五年，一直延续了几近一个半世纪，对于击退和防止沙俄的南侵，有着不可估量的作用。这样一个地方，经常吸引我想去访一访。

只有这炎热的夏季，是去那里旅行的黄金季节。

从三叉口北行，汽车一直奔驰在白杨成荫的柏油路上。这条去围场县的大道，途经隆化、张三营、庙宫，大体上是当年清代皇帝赴木兰围场“秋狝”时的原路。从一六八一年康熙正式设置木兰围场算起，距今已过了两个世纪。二百年来，这里发生了巨大的变化。人们热爱美好的现实，但也并没有忘记那不算太遥远的历史，为了获得某些有益的东西，常常愿到这里寻觅历史的踪迹……

车子驶过了围场县城，又跑了一个多小时，进入了一条绿色的山谷。这里的景色与县城迤南显然不同了：阴山坡上，开始出现了成片的白桦林，谷地上出现了开着白色和淡紫色小花的土豆田。高粮和谷子变得特别矮小，高大的柳树在这里成了柳拨子，一丛丛地生长在明澈的小河边。再往前行，山谷更窄了。阳坡上的云杉林多了起来。同时，路旁那鲜艳的野花也连续不断地跳入我们的眼帘。这一切预示着，坝上快到了。

车子驶过了清代叫做阿济格纠围的大唤起，我们告别了美丽如画犹如仙境、有着三百多只梅花鹿的鹿场，明显地感到地势高起来了。这时，车子的速度慢了下来，在愈来愈密的云杉林中盘旋上行。回望远处的群山之巅，竟令人称奇地变成了需俯视才见的“沙盘”。而前面，嘿呀，更是出人意外，竟出现了一望无际的原野。谁都没有想到，当燕山山脉最北边的一座青山留在我们身后的时候，与山顶等高的空中，会出现如此的奇观。原来，我们已来到了那令人神往的坝上。

这条坝叫做塞罕坝，在蒙语里是美丽的坝上的意思。当初不知是谁想出了这样贴切的名字，塞罕坝上真是美极了。这里是望不到边的花的海洋，真好像世界上所有的花都集中到这里来了。艳红的百合花，粉红的红桶萝，深黄的金莲花，蓝色的山鸽子花，繁星般的干枝梅，一团团一片片飞过来，飞过来。奇异的景象，带给人们一阵又一阵惊喜，使人们兴奋得不停地欢叫。

一片金盅一般朝天开放的黄色的花引起了我的注意，她是那样的素雅、圣洁，竟具有一种古典式的美。我惊喜地问：“这是什么花？”

“虞美人！”同行的一位文化局局长答。他曾在坝上的国营牧场当过数年党委书记，对这里的一切是十分熟悉的。

虞美人！难道真的是她！我曾读过《群芳谱》，那上边关于她的美妙的记载，曾长期在我的脑中萦绕：“……丛生，花叶类罂粟而小……单瓣丛心，五色俱备，姿态葱秀，因风飞舞……人或近之，抵掌讴曲，叶动如舞，故又名舞草。”《益州草木记》里更有这样的记载：“人或近之，即向人而俯如，为唱‘虞美人’曲，则此草相应而舞；他曲则否。”辛弃疾还为她写过一首词，道是“不肯过江东，玉帐匆匆，至今草木忆英雄。唱著虞兮当日曲，便舞春风。”——对于这位几乎可以说是有灵性的花中美人，我早就想见一见了，但一直未得机缘，谁曾想竟会不期而遇呢？我赶忙俯身采了一朵，愈看愈感觉她那种典雅的美实在是花中魁首，同时不觉联想到那流传千古的霸王别姬的故事。我想问一问，这种美丽的花在这塞外的木兰围场，是否也与“虞兮虞兮奈若何”的绝唱有关呢？

那位前几年在这里当过书记的老同志答：“那可没有听说过，不过，这里倒是有一个传说，确是很美的……”

原来，这花的原野，在二百多年前，就是乌兰布通古战场。康熙二十九年，这位马上皇帝在听取了清朝政府谈判代表的汇报后，在乌兰布通的大幄里批准了《中俄尼布楚条约》。但老沙皇的野心非常大，一纸条约并没能遏止它的贪婪。它先是鲸吞了廓尔喀蒙古，其后又往内蒙古推进，并且唆使我国西北准噶尔部落的反动头子噶尔丹发动叛乱。噶尔丹率叛军三十多万人，蠢动到了这乌兰布通。康熙坐镇博洛河屯（今隆化）指挥平叛战争。清军最后用炮打垮了噶尔丹的“驼城”，消灭了他的主力，噶尔丹率少数叛匪狼狈逃跑了。如今留下的遗迹，一个是红色的坛形山，一个是将军泡子。据说现在的坛形山只是原来的一半，另一半被大炮的炮弹崩到东边七八里路以外去了。而将军泡子则是当年的将军指挥打炮的阵地，因为点炮时发生的巨大座力，竟座出了这个有数十亩水面的泡子。

传说很久以前这里就是水草丰美的草原，牧人们从四面八方赶着牛羊来到这里，那肥壮的牛羊多得像天上的星星。草原上的三星淖尔住着一位善良的老妈妈和她的女儿娜仁花，母女俩放牧着一群白云一般的绵羊。娜仁花长得像花儿那样美，歌儿唱得像百灵那样动听，跳起舞来像春风拂动柳丝那样好看。噶尔丹的叛军即将来到的凶讯，使得牧人们惊慌地离开了这里。他们赶着牛羊，随着飘忽的白云迁到了遥远的地方。叛军长途跋涉饥肠辘辘来到这里以后，一个个都变成了饥虎饿狼。他们在草原上发疯一般到处寻找牛羊，但连一条羊尾巴也没有找到。有一个叛匪头目领着几个叛匪寻到了三星淖尔，老阿妈因为害着疟疾没有走脱，此时躺在毡房里发烧，娜仁花正哼着歌儿给阿妈煮奶茶。叛匪头目终于找到了人，狂喜过望，狞笑着逼迫娜仁花领他们去寻找牛羊。他知道，只要有牧民的地方，是不会没有牛羊的。但娜仁花怎会给分裂祖国的恶鬼带路？她轻蔑地转过身去，高高地仰起了头。头目的马鞭朝娜仁花劈头盖脸抽了下来，姑娘的花一样鲜艳的脸上登时流淌起殷红的鲜血。娜仁花那一双美丽的眼睛燃烧起愤怒的火焰，直好像要把眼前的魔鬼烧成灰烬。叛军头目惊恐地拔出了利剑，叛匪们嚎叫着围了上来。娜仁花淌血的嘴角闪过一丝冷笑，迈着坚定的步子朝前走了。她领着叛匪在草原上转过九十九道湾，涉过九十九条河，从日出走到日落，从日落走到黎明，最后来到一片沼泽面前。她告诉叛匪，对面的岗下就是她家牛羊藏身的栅栏。一个叛匪急不可耐地走下去了，他没走几步就没了顶。又一个叛匪下去了，他恐惧的声音只喊了一半也没了影子。叛匪头目知道上当了，举起利剑就向娜仁花刺来。娜仁花闪身躲过，顺势将剑夺了过来。这时，她遥望着红日升起的东方，将剑刺进自己的胸膛。随即，一颗少女的心“腾”地跳了出来。她用手接住了那颗心，高高地举过了头顶。这是一颗金光闪闪的心，在旭日的照射下放射出耀眼的光芒。

从此，这坝上草原就开遍了金色的虞美人花！

虞美人是美丽的，确如一位美人。但这位美人那一颗金子般的心不是更美么？难道不是因为她那颗美丽的心才使得人们愈发珍爱她么？梅花曾被誉为“百卉前头第一芳”，兰花则以“天下第一香”名闻遐迩，那么，虞美人可否被称为“万花丛中第一美”呢……

选自《散文》1983年第2期

一往情深爱翠竹

徐廷华

从茅山归来，我的心总像春风吹动竹林，久久不能平静。眼前还时时跳出那一株株竹的形象：有的峻峭挺拔，有的麻麻密密，有的临风吐翠，翩翩起舞……

在那艰苦的岁月，我们的人民用竹搭过帐篷，打过梭标；用竹当罐盛过水，当碗蒸过饭；又用竹摆过竹钉阵，打得敌人鬼哭狼嚎。竹啊竹，你为革命建立了多少功勋，我们的人民多么热爱你啊。

其实，人民对竹的热爱，已经有很久很久的历史了。从这里可以上溯到几千年哩。曾有多少诗人咏竹吟唱，多少画家绘竹寄怀，多少能工巧匠用竹装扮庭园，而千千万万的人民却在用竹，辛勤地创造着自己的生活。

传说很久很久以前，王母娘娘的外孙女绿竹天仙，羡慕人间的美景，下凡人间，生儿育女。从此，大地上便有了竹子。又传说，黄帝曾命令一个叫伶伦的去定音律。伶伦就从大夏之西、昆仑山麓取来竹子，断面节间，长六寸九分吹之，音似黄钟宫调。从此，人间有了箫笛。民间每年吃冬笋，年长的人还记起孟宗哭笋的故事，说是寒冬腊月，孟宗（三国时人）的后母要吃竹笋，孝心的儿子便跑到竹林跪哭，此举感动了上天，让竹子提前长笋。这些传说，不足为凭，然却一代代地流传着，把竹子的身价神化了。

竹子一直是古代记载文字的工具。殷商时代，我们的祖先就把字刻在龟甲、兽骨或者石片和铜器上。后来，用加工过的竹，做成薄片，用墨写或用刀把文字刻在竹片上。这就是我国最早的一种书籍。用竹简写的书叫“竹书”，用竹简写的信叫“竹报”。一根竹简只能写二三十个字，写长文章，就要把写好的竹简用丝线或羊皮串起来，十分笨重。竹子在我国文化的发展上，扮演过多么重要的角色，直到纸和印刷业的发明，竹简才渐渐地被淘汰了。

古代，竹还被用作“符节”。国君派遣将领出征，用竹刻文之后，破成两片，一片交将领，一片留国君。国君召回将领或另派将领接替兵权，即用这片竹作证记。这就是“符节”。后来才改用铜制虎符以至印鉴。

我国的丝绸很早就闻名世界，并开辟了一条与西方欧洲友好往来的丝绸之路。一世纪前后，伊朗王国垄断了西方东罗马帝国的交通，丝绸必须要经过伊朗商人的手，才能到罗马。东罗马皇帝十分气愤，为了引进中国的丝绸，打通这条路，就发兵攻打伊朗。不久夺取了伊朗的波斯湾港口，于是派使臣会见了当时执政的后汉桓帝，建立了丝绸贸易。可惜那时蚕种还没有传出去，向西方出口的都是织好的丝绸锦缎，他们很想学会丝织，直到隋朝初年，才想出一个办法，瞒着朝廷把蚕种装在一节中空的竹子里，偷偷地带出国境。这样才使西方人学会了养蚕和缫丝的技术，有了自己的蚕丝事业。

宋朝诗人苏东坡，曾长期担任地方官职，深知人民的疾苦，为当地百姓做了不少有利于发展生产的好事。有一年，他降职到黄州做官（今湖北黄冈县）看到山区水源缺乏，全靠天上的雨水，干旱时滴水不见。他发现当地多毛竹，就发动百姓，砍伐竹林，把竹子一节一节连接起来，做成了引水的管子，把水引进山区。这就是古代人发明自来水管的佳话。

东坡不仅把竹用来为人民日常生活服务，他每居一处，便栽培翠竹，并作诗文说："宁可食无肉，不可居无竹。无肉令人疲，无竹令人俗"。他特别敬佩文与可画的竹。他写的《文与可画筼筜谷偃竹记》是一篇传颂千古的佳作。宋代画家文同（字与可）爱竹且种竹，他画的竹神形兼备，栩栩如生。经过长期细致的观察，画竹不打草稿，任意挥洒，神态毕俱。于是东坡作此文赞之。同代诗人晁补之也说："与可画竹时，胸中有成竹"，"胸有成竹"这个成语就源于此。

历史上画竹不乏名家，清朝"扬州八怪"之一郑板桥，"专画兰竹，五十余年，不画他物。"古人除了画竹，还喜欢在竹林里聚会。魏晋时有阮籍、嵇康、山涛、向秀、阮咸、王戎、刘伶等七人，相与友善，出入竹林，饮酒咏诗，风雅一时。人称"竹林七贤"。唐朝田园诗人王维，在陕西兰田附近也盖了一所书斋，周围竹影婆娑，取名"竹里馆"。诗人在这里写出不少脍炙人口的诗篇，很多人都能背诵出来。像："独坐幽篁里，弹琴复长啸，深林人不知，明月来相照"千古流传。毛泽东同志在其《答友人》一首律诗中，也有"斑竹一枝千滴泪"的佳句。斑竹，又叫"湘妃竹"，产于湖南洞庭湖。这里也有一个动人的传说。

在远古的原始社会末期，部落联盟的首领帝尧有两个女儿，都嫁给了尧的继承人帝舜。后来大舜崩于苍梧，他的两个妻子——娥皇、女英，悲痛异常，日夜哭啼，她们的眼泪洒在地上的竹子上，凝成斑痕，人们叫这种竹子为"斑竹"。唐代诗人施肩吾还写了一首《湘竹词》："万古湘江竹，无穷奈怨何，年年长春笋，只是泪痕多”。现在人们用这种竹做折扇的扇骨，上海产的名笔“湘江一品”，也是用这种竹子做的。

松、竹、梅，同称“岁寒三友”，竹、梅、兰、菊，又同称“园林四君子”。都是称颂竹的坚毅、高洁。又用“竹可焚而不可毁其节”，象征人的气节。故人们常用竹寄托个人的情怀，或比喻人的道德品格。郑板桥画的一幅《竹石图》，画上题诗云：“咬定青山不放松，立根原在破岩中，千磨万击还坚劲，任尔东南西北风”对竹子的品格是个极好的赞美，同时也隐喻自己虽受打击，并不屈服。东汉使臣苏武出使匈奴，被囚十九年，他威武不屈，富贵不淫，贫贱不移，始终身带竹做的汉节，保持着民族气节。

每当我读到诗人杜甫的“白沙翠竹江村暮，相对柴门月色新”；陆游的“莺花又作新年梦，丝竹常闻静夜声”；王义之的“绿竹放怀春来暮，清和为气日初长，静坐不虚兰室趣，清游自带竹林风”；黄庭坚的“深根藏器时，寸寸抱奇节，遭时上风云，故可傲冰雪”等诗句，不禁从心底里产生一种难以抑制的情感。特别是董老“竹叶青青不肯黄，枝条楚楚耐寒霜，昭苏万物春风里，更有笋尖出土忙”的佳句，更感无比的兴奋和欣慰。诗人描绘了竹子四季葱绿的英姿和傲霜斗雪的精神。

竹虽高大，但它却和玉米，水稻等是一个家族，在植物学上属禾本科。世界上产竹最多地区，首推亚洲。我国是盛产竹子的国度，仅次于印度。最常见的有楠竹、京竹、水竹、乌林竹、淡竹、苦竹、桂竹，斑竹，观音竹、罗汉竹等十多种。竹子品性刚强，任春雨浇注，夏日曝晒，秋风劲吹，冬雪覆盖，都不褪色，四时八节，总是枝枝挺立，青翠欲滴。竹子伐期短，一般五六年就可成材砍伐。江南有“存三去四不留土”的经营法。即三年竹不能砍，四年就可以砍了，七年千万不能留了。

竹子是宝，用途很广。楠竹高大粗壮，既可造房、作瓦，又可劈成平薄的篾丝，编织各种精美的工艺品；京竹婷婷玉立，摇曳多姿，多栽于庭院，以美化环境；水竹细小柔韧，多用于编织家用的竹篮；乌林竹节稀匀称，可作钓竿和船蒿……竹子制成的生活用具也很多，或陈之厅堂，或置之卧室，或用于厨下灶间，大至家具，小至竹筷，无不精致美观。乐器里那欢快的芦笙，清脆的短笛，幽扬的洞箫，都是竹子做的。此外竹笋还可制作佳肴美味。如笋干、笋丝、笋片等。古人云：“笋干伴壶语，客人笑灯前，谈起竹子经，通宵不得眠”。郑板桥也作诗赞美竹笋烧鲥鱼的诗句：“江南鲜笋趁鲥鱼，烂煮春风三月初”。

从这些历代有关竹的掌故和竹的利用中，你不感到我们伟大祖国与竹有多么密切的关系吗？无怪古人有言：“食者竹笋，庇者竹瓦，载者竹篾，衣者竹皮，书者竹纸，履者竹鞋，真可谓不可一日无此君也”。

春天正是竹生长的季节。那茅山的竹林，那井冈山的竹林，那天目山的竹林，不，祖国满山遍野的竹林，正沐浴春风春雨茁壮的成长。不断成长的新竹，把锦绣江山装点得更加美好。

选自《散文》1983年第3蝶儿期

蝶儿纷飞

徐廷华

春阳三月，蝶儿如落英，如流云，时而嬉戏追逐，翻飞于万绿丛中百花间；时而婆娑起舞，轻盈柔美。那孩提时吟诵的“青梅如豆柳如眉，日长蝴蝶飞”的咏蝶诗骤然涌上心扉，搅动我心中的波浪。

蝴蝶原名蛱蝶，又名小胥。蝶类品种繁多，全世界有一万四千多种，我国有一千三百多种以上。蝶类虽是个大家族，可是，每种蝶都各有明显的特色：素色小蝶小巧玲珑，粉蝶粉色雅致，蛱蝶色彩斑斓，凤蝶体大潇洒，木叶蝶模拟树叶而逃避天敌……如果把它们荟萃一堂，那真是五彩缤纷，成为精美的艺术集锦。举世公认的最美的蝴蝶叫萤光翼凤蝶，产于菲律宾和我国的台湾澎湖列岛。台湾是著名的蝴蝶产地，人们称它“蝴蝶王国”。那里有不少山谷，聚集着层层片片的蝶群，翩翩飞舞时，宛如万千花朵汇成的海洋，美丽极了。很多人还听说过云南大理的蝴蝶泉和蝴蝶会的故事。清人张泓在一本笔记《滇南新语》中，记载了当年昆明城里的圆通山的蝴蝶会：每岁孟夏，蛱蝶千百万会飞此山，屋树岩壑皆满，有大如轮、小于钱者，翩翻随风，缤纷五彩，锦色粲然，集必三日始去。

蝴蝶美丽的色彩在战争史上还流传一段佳话。第二次世界大战中，德军包围列宁格勒后，企图以轰炸机的轮番轰炸，一举摧毁列宁格勒的所有军事目标和设施，局势十分危急。苏联昆虫学家施万维奇根据当时人们对伪装缺乏知识的情况，提出了利用蝴蝶的色彩在花丛中常能迷惑人的道理，在军事设施上覆盖上蝴蝶花纹般的伪装，虽然德军费尽心机，但是列宁格勒的飞机场，大炮阵地和军火库却安然无恙，挫败了德军的轰炸阴谋。

在诗坛、文坛、画坛乃至舞坛上，蝴蝶都是作为装扮春天的信使出现的。蝴蝶尽管很美，却“红颜薄命”。它的寿命只有数月至一年左右。脍炙人口的古典戏剧《梁山伯与祝英台》的最后一场《化蝶》就以一对追求自由的男女化作一双彩蝶凌空比翼，以示爱情的忠贞不渝。实际上，蝴蝶双飞却正是它们“爱情”破裂的象征。

蝴蝶短促的一生，主要是传花授粉，因而有“蜂媒蝶使”之称。可惜，艺术家心目中的“瑰宝”，在自然科学工作者的眼中却是“可憎”的害虫。蝶类中也有一些败类。弄蝶科的稻苞虫幼虫就是以食水稻等禾本科植物叶子为生的；粉蝶科的白粉蝶幼虫又是十字花科蔬菜的主要害虫。而一些蛱蝶的幼虫则能危害经济作物。可到了成虫期，一切蝴蝶几乎都是益虫，部分小灰蝶的幼虫还是捕杀蚜虫、小蚂蚁的“能手”。仅此一端，是不能因此而忘了整个蝶类的功绩。

引起科学家无比感兴趣的是蝴蝶的高超本领。不少蝶类为了适应气候变化，也会像候鸟一样成群结队的进行洲际迁徙，浩浩荡荡，一往无前。冬南夏北，迁徙时的飞速每日可达四十公里，迁徙距离可至四千公里以上。我国自1603年至1933年，在云南和广西境内共发生六次蝴蝶长途旅行的记录。蝴蝶还能分泌一种性外激素，只要向空气里散发极少一点，就会被异性蝴蝶头上的触角所接收，引起异性蝶蝴的追逐。根据这一启示，科学家们正在提纯各种昆虫的性外激素来诱捕害虫。在日用品色彩设计上，蝴蝶更是一种易于借鉴的色彩源泉，色彩雅致的重月纹凤蝶，令人眼花缭乱的褐脉金斑蝶，尤其是莹光翼凤蝶，其后翅在阳光照耀下闪射出绚丽光彩，时而金黄、翠绿，倏尔又由紫变蓝，令人从变化多端里得到启迪，开阔思路。就色彩分类而言，有冷色、暗色、中间色及特殊的闪光色。有些蝶翅上的深浅色，深中有浅，浅中见深，其间缀有少量突出的鲜明色彩，让人赏心悦目，十分可爱。科学家正是通过对蝴蝶色彩的分析和研究，从而增加和充实了人们的配色知识，得出一些新的色彩使用方法，美化人们的生活。

北宋诗人谢逸，其所作的有关蝴蝶的诗共有三百多首，被称为“谢蝴蝶”。可我对陆游的一首咏蝶诗却记忆犹新。诗云：“来禽海棠相续开，轻狂蝶蛱去还来。山蜂却是有风味，偏采桧花供蜜材。”说实话，我之所以记住这首诗，唯其是不同意陆放翁对蝴蝶的不公正评价。蝴蝶虽然不能像蜜蜂那样酿出蜜来，然而它的一万四千多个族类，却几乎全是害虫的天敌，我们切不可因其酷爱打扮，飞东扑西的表面现象而掩盖其最终的本质。没有蜜的蝴蝶，也是我们今天美好生活的酿蜜者。

选自《散文》1988 年第 2 期

紫藤花(外一章)

吴　城

像一群快乐的孩子，手挽手儿，爬上树，缠上架，在大门口挂起了一串串紫色的鞭炮。

爸爸戴着大红花回家来啦，他们也要开庆功会吗？可是，这鞭炮怎么不响呢？

我闻了闻，啊，五月的风，吹得满院子都香了……

凌霄花

同样生长在大地妈妈的怀抱，为什么凌霄花儿开得这么高？

它一定很有志气，所以不怕天热，攀到了高高的树梢上……

雷公公轰过它，雨婆婆打过它，它却什么也不怕。要不，早就随风倒在地上了。

生活的天地多么广阔呀！一阵清脆的鸽哨，把它的花香，带到了蓝天白云下……

选自《散文》1983年第6期

赏白皮松

陈骧龙

自古以来就有不少的赏心乐事，赏花、赏月、赏雪，赏诗等等。赏，欣赏也。我特别欣赏白皮松。它执拗地非要按照自己的天性去生活不可。只此一点，就足以值得欣赏。

白皮松久生燕山，北京多见。香山是白皮松荟萃的地方，几株出类拔萃的老松围着一座小亭，名曰“白松亭”，是香山胜景之一。起初我来此是为了观赏，后来几乎是怀着探望的心情了。

白皮松小树的干呈绿色，有暗褐色的鳞片，鳞片剥落之处露出白色，三色相间，十分协调。这与梧桐树的干差不多。但是，桐叶甚大而白皮松却只有二三寸的松针。这一叶之别，结果就很不相同了。相传周成王曾剪桐叶为圭，封其弟叔虞于晋，就是后来春秋五霸之一晋文公的晋国。可见桐叶在历史上很有些了不起的作用。虽然唐朝大古文家柳宗元不赞成这个事情，写了一篇《桐叶封弟辩》，但实则反替它扬了名。古诗中有“井梧栖灵凤”，杜甫又写了一句“碧梧栖老凤凰枝”引起了不少争论。到了“没有梧桐树，引不得凤凰来”就成了家喻户晓的名言。由于梧桐树的名气，理所当然的就非同小可了。连秋风之后枯焦的落叶也称为“黄金叶”。可是远比梧桐高大、雄壮，枝叶并不凋零的白皮松却没有这样幸运，几乎被文坛彻底地忽略了。是不是那种重枝叶而不重根本的偏见在作怪呢？

白皮松的美，美在根本上。有的一干拔起，如擎天玉柱；有的数干竞生，如落地银花。枝干挺拔而刚直，鳞片平薄而均匀。没有“种松皆作老龙鳞”的瘦骨嶙峋的样子。它舒展，自然而气势磅礴。没有盘根错节的险怪。它潇洒而不矜持，平易而不庸俗，秀美其外，遒劲其中。在苍郁的浓荫里，像冰玉凝成的高枝大干撑向天空，架起层层针叶，掩映交错，疏密相间，蓝天只留下闪动的亮点，像是张开了翠网，罩住了群星。

潇潇春雨，万紫千红，白皮松得来一点新绿。炎炎夏日，连嶂叠翠，白皮松分到一树清凉。瑟瑟秋风，霜叶斑斓，白皮松自守一尘不染。皑皑冬雪，弥天一色，白皮松凛然一片冰心。暑去寒来，周而复始。那些千姿百态枝杈横生的骄松，早已匍匐在人工的铁架上，而白皮松始终自立，虽老而无须扶持。随着年轮的增长，周身鳞片的褐色消褪，越变越白，此时叶如碧烟，干似傅粉，更透出清白的本色。

无论在金碧辉煌的宫廷廊庙之下；无论在珠玉堆攒的玉佛神殿之前；无论在德威显赫的孔庙；无论在庄严肃穆的祭坛，它都以清白自立，永远是那样潇洒、平易。

且住，我之赏白皮松，已然决不同于欣赏了，且用字典上的另一解：赏，赞赏也。

我赞赏白皮松，赞赏他的清白，越老越清白的天生本色。而这本色正是它的姓名。

选自《散文》1983年第6期

天　丝

郭明英

在北方庄稼地里长大的孩子，大概都熟悉它，说不定也像我似的追逐过它。

晶亮晶亮的，又细又长，比母亲纺车上的纱线要细得多，也亮得多。像蚕吐出来的，大概因为这样，才得了这个名字。但那不是蚕吐的。老祖母颤巍巍地给我们讲述说，这些丝线是天上的织女精心纺出来的，谁穿上用它织出来的雪白漂亮的小褂，谁就会聪明百倍。小伙伴们睁着大眼睛，都奢望着那件美丽的衣裳。天丝给了我们美的想象。

湛蓝的天空，高远明净。大地脱去了金黄色的衣裳，清清爽爽。棉花叶儿变成了霜红，棉桃儿开到了顶枝。嫩绿的麦苗刚出垅，素静温顺地躺在太阳底下。风在麦苗上轻轻地走过，摆动着很好看的步子。呵，一根亮熠熠的丝线，扯在麦苗的叶梢，和麦垅里突出的坷垃尖上，均匀有致，像巧手用心网在那儿似的。“捉天丝去啦！”放学之后，把书包往背后一挎，伙伴们咋呼相邀，向那一片片在阳光下闪耀的丝的网跑去。可是那亮亮的东西似乎在逗人，你明明看准了在那里，跑去却找不到，抬起头来，它们又在不远处的阳光里闪耀。大家追着，越追越累，头上沁出了细汗珠。伙伴们有点茫然了，有的索性想坐下来歇歇腿。“这里。在这里！天上飞着呢！”突然谁叫了起来。空中果然有一根较显眼的，被风牵着，悠悠畅游。伙伴们猛地叫喊起来，一齐追着那根天丝飞跑。脚下像长了翅子。飞呀，飞呀，那天丝活像一根天使的裙带。追呀，追呀。它飘过一条河，我们追过了一条河。我们跑过了一个土岗，它又飞向一大块棉地的上空。……

终于，它停下了，挂在了一棵柳树的枝梢上。树又高又大。伙伴们傻眼了。你看看我，我瞅瞅你。都惋惜得似乎要哭，又想骂。天丝像根美丽的裙带，在高高的枝梢上，抖抖索索地飘着。伙伴们坐在地上，望得脖子发酸。天生是我们中间的智者，他的本领比我们大。他惊喜地一拍脑门儿，从地上一蹦跳起来，鞋子一甩，勒勒腰带，往树干上一贴，弓腰纵身，像猴儿似的，不大会儿就爬上了树的老杈子。接着又攀上了那挂着天丝的枝儿。伙伴们都羡慕地抬头望着他，给他加油，鼓劲。他也仿佛英雄似的，接受大家的赞许、喝彩。树枝比较细，天生在上面攀着，一动一颤，几乎要折断。但他和伙伴们，似乎都没注意到这危险——“咔嚓”一声，天生将会像……我们的嘴巴像被什么东西撑开了，吃惊地大张着，像一个个小圆洞。所有的眼睛都盯着那天丝，生怕它飞了。

胜利了。天生到底把那根天丝给扯下来了。他一下子成了我们中间的英雄，我们骄傲地簇拥着他，眼巴巴地瞅着他手中的那根天丝。我们仿佛真的得到了那件能使人聪明的洁白的小褂，兴奋的扯着天丝狂跑起来，奔跑起来。广阔的原野里，一支不疲倦的队伍，嗷嗷叫地跑着。那根天使的裙带，在我们头上飘扬，飘扬。……

选自《散文》1983 年第 6 期

树之思

何音

树是大自然赐予人们的好朋友。

小时候，同伙伴们在林丛中嬉戏。我见他们从地下捡块碎瓷片，比着身高往树上划个印记，说是过些天再来比比，看自己长高了多少。于是，我也擦着头顶往树干上划了一个粗粗的横道。几个月后，大家又欢呼雀跃地跑了去，这个长高了一指，那个长高了两指，唯有我那棵树上的印记反而比我又高了几指。伙伴们哄笑起来，原来，这是夹在老树丛中的一株幼树，它本身就在不断生长，而且长得比孩子要快。

从此，我常去看望这株树。我不再关心自己长高了多少，而只惦记着它何时长叶，何时吐蕊……这又引起了同伴们的哄笑，说我竟和树交了朋友。可我心里想：为什么不可以呢？

上学以后，人也不那么痴了，终于明白了树虽是有生命的，却并不通人性。有时听到那些严厉的家长数落孩子“真是榆木疙瘩脑袋”，“笨得像根木头”，就使我对木头的母体——树，也没有孩提时那种亲切的感情了。

但，人是离不开树的。随着年事的增长，竟然又发现了树和人相通的一面。听说当年秦始皇登泰山时，曾在一棵松树下避雨，因松树护驾有功，便封它为“五大夫松”。汉武帝游嵩山时，将山上三棵（现存两棵）高大的柏树封为“将军柏”。这几株松柏，不仅有了人格，而且走了官运。这是帝王赐的。还有一些树，则可以说是人民群众封的，是和人民的心相通的。

“关林翠柏”是古都洛阳的盛景之一。关林，位于洛阳城南七公里，相传是曹操埋葬关羽首级之处。这里有八百多棵柏树，长得傲岸苍劲。其中许多棵都有着动人的传说，但使我最感兴趣的，是三殿前的那棵旋柏。它从底部起，就像螺旋一般地生长，树干和树枝都呈旋转状。据传说，关羽死后被封为“三界伏魔大帝”，每有降魔任务，他就从这里乘白气旋转升天，后来这白气就变成了旋转生长的柏树。这传说只能姑妄听之，毕竟是不可信的；但是其中寄托着人们美好的希望，却是事实。三殿是关羽的寝殿，殿内原有的“关羽看《春秋》像”、“关羽出行像”和“关羽睡像”，在“文化大革命”中被毁殆尽。我想，如果关公真的有灵，则在十年浩劫之中，这棵旋柏该又长粗了几圈吧？

在中国历史上，关公是被尊为“武圣人”而与“文圣人”孔子并驾齐驱的。凑巧的是，在北京的孔庙里，竟也有一株被人传诵的“触奸柏”。它位于大成殿前，是孔庙里一百多棵古柏中最粗壮高大的一棵，虽已有七百多年的高龄，却仍枝叶茂盛。相传明朝奸相严嵩一次前来祭孔，被柏树枝掀掉了乌纱帽（一说是宦官魏忠贤在这里被树枝打伤了额头），后人认为柏树有知，能辨忠奸，故称之为“触奸柏”或“除奸柏”。孔庙、关林的二柏，虽相距千里之遥，但一是除奸，一是降魔，真可算是志同道合的两兄弟了。

丞相祠堂何处寻？枣花香处巷深深。这个丞相祠堂，不是蜀国的诸葛亮祠，而是南宋的文天祥祠。它就在北京的府学胡同内。七百多年前，文天祥曾被元军囚禁于此长达四年之久。他在这里写了《正气歌》，最后在这里壮烈牺牲。“文丞相祠”建于明代，民国年间已改为小学。二院的三间正殿，经过改建，安了玻璃，现在是音乐教室。殿前有一株枣树，它那粗壮的枝干、斑驳的树皮、底部裂开的宽缝，都是沧桑岁月留下的痕迹。有人说这棵枣树是当年文天祥手植的，这已无法证实了。引人注目的是，树的干和枝均向南倾斜，而这个“南”却是和文天祥紧密相连的。这位民族英雄曾为自编的诗集取名《指南录》，以表示自己对南宋的“臣心一片磁石针，不指南方不肯休”；他在刑场上，先问清了南北方向，然后向南再拜，从容就义。据说，文丞相祠院内原来还有一棵“丞相榆”，枝干也向南倾，现已不存。如果请位植物学家来考察，他是会从栽种地点、土质情况等方面找出“南倾”的科学依据的；但是人们并不去追究这些，而是一见这南斜之枝，便不由不感怀文天祥那心向南方、心向祖国的一片赤诚！

这棵枣树的树龄该和“触奸柏”不相上下，甚至更为年长吧，但小学的满校长向我们介绍说，每到春天，它仍然长得枝繁叶茂，枣花开时香溢四方，结的枣也特别甜。学校每年让学生写三篇作文：枣花开了，枣熟了，打枣。孩子们把对民族英雄的崇敬和热爱灌注在笔下，印入了心中。“是气所磅礴，凛烈万古存”（《正气歌》），这浩然正气能一代代相传，不是也有这棵枣树的一份功劳吗！

于是，我又把树看作朋友了。树，植根大地，蕴含着大自然的蓬勃生机；树，纵观风云，寄寓着人们的美好心愿。歌德曾说：“生命之树常青”，生命是常青的，树也是常青的；树，在物质上和精神上给予人们的滋养同样是长续不断的。

选自《散文》1983年第7期

鸟　声

曾敏之

从闹市迁居到闹市，依然住在石头城的包围中。周遭没有一片花，没有一株常绿树。推开窗子，看到的是高耸洋楼直削高空所剩下的一角蓝天，晴明之日，常有浮云在碧空掠过，仅仅是这一点望中的天宇，似乎可以寄托有限的遐思了。

这次迁居，比起旧寓来，并没有太大的改变，但却升高到了二十层。楼宇是新的，狭隘中却也有小小的书室可供伏案挥笔。不过，能有这么小天地已是难得的了，岛居不易，寸土千金，屋租昂贵，所以我以能容膝而满足。

但是，不知道是自寻烦恼还是外界影响，日常生活总感到有一点空虚。其实，我之所谓空虚，是指无所寄托，有点像浑浑噩噩地过日子。

就在似乎浑噩之中，有一天早晨阳光射进窗来，却传来了一阵清脆的鸟声，根据我积累的经验，我听出了是画眉鸟的声音。

啊，这真是有如沙漠中遇上了绿洲，一阵阵鸟声把我的寂寞空虚填满了，忽然感到精神为之一振。

为了探究在这石头城中竟然有画眉宛转娇啼，到底这啼声来自何处？于是我从二十层高楼下降，去追寻鸟声的踪迹。

这鸟声并非从远处飘来，就在左邻一间阳台上。于是我以邻居的资格拜访邻居。

邻居是一位七十高龄的长者，留有长髯，丰神迥异，看来倒不是庸俗的唯利是谈的香港人。这位老翁名叫袁槐，他说早年在美洲留学，后来从商，因为不愿老死异国，就迁回香港定居了。他的儿女都在美国工作，只有他只身回港。问到他为什么喜欢香港，他回答得很亲切："这里是中国的领土，百分之九十以上是华人，不论社会习惯，生活形态都是中国化的，也就是民族化的，在香港住下来，就像回到台山故乡一样了"。

袁老的生活是安静的，除了一位台山来的女佣之外，陪伴他的就是画眉鸟了，他平生爱鸟，特别欣赏画眉，因为在众鸟之中以它最擅长啼唱。他引导我看了他的画眉鸟，这真是精选的名种，以精美的金丝笼豢养着。

我好奇地叩问，于是问到了画眉的饲料、饮料以及其它护理上的细节。袁老说，画眉的饲料是买来的，有一间专售鸟类食品的商店，这间商店为养画眉的人备有名贵的金粟、蛋米、细虫，还有从远地运来的矿泉水，这些都是供应画眉鸟食用的。养鸟的人为了购买食料，所花的钱就不少。正因为有金丝笼、有精致的饲料、有细心的护理，画眉鸟真是有福了，它们养尊处优，只要取得豢养者的欢心，则轻啼巧啭，跳跃终日，甚至勇于与同类啄斗就可被评为上乘的画眉了。

可是袁老在谈到豢养画眉的经验时，却紧蹙了眉头，有不胜叹息之态：

"照常理说，伺候得好，喂得好，住得好，画眉鸟应当矫健善唱。事实却不然，我豢养过几只画眉，却因不明不白的原因死去了。许多同嗜者都有过这样的经验。不仅画眉会悄悄地死去，还有因为不适应现代化生活而发生了另一种悲剧。那是酒楼装置了空气调节器时发生的。画眉的生活并不完全需要现代化的调理，它们需要的是原野、丛林、溪流、阳光和绿茵的草地……

“自从省悟到这一点，我们养画眉的一干朋友就相约黎明即起，携着鸟笼，走到郊外，寻找有绿色的地带，有树林的空间，让画眉鸟沐着早晨的阳光，吸取清新的空气，就是这样坚持下来，才勉强使豢养的画眉高兴地活下来了。当我们看到画眉鸟在新的带有野性的环境中欢跃的样子，才放下心来。如今，画眉鸟集会的地方是通向太平山的林荫之所了，所以我每天的早课就是携鸟登山”。

听了袁老的鸟经，不禁引起我深深的怀旧。记得童年时代也曾饲养过画眉鸟，但饲料不是什么精品，也不是金丝笼，而是宽敞的竹笼。我们是一群野孩子，把画眉挂在村前的老榕树的枝杈上，让它跟绿野丛林结为一体，每当春秋佳日，就在阳光之下绿草如茵的旷野上互逗画眉歌唱，我们还学会了逗引画眉竞唱的口技，谁的画眉唱得欢，唱得巧，就从草丛中捉来蚱蜢、草蛇（一种细小如蛇的虫类）给画眉享用。这时候，画眉真是欢跃得很，巧啭不绝，我们沉浸在童年金色的梦中……

我把童年时代伺候画眉的感受向袁老陈述，袁老说：“要像你们那样豢养画眉，现代化都市的人办不到了，尤其是在香港这样的环境。不仅是画眉鸟儿享受不到，就是香港人也有许多患了忧郁症与神经病，至于患神经衰弱症的人就更多了，每三个香港人中就有一个。”

袁老叹息之余，说在眼下的情况豢养画眉，就只有结合爬山晨运以求给鸟儿一点自然之趣了。

因说到自然之趣，不禁想到古人对鸟性的观察，曾有所谓

“鸟之飞也，必还山集谷。不还山则困，不集谷则死”。而我也到了今天才领悟鸟声所包含的意义，可是童年时代的“自在啼”的鸟声已不复听到了，思之黯然！

选自《散文》1983 年第 7 期

地龙之歌

杨　锋

龙，在我国古代传说中是一种既能翻云覆雨，还会使人逢凶化吉的神物。古人把麟凤龟龙，誉为四灵。然而，这种人们心目中想象的龙，除了在神话传说、艺术作品中出现过外，有谁见过呢？但在我们的地球上，却存在着一种真正的“龙”，它以自己辛勤的劳动，布施恩泽于人间。它叫“地龙”，学名蚯蚓，人们习惯叫它曲蟮。

孩提时，我常和乡邻的小伙伴们到野外去挖蚯蚓，用来做食饵钓鱼，还拿回家来喂鸡喂鸭，吃了能多生蛋。因而在幼小的心灵里，对蚯蚓有一种独特的感情。长大后，我才知道古今中外，人们都喜爱这小小的生物。蚯蚓“无爪牙之利，筋骨之强”，它“上食埃土，下饮黄泉”，成年累月，不舍昼夜地耕耘大地，改造土壤，以忘我的劳动，使大地上涌起一季季绿波金浪，为农业生产立下了汗马功劳，赢得了“大地赤子”的美名。十九世纪伟大的生物学家达尔文对蚯蚓作了热情的讴歌，他在《植物土壤和蚯蚓》一书中说：“犁是最古老而又最有价值的人类发明之一，可是远古人类生存之前，土地早已被蚯蚓耕耘过，而且世世代代被蚯蚓耕耘着，有那些低等动物像蚯蚓这样在世界上尽过这样一份可贵的力量呢？”

生物学家统计，全世界的蚯蚓有2500多种，我国约有140

种。在蚯蚓的家族中，有巨人，也有侏儒。南美洲鼻蚓属的一种大蚯蚓，体长达2100毫米，宽24毫米。我国的保宁环毛蚓体长700毫米，宽24毫米，体节184，看上去，真像一条大蛇！而有些蚯蚓个儿很小，如北京的微小双胸蚓、背暗异唇蚓、赤子爱胜蚓、日本杜拉蚓等。海南岛有种蚯蚓、只有20毫米长，像个小虫。每一种动物，都有适应环境的肤色，生活在土壤中的蚯蚓，大都呈灰色或灰褐色，其貌不扬。但有的蚯蚓色彩奇特，有的身上布满白色与棕色相间的环纹；有的绿似橄榄；蜥纹环毛蚓身体背面环纹棕绿，爬在苔藓类植物上，浑然一体，难以分辨；南美洲和非洲有种蚯蚓会发磷光，我国的赤子爱胜蚓也会发光。真是千姿百态，引人入胜。

蚯蚓是怎样改良土壤的呢？原来，蚯蚓的头部很硬，口和咽头像个小土钻。它靠着头部在前开路，身躯肌肉的伸缩，在泥土中前进，将板结的土层耕耘为松软的土壤。蚯蚓食道中段的腺体能分泌碳酸钙，食道末端是嗉囊，嗉囊后面是砂囊，可将泥土、食物磨碎。多皱褶的肠道能分泌不同的消化液，将食物进行消化吸收。经过蚯蚓胃肠的作用，它排出的蚓粪是一种含有硝酸盐、磷酸盐和钾碱等物质的良好有机肥料。使土壤中氮，磷、钾、钙含量大量增加。蚯蚓还能分泌一种化学物质，能中和土壤的酸碱度，使之变为中性土壤，有利于农作物的生长。据达尔文统计，每亩地有5万多条蚯蚓，它们每年把吞食的泥土排出后，蚓粪可达7吨半到18吨之多，真称得上是一个小造肥厂。

人们根据蚯蚓喜吃粪便、动物尸体、果皮蛋壳、有机物废渣的特点，请它来作“清洁工人”，帮忙处理城市里的垃圾。在美国、日本、加拿大等国，都建有许多规模巨大的蚯蚓肥料合成工厂。美国加里福尼亚州一座蚯蚓养殖场里,5亿条蚯蚓每天能吃掉近200吨废物,“化腐朽为神奇”,使垃圾变为优质的肥料。蚯蚓还能吸收土壤、废物中的镉、汞、铅等金属元素,消除污染,保护环境。近几年来,我国上海,郑州等地都发展蚯蚓养殖业,许多农户也个体饲养蚯蚓,让这位“时代的宠儿”为祖国四化建设作贡献。

蚯蚓是一种高蛋白生物,营养丰富。烘干以后,含蛋白质达70%,其中含有人体必需的8种氨基酸、还含有B族维生素,特殊酶类及抗菌素等成分。是家禽,家畜的好饲料,更是食品工业的佼佼者。

蚯蚓作为美味食品,有着悠久的历史。古时,我国广东、福建的山民以蚯蚓为食品。蚯蚓吃法多种多样。蚯蚓洗净放入滚油中炸熟,香脆可口,与其它食物煮成“蚯蚓浓汤”,别有风味;蚯蚓切碎作为肉馅的添加品,用来做水饺,鲜美宜人。我国台湾省有一个叫陈佑宇的人,它培育的“百利地龙”,远销欧美等国,并设计制作许多中式名菜,生意兴隆。国内许多城市也生产蚯蚓饼干、罐头等食品,受到消费者的欢迎。美国有专门制造蚯蚓食品的公司,生产各种罐头、饼干、蛋糕、面包,炖蚯蚓、蚯蚓干酪,蘑菇蚯蚓等佳肴名馔,远销欧洲等地。日本的营养学家指出,像蚯蚓这种营养丰富的动物,有一天要成为人类的主要食品。

蚯蚓还是一种常用的中药,称为“地龙”。有清热止疼、通经络、利尿的作用。明代大药物学家李时珍在《本草纲目》一书中说:虹蚓“主伤寒疟疾、大热狂烦及大人小儿小便不通、急慢惊风、疠节风痛,肾脏风注、头风齿痛、风热赤眼、木舌喉痹、鼻瘟、聤耳、秃疮、瘰疬卵肿、脱肛,解蜘蛛毒,疗蚰蜒入耳。”

现代药理试验证明，蚯蚓含的解热碱有退热作用；蚯蚓素有溶血作用；蚯蚓毒素能引起痉挛。蚯蚓酊剂有缓慢而持久的降血压作用；蚯蚓中提出的含氮物质对支气管有显著的扩张作用，制成“地龙注射液”，对支气管哮喘有良好疗效；蚯蚓还能使子宫及肠管兴奋和收缩。妇科上，蚯蚓可用来作妊娠试验，来诊断是否怀孕，准确率达90%以上。近来有人报道，用蚯蚓还能测定某些化合物是否含有致癌物质，如用0.5%二甲基苯丙蒽涂于蚯蚓的皮肤上，数星期后会发生癌肿。蚯蚓为人类征服癌症又立了新功。

啊，蚯蚓，这一低等的环节动物，它活着不是为了索取，而是为了给予。一生在土壤中默默无闻地勤恳劳作，不舍昼夜，奋斗不止，造福人类；死了，连尸体也无私地捐献出来，任人所用，这种品格和精神，给了我们多么重要的启示啊。

选自《散文》1983年第11期

瑶姬·仙草·灵芝

陈士瑜

灵芝是一种能导致术材腐朽的真菌,在东南亚一带的名声十分狼藉,其原因是它能引起槟榔、椰子,棕榈等多种经济园林的严重病害。在我国则不然,灵芝是菌类植物的宠儿,自古以来就被认为是吉祥、美好的象征,并流传着许多有趣的故事。

在中国古代神话中,关于炎帝诸女传说甚多。《山海经》中曾说到,炎帝有个小女儿名叫“瑶姬”,刚到出嫁之年,就“未行而卒”。这位满怀热情的少女,她的精魂飘荡到“姑瑶之山”,“化为䔄草”。这个故事本身是很朴素的,到了晋人习凿齿的《襄阳耆旧传》和唐人余知古的《诸宫旧事》里,就演变得绮丽而富于浪漫色彩。因为天帝哀怜她的早死,便封她做了巫山云雨之神。这位美丽的女神,“瑷乎若云,皎乎若星,将行未止,如浮忽停。”早晨,她化作一片美丽的朝云,自由而闲暇地徘徊在山岭和峡谷之间;黄昏,又变成一阵潇潇暮雨,把她的一腔哀怨带到那流泻千里的长江。有一天,楚怀王来到云梦,住在一所叫“高唐”的台馆里,这位渴慕爱情的女神便赶来寝宫里,向着正在午睡的楚怀王倾诉她的情爱。楚怀王从朦胧中醒来,梦影依稀,无限惆怅,记起她在梦中临别时的叮嘱:“妾在巫山之阳,高邱之岨,旦为朝云,暮为行雨,朝朝暮暮,阳台之下。”便给瑶姬立了一座庙、叫作“朝云”。后来,楚怀王的儿子楚襄王来这里游玩，也做了一个同样的梦，楚国大诗人宋玉根据这两个梦，写成了有名的“高唐赋”和“神女赋”。

《山海经》中所说的“䔄草”，“其叶胥成，其华黄，其实如兔丘，服之媚于人。”就是说这种“神草”的叶子长得葳蕤茂盛，开着黄灿灿的花，果实就像兔丝子，更为有趣的是，谁要想得别人的爱慕。吃了䔄草，就能和所想念的人在梦中相会。这种用神话编织而成的植物，在人世间当然是难以寻找的，在神女居住的巫山里，荆榛丛杂的密林中却盛产灵芝，便给故事赋予新的内容。就像古罗马人把菌类的出现归因于“众神之父”的天神朱庇特用闪电猛击地球的结果一样。在我国古代神话中，也把灵芝当作“山川云雨，四时五行、阴阳昼夜之精”，是一种超自然的神圣植物，它们生长在天国和仙人居住的地方。于是在古代神话传说里，不但有麻姑在绛珠河畔以灵芝酿酒，于三月三日为王母祝寿的故事；在我国妇孺皆知的《白蛇传》、《天河配》等传统戏曲中，也都有“盗仙章”这一折戏。因为灵芝有令人“长生不老”或“起死回生”的作用。所以又称为“仙草”或“还魂草”，人们对它寄予许多美好的感情，因此瑶姬的化身又成了灵芝。这段故事被记在《诸宫旧事》里，据说瑶姬曾告诉楚怀王，她封于巫山之后，“精魂为草，摘而为芝。”这个传说引自“高唐赋”，因传世的“高唐赋”中曾经昭明太子的删节，并没有这两句话，倒是在“别赋”里有这段引文：但原话为“精魂为草，实为灵芝”，更能窥见到演化的痕迹，无怪古人有时把灵芝要称为“灵芝草”的了。

不幸的是这种美好的传说，后来遭到封建思想的歪曲，并成为统治阶级愚弄人民的手段。自秦汉以来、盛行神仙之学，是方士最活跃的年代，这种风气到魏晋间还很炽盛。方士的思想带有浓厚的道家色彩，他们沉溺于迷信，又极富于幻想，为了寻求长生，他们成年累月在深山寻找“仙草”，汉乐府中有不少反映方士采芝的诗篇，《善哉行》云：“经历名山，芝草翻翻。”《长歌行》云：“仙人骑白鹿，发短耳何长；导我上泰华（泰山），揽芝获赤幢（菌盖大如车盖的赤芝）。来到主人门，奉药一玉箱。主人服此药，身体日康彊（强）。发白复还黑，延年寿命长。”风气所及，民间还认为灵芝具有一种可以将死者灵魂引导到天堂的无边法力，在出土东汉石刻画和壁画中，都可看到“羽人”（仙人）执灵芝引导墓主人升天的画面。

方士原本是封建统治阶级的附庸，经过他们的鼓吹，灵芝被进一步神化，就像“麒麟”、“凤凰”等“祥兽”、“灵禽”一样，灵芝也成为能反映“圣王德政”的“瑞草”，官方史书上也就出现了许多“现芝”、“献芝”的记载，以证明他们是“受命于天”。清朝同治三年，湘阴文庙忽然长出灵芝，认为是祥瑞再现。不久，郭嵩焘拜命受任广东巡抚，喜讯一到，郭嵩焘的胞弟崑焘作书致贺，说“文庙产芝，殆吾家之祥”。谁知以镇压太平天国有功而封了一等恪靖伯的左宗棠，听得此话，大为不悦。他说：“湘阴果有祥瑞，也是因为我封爵之故，与郭家有何相干？”还特地以一千两银子作润笔，请湖南的名士周寿昌为他写了一篇《灵芝颂》，称述左宗棠的功绩，结果闹得两亲家失和。最有讽刺意味的是，明朝有个大官僚，为了向皇帝献媚，偷偷把野外采回的灵芝贴到正殿大梁上，谎称瑞草再现，谁知弄巧成拙，真相暴露，一时朝野哗然，传为笑柄。尤为可悲的是，在科学文明高度发展的二十世纪，仍然有人在干这种荒唐的蠢事。在“文化大革命”中，就有人把灵芝送到北京，向那个妄图窃取国家最高权力的副统帅表示忠心，还偏要打着科学的幌子，向科研机关发布一系列紧急研究任务。

其实，这些政治骗子的知识，是远不如我们祖先的。我国古代学者并没有陶醉在那些美妙的神话中，他们也用严肃的态度对灵芝进行了深入的研究。在许多著名古籍内都谈到："朽址之上，有菌芝者。"(《列子》)"紫芝生于山，而不生于盘石之上。"(《神农本草经》"紫芝乃朽木株上所生。"(《淮南子》)"无花叶而生"，"一岁三华"(《礼记》)等，从本质上已揭示出灵芝是一种没有根、茎、叶之分，不开花、一年可以多次形成子实体的腐生性真菌。明代本草学家李时珍还明确指出："芝乃腐朽余气所生，正如人生瘤赘，而古人皆以为瑞草，又云服食可仙，诚为迂谬。"那些至今仍把灵芝当作瑞草的人，读到这些闪耀着智慧的光辉语言，难道不要深感汗颜吗？

中华民族是一个富于创造性的民族，李时珍曾说过："人可以窥天地之奥而达造化之极。"认识自然的目的是为了改造自然，至迟在汉代，我国就已经掌握了栽培灵芝的技术，王充《论衡》内已有"紫芝之栽如豆"的记述，《隋书·经籍志》中还提到古代有一部《种神芝》的书，此书虽已亡佚，但可窥知在隋以前，人们在栽培灵芝方面已积累了很丰富的经验。

古人是怎样栽培灵芝的，在《本草纲目》内有简要记述："方士以木积湿处，用药敷之，即生五色芝。嘉靖中，王金尝生以献世宗。"这里所说的药，在清陈淏子《花镜》内记载颇详。"道家种芝法，每以糯米饭捣烂，加雄黄、鹿头血、包暴干冬笋，俟冬至日堆于土中自出；或灌入老树腐烂处，来年雷雨后，即可得各色灵芝矣。"现在人工栽培灵芝，要用木屑、麦麸、石膏等做培养基，古人用的方法，已暗暗关合着这个道理，它充分反映出我国人民在改造自然的斗争中，所表现出来的聪明才智。

自古以来，灵芝就是一种重要的天然药物，有“补中益气”、“养心安神”，“增智慧”，“坚筋骨”、“好颜色”的作用，久服能使人“不老延年”。从祖国医学观点看，灵芝确是一种“扶正固本”的滋补强壮药。近年来，通过大量药理和临床试验证明，灵芝对治疗慢性气管炎、哮喘、慢性肝炎、肾炎、神经衰弱，以及冠心病、血胆固醇过高等症，皆有良好效果，确有“不老延年”作用。在我国华南某些地方，称灵芝为“菇王”，用以解毒蕈中毒，倒真有“起死回生”之妙哩！

选自《散文》1983年第11期

磨石与刀剑（外一章）

甘先文

磨石，其貌不扬。

然而，攻关斩将、所向披靡、累建战功的刀剑却是它的弟子、门生。

它磨砺、培训刀剑，使它们锃明瓦亮，闪闪发光，锋利无比，削铁如泥……

世界上，如果没有“粗糙”、“笨拙”的磨石，就不会有锋利、闪光的刀剑。

依依离去的夕阳

夕阳是那样的嫣红，将自己的红光撒满天宇！夕阳是那样的热情，对将要离开的世界充满着爱恋。她要说的话，白天已经说了，花朵上的彩色，果实上的红润，围墙后面的阴影……不都是她说过的话吗。

夕阳快要落山了，她对这个世界是那样的依依不舍，她的脚步移动的是那样的慢。她好像还要对这个世界再叮咛什么……

何须依依惜别，遗漏的话语明朝可还尽情诉说。

选自《散文》1984年第13期

枕木的自述

刘增山

我是横卧在路基上的枕木，躺在这里，我并不是贪求安逸，也并不是枕着温馨的大地在寻觅憩息，而是为了托起那两道万里长轨，铺一条通往远方的路。

作为枕木，我听到过路人的许多赞语，也听到过一些人的窃窃私议，或许有人认为我有些呆痴，说我本来可以做高楼的栋梁，在人世间烜赫一时，也可以做大厦的砥柱，赢得不凡的名声。至少也应该做那漂亮的长案，摆放在宽敞明亮的图书馆里，或者做那演出《天鹅湖》的富丽堂皇的大舞台上的一块台板……命运并没有那样安排我，生活的斧刨将我雕削成一根根貌不惊人的枕木，让我来做路轨的铺垫。可是，我并不为自己现在位居平凡而自惭形秽，因为我深深地懂得，做高楼的栋梁固然光荣，做大厦的砥柱固然威严，做漂亮的长案固然体面，做芭蕾舞的大舞台固然会博得观众的喝彩，但做一根普通的枕木，我也深为自慰，因为人类在我身上，赋予了无比崇高的使命。如果说，路的尽头是希望，那么我这五尺长的身躯，就是希望的接力棒，如果把历史比做一条长长征程，那么根根枕木组成的每一个格节，都是一格格前进的跨度。我和无数根枕木铺设的笔直长道，铺开去，是指向灿烂前景的路标；竖起来，是一架通向理想境界的云梯；卷起来，是一部记录人类文明、发展、进步的史诗。我为这样的生活，而深深地感到自豪。或许，那些熟悉我出身经历的朋友，说我现在的生活过于单调、寂寞和无聊吧，这是因为他们知道，我是来自深山的松柏，那里有叮咚作响的山泉，为我歌唱，有轻快的山风为我欢舞；我是来自幽谷的白杨，那里有啼鸣的鸟语和我攀谈，有盛开的鲜花把我陪伴；我是来自大森林的红杉，那更有曲径通幽的林中佳境供我漫步，有密叶茂枝搭成的浓荫供我歇息……这一切确实会令人迷恋，但是，这一切，并不能拖住我奔向生活的激情，生活的本义并不是那样太平轻飘！“天生我才必有用”，当聆听到油锯发出热切的呼唤，我便带着绿色家族里，每一束枝的嘱托，带着那每一片叶的叮咛，还带着沐浴着我的阳光雨露的希冀，从森林，从峡谷，从深山风尘仆仆地急速赶来。啊，这里的生活，并不像人们想象的那样平淡乏味，在我听来，那车轮的轰响，是世界上最好的交响乐曲，怎么能说，这里的生活单调？还有那朴实憨厚的修路工和忠于职守的扳道工，每天都在和我交谈生命的价值，怎么能说，这里的生活无聊？还有那南来北往顾客们在车厢里发出的欢声笑语，每时每刻都在我耳旁飘响萦绕，怎么能说，这里的生活寂寞？不了解我的人，大概会讪笑我，这是对自己职业的偏爱吧？不，当你在生活中也成为一个扑倒在事业上一名真正的战士的时候，你也同样会产生这样的激情！

我忠于人类，我热爱生活，生活也锻炼了我，提高了我，车上运输的炭块，使我变得热烈，列车高吭的呼啸，使我变得豪放，日夜劳碌的生活，使我变得勤奋，紧张繁忙的工作，使我充满了活力。千万吨重载的考验，使我有了一个肩鼎千钧的魄力，对于生活的载重不是谁都能经得起的，我看到过，在轻载下被压瘪的车带，那是因为它空虚；我也看到过，那在铁锤下被砸的铁条，那是因为它骨质太软；我还看到过，稍加挤压就破碎的玻璃，那是因为它脆弱……而我作为枕木，面对重载，却放声大笑，生活中，我决不会像车带一样被压瘪，因为我有着追求理想的宁折不弯的韧性，我更不会被压碎，因为我对未来有坚不可摧的信仰。我背负着人类的热烈的希望，美好的憧憬，我承受着将人类的愚昧、落后，穷困运走的重载，执著坚强地生活着，任时代的列车从我的身躯上飞驰前进，愿满怀创造新世界的一批批生活的开拓者，平安地到达他们的目的地，愿那运送的一车车物资，去建起一个崭新的世界。

每当在路上行走的时候，总感到，我五尺的身影，是叠印在路基上面的一根枕木。

选自《散文》1984年第9期

腰果树絮语

周国勇

非洲东部濒临碧波浩渺的印度洋，沿岸一带，随处可见一种常绿乔木，终年生机勃勃，装点着热带淡海风光。这就是遐迩闻名的腰果树，当地斯瓦希里语叫“姆考劳肖”。

说来也真有点奇怪，腰果树虽有名气，却很少在印制精美的明信片、导游画册上见到它的丰姿。或许是腰果树的形象缺乏美的魅力？这种推测也不无道理。论高大俊逸，它远远不及椰子树，论刚健潇洒，它难与油棕榈同日而语。就连芒果树，虽然称不上伟岸挺拔，但浓荫匝地、清芬荡漾，自有一番神采。

腰果树呢？高不过二三米，长得倒很茂盛，可椭圆的叶子，歪斜的枝丫，显得杂乱无章，又怎能唤起人们的美感呢？

尽管如此，貌不惊人的腰果树却别有可爱、有趣之处。

你见过有什么果树，它的果仁长在果实外面么？这就要数腰果树了。我们通常所谓的腰果，实际上是果仁，因为形如腰子，由此得名。真正的腰果，当地人称作“枇波”，样子像梨，也像柿椒，有的鲜红，有的翠绿，悬挂在繁枝茂叶间，使人想起节日里喜庆的灯笼。这时，只要你稍加注意，就会发现一个有趣的现象：一粒豆子大小的果仁竟然长在果实的下端，仿佛硬是被挤出来似的。更为奇妙的是，随着时间的推移，果实渐渐萎缩，而果仁却劲头十足，越长越大。待到果实最后凋零时，那粒豆子已出落成坚硬、饱满，足有三公分长的大果仁了。

腰果仁有内、外两壳。外壳青灰色，富有油质，且含毒；内壳坚韧、密实。破碎它实非易事。在果仁加工厂里，非得借助烘干机、破碎机不可，但在民间，高招还是有的。

有一次，我踏着海边松软的沙土，在腰果林盘桓。只见近处树下，有三个东非小孩，满头浓黑的卷发，闪着水灵灵的大眼睛。正忙得不亦乐乎。有的俯身拣拾散落在地上的腰果仁。有的用小手就地掏一个沙坑，摆上几把干树枝。然后，有一个伙伴拿着火柴，“嚓”一下点着了火。他们又争先恐后地往柴火里投腰果仁。

只听得“噼噼啪啪”放小鞭炮似的一阵喧响，金黄的火苗儿顿时欢蹦起来，映照着孩子们汗水涔涔的笑脸。一会儿火势减弱下来，说是外壳的油质燃尽了吧。火苗儿轻轻地摆动，几缕青烟袅袅飘绕，渐渐的，干柴上的腰果仁烤得黑糊糊的，散发出一阵阵香味。

孩子们高兴极了，赶紧把柴火抽出来，在沙地上拍打弄灭。又耐着性儿，等到烤腰果仁稍稍见凉，就抓过来。小腮帮鼓得圆圆的，不住地吹气，两只小手颠来倒去，忙个不停。可以入口了，小嘴一张，雪白的牙齿“咔嘣”一咬，又倒在掌心上，去掉焦壳，一颗花生大小的琥珀色果肉终于蹦出来了。

孩子们吃得津津有味，满嘴满手焦黑、焦黑的。我站在一旁观看，微微张着嘴，都有点儿发呆了。他们也许觉察到我这副好奇、羡慕的模样，随手递上几颗腰果仁。我也顾不得客气，学着吹气、去壳，细细咀嚼，果然又香又酥，比炒花生更为甜糯。至今回想起来，那手、嘴焦黑、满口喷香的情景，还令人忍俊不禁呢！

腰果仁这种独特的风味，谁不喜爱品尝呢？当地婚嫁喜庆的宴席上，总有一盘琥珀色的油炸腰果仁，与碧绿泛黄的芒果，青皮红瓤的木瓜，金灿透明的木薯薄脆交相辉映。

腰果仁不仅可以单吃，还是点心、糖果的高级配料。作为一宗换取外汇的畅销商品，东非的腰果仁还飘洋过海，在欧美琳琅满目的超级市场里占有一席之地。

细说起来，腰果树的用途可真叫人刮目相看哩。东非民间酿制的腰果甜酒，清香醇厚，可谓消暑佳品。又酸又甜的腰果酱，物美价廉，更是老幼咸宜的热门货。那一只只出没在近海风波里的渔船，有不少采用腰果树的板材。腰果仁外壳的油质，经过压榨、提炼，不但是上等的润滑剂，而且也可制作强效杀虫剂。

腰果树呵，奉献给人们的可谓多矣。而它所求的呢？只是阳光、雨水，一方沃土。腰果树，其貌不扬的腰果树，却向人们展示着无限的生机、高尚的心灵，难道不值得诗人们高声礼赞么？

选自《散文》1985 年第 1 期

说 梅

李昌华

一年四季百花不断，姹紫嫣红各呈姿采，新树嫩蕊、异品奇葩固然使人悦目赏心，蓬勃向上；而老干虬枝，疏叶淡花亦足催人励志鼓气，奋发不止。

我爱梅，尤爱古梅，这倒不是因为历来的百花谱都推崇“春为一岁首；梅占百花魁”的缘故，而是多次观赏春城“唐梅”所产生的特殊感情。这也不仅是由于它冲寒冒雪绽朵吐艳时，那冰清玉洁，苍劲拔俏，飘逸洒脱甚至是大气凛然的丽姿奇质使人倾倒，而是在它处于群芳吐艳，杂花生树，莺飞草长，绿肥红瘦之际，自己却凋零殆尽，淡红色的落英铺满地上，只剩劈柴似的枯桩！我于“无可奈何花落去”的惆怅中，却看到了它“化作春泥更护花”的精神，于是浮想翩翩，遂对它倾注了诚挚的爱心。但爱之弥深，亦须知之弥深，仔细思之，对梅的知识，又不得要领，也激起了求知的欲念，近年来留心见闻，注意搜集有关梅的资料，竟也略有所得，述之于此，博识者一哂：

梅，是我国特产的传统花树，栽培历史悠久，在河南安阳出土的殷商铜鼎中，就发现有梅核，那时人们都把盐梅作为调味品。古籍中如《诗经》、《尚书》、《山海经》等等，都有梅的记载。唐宋以来，种梅已成风尚，且将梅与松、竹配置，誉为“岁寒三友”。今天在许多名胜古迹、寺院庙观中，都可以见到几百年甚至一千多年前栽植的古梅，犹自繁花满枝，如黄梅戏之乡的蔡山“晋梅”、浙江天台国清寺的“隋梅”、昆明黑龙潭的“唐梅”以及杭州孤山的“宋梅”等。梅之所以长寿，除了需要充足的营养、适宜的环境和保养得当外，本身还具有抗御性比一般树木强、适应性较其他树木广的长寿基础：梅树原产川、鄂，但它却在南方、北方都能生长。梅的萌芽力也很强，往往地面支干已经枯死，而地下根茎仍可抽芽长枝。特别是它持有花瓣分离雄蕊多而无定数的原始性状，这从进化上看，也就是它长寿的基因，因为较原始的种子植物都是寿命较长的（如松、柏、银杏之类），梅在开花结实的植物中，就属于较原始的蔷薇科植物。明乎此，“千年古梅”信非虚诞，良有以也。

我国的梅花品种很多，要而言之，花有单瓣、千瓣之别；又有重叶、百叶之名，单瓣必重叶，千瓣皆百叶，皆因梅放无叶，故取贝叶并用之意。花分紫梅、同心梅、绿萼梅、紫蒂梅（多重叶）、玉蝶梅（花期特长，单瓣微红）、铁骨红（又叫“骨里红”，黑干朱花，千瓣居多）、赤城霞（单瓣绿蒂）。此外，尚有红梅、消梅、时梅、冬梅、丽枝梅、照水梅、九英梅、台阁梅等，率皆单瓣重叶。梅中异品有墨梅，花黑如墨，独特称奇极罕见。杭州孤山宋梅，花开六瓣，也算一异（因一般梅花都是五瓣）。昆明黑龙潭唐梅属重叶单瓣红梅，虽非异品，亦属珍贵品种。国内产梅地区，较称著的有邓尉山、洞庭山、大庾岭、凤尾山、会稽山、陇欧、项里、铜坑、壶觞、湖州烟霞坞、开封梅花堂、惠州梅花村、成都东阁、梅花坞，而广西桂林满山皆梅，可谓遍及大江南北。不少梅树园林，人们誉名为“香雪海”或“桃色香云”！这么多的品种和产地，证明我国梅花栽培历史之悠久，尤其是古梅，不仅是历史的财富，也是研究植物和自然发育的活档案，在今天现代化科学上具有重要的意义。

梅花抗御霜雪严寒，在一切花木凋零之后，独能冒霜雪而开花，拟之于人，是一种刚劲不屈十分了不起的品格，因此，我们民族是特别喜爱梅花的。自唐宋以来，咏梅的诗人词客纷起接踵，张镃称葛洪手植梅树为“铁干虬枝，天下神奇”，范成大以梅为“尤物”，张景路称梅曰“清客”，陆放翁以梅为“诗友”，而林和静更是酷爱至极，结庐在西湖孤山之麓，终身不娶，蓄二鹤以为子，应名“梅妻鹤子”！大观楼长联作者孙髯翁，刻石一方，自称“万树梅花一布衣”，云南晋宁高士凌以恭，清初拒召于吴三桂，晦迹园林，曾作咏梅诗九十七首，补成集称《百咏》……咏梅的诗词，超过任何咏物诗。宋人黄大舆仅将唐、宋词人的咏梅词收集起来，精萃的就有三百多阙，编成一部《梅苑》。要是把元、明、清和现当代咏梅的诗词汇编起来，那将是洋洋大观的巨制了！我国的画家中，画梅的也特别多，著名的如晋代顾恺之，唐时王摩诘与大小二李，宋之苏东坡、文湖渊及画梅专家杨无咎、华光长老。元有赵松雪、吴仲圭、倪云林、朱德润、王元章。至明，唐、沈、文、周以至白杨、青藤写梅各有专长。及清，青湘、八大别有风度，继之九友、八怪各有各的函柯，同时又有高其佩的“指画梅花”皆称著于世。近现胡公寿、姚大梅，吴昌硕、蒲作英，陈半丁诸家，均是独立门径，不拘泥传统、依傍模式的写梅能手。总之，历代各派画梅，或俏丽、浓艳、柔媚，或狂怪、冷逸、孤清，各有千秋。而“浑厚朴茂，大青不雕”，画气不画形，诚于中而形于外的“神似”画风，却是备受推崇的。在刺绣、陶瓷、砖刻、术雕、竹器等等民间工艺品中，也多以梅花为主题。

日常生活的许多方面，医药上梅是杀菌良药，用它制作酸梅膏，可以防治肠道传染病。不少地方桂花林的花农，还有“种桂不种梅，终归是白费”的谚语，因桂糖须加梅泥才能长期保持香味。在昆明黑龙潭公园里，唐梅花期之时，青年情侣、新婚伉俪，大都喜在古树之下摄照合影，如问：所为何来？答曰：它是“红媒”；又是“偕老”的象征啊！

自古至今，无比奇丽的梅花，曾让多少诗人、画家、考古学者、园林、植物、摄影工作者们忘情销魂，更使人们涌起多少遐思漫想，人们都赞颂梅花清雅高洁的性格，特别是当前随着人民物质生活的提高，精神生活的逐渐丰富，种花成了人们的嗜好，植梅赏梅，咏梅抒怀，更成为时代风尚，人们都把梅花看作坚贞、勇敢、幸福、快乐、顺利、和平、长寿的象征，它陶冶着人们奋发向上的情操，为振兴中华贡献力量。今天，梅花已开遍全球，更成为传播友谊的象征！名画家徐悲鸿说的“人不可有傲气，但不可无傲骨”！我想，这不正是梅花姿质品格的写照吗，拙文就以“有傲骨，无傲气”作为结语吧。

选自《散文》1985年第5期

野菊花

解国祯

一

村后沙岗的缓坡上，开着一片野菊花，红的、黄的、紫的、白的，紫白相间的，甚至还有黑的，云霞般奇幻，远远看去，又仿佛五色地毯搭在小山肩头，给这僻远、古朴的小村平添无限“春色”。但时令却是深秋，庄稼都已收获，大地显得枯黄而光秃，衬得越发艳丽。我采下一株举在手里端详着，她是那样简陋、单调，枝干细弱，叶子精瘦，花瓣短，花朵小，几乎没有什么香气，我竟至觉得有些寒伧。和城里菊展上那雍容华贵的名种比起来，简直不叫花。然而，她毕竟是花啊，而且是开在“枯黄而光秃”的大地，瑟瑟秋风，一派肃杀的节气。

鲜花都在争春光，夺夏雨，恣意展现自己娇艳的时刻，野菊花却不赶时髦、凑热闹，而是躲在僻静的角落默默积蓄着自己的精锐，待到百花残败，大地一色的时候，她才贡献微小然却不可多得的光彩。我正在思索大自然的着意安排，一群村里的少女山雀似的飞来了，她们俯身在野菊花丛里，边采边唱，每人头上都插上一朵。有一个年龄最小，大眼睛、薄嘴唇的小姑娘把五色花朵插满了头，像旧戏里的小姐；她们抱着采得的野菊花，唱着歌子走了，心里的喜悦，流露在每一个动作上。她们为什么采这么多呢？是回家插瓶吗？是送给同伴，邻居？还是送给培育自己成长的老师？兴许还会给老奶奶灰苍的头上插上一朵吧？抑或在月亮升起的时候，还会挂在哪个小伙子的胸前呢！

一阵秋风吹来，野菊花笑得前仰后合，我突然大彻大悟地理解了她欢乐的真缔：她是为生活加添了一层善美而欢乐啊！我分明听到沙沙细语：貌陋知自爱，不入富人宅，笑骂由笑骂，该我开时我自开，但等村女鬓边戴，荒坡路侧胜楼台！

二

我学着姑娘们的样儿，也采了一捧野菊花，拿回家去，掐下一朵紫红色的，插在正在灶间烧饭的妻子鬓边，她用手轻轻抚一下野菊花，眼睛一亮，脸上的皱纹舒展开了，羞怯怯的，笑红了脸，呵，但愿她回忆起了我们初恋时的甜蜜……

我把这捧野菊花栽插在贮满水的罐头瓶里，供在又是写字台又是饭桌的老式八仙桌上，呵！我的泥屋顿时辉煌起来。

晚上，我铺开稿纸想写点什么，野菊花老是引走我的目光。

哦，野菊花，她是这样简单，简单得像世上的真理；她又是这样朴素，朴素得如同村姑少女，没有半点矫饰。因为她从不向人阿腴；她要求得那样少，一生耐惯了贫瘠，花可入药，健骨丰肌；茎当柴烧，严寒中放一团暖气。呵，生生世世只是赋予、赋予……

哦，野菊花，野菊花，我要以你的形象塑造自己！

选自《散文》1985年第8期

宣化葡萄甲天下

李宝柱

接近中秋的一天，我们迎着送爽的金风，来到这燕山怀抱的葡萄王国宣化古城。

宣化，地处京包线上，离首都北京三百六十多华里。秦为上谷，汉置广宁，清改置宣化县，为宣化府治，现归张家口市，当平津与内蒙交通之要冲。据宣化区委宣传部的同志介绍，宣化因为是古沙陀国的王都，所以古宣化城早已驰名四海，另一个不容忽视的原因则是因为有“甲天下”的葡萄，很早就博得举世的青睐。

所谓宣化葡萄甲天下，一是宣化葡萄种植面积之广，美化山川园林之盛；二是它的营养价值之高，他处少有相匹。

因此，连中午我们也没顾得小憩，便由宣化葡萄研究所的冯惠芬同志，春光乡老葡农李荣同志陪同，乘吉普车且驰且停，来领略宣化北苑十里葡萄林的风光。

我们先饱览了东窑子接天一碧的葡萄林。跨过小桥流水，即到了草帽山下，较多的时间欣赏了大自然的杰作，少示人工雕琢的艺术画廊。从葡萄林的南端向北抬头看上去，排排葡萄架廊，一廊高似一廊，廊廊倒挂珍珠，在阳光下闪着醉人的绿。假若你依山势沿廊间水渠随梯田攀登，真可谓步上天堂。冯惠芬同志告诉我们，仅春光乡的葡萄园，就有两千七百多亩。这里的排架是他们在古老的棚架的基础上改革试验的一种新架。她强调这种排架的优点是透光、通风，你看，两个着红的姑娘正在那里喷药，宽廊穿梭是多么自然。

可是老葡农李荣同志却坚持说，要说采光面广美观，还属他家承包的葡萄园里那古老的棚架式样。啊，古老的葡萄棚架式，那该是怎样的一种艺术品呢？于是我们一行立刻跟着李荣老汉前往，以饱眼福。

好啊，这李荣一家承包的葡萄园。我们一下子好像来到了神苑仙境。你看，那一座座绚丽多姿的葡萄架，有的像孔雀开屏，翠扇临风，有的像皇妃头上缀满宝石、珍珠穗的凤冠。围观皆然，浑圆一体。如果穿行在棚架中间，就仿佛走进了别有洞天的翡翠宫殿。如果临高俯视，则那一座座古老棚架的形状，又宛如碧玻璃的漏斗，或似莲叶承盘。可惜我们同来的女画家没有古代玉环、飞燕般体态轻盈，不然跃了上去，真可谓飘飘欲仙。

啊，这种上似漏斗，下似凤冠的葡萄架。你那古老的历史，究竟能上溯到多远？

关于宣化葡萄栽培的年代，据说始自张骞通西域的西汉，虽无正史可考，但据元史《耶律楚材传》载："元太宗时中贵可思不花奏采金役夫及种田西域与栽葡萄户帝令于西京宣德（即今宣化）徙万余户充之……"又据金人刘迎的《上谷》诗中所云："葡萄秋倒架，芍药春满树"。看来，宣化葡萄远在辽金时代就有栽种，至少有上千年的历史了。

可是，在座的主人李荣却自豪地坚持说：依照他爷爷的爷爷所传，这宣化葡萄确是张骞通西域时，由一个老和尚从新疆带回来的葡萄藤。最先植于上谷慈恩寺的，后来逐渐扩植于人家小院。甚至方圆百里的同种葡萄，也都是由上谷的葡萄藤栽植的。那时人家栽植葡萄主要是为了美化庭院和乘凉，所以才发明了这四面受光，漏斗架式的形状。现在所有人家院里的葡萄架，都是古老的沿袭。为了进一步证实他的说法，李荣老汉又兴致勃勃地领我们去参观花园巷。

花园巷在城中西北角，因这里从前曾有座玉家花园而得名。

当我们顺小巷走来，经过每家临街的高大门楼或短柴扉时，都不禁被人家院里葡萄的清香吸引而留步。看，是谁家院里，年轻的媳妇在葡萄架旁抖展刚给丈夫洗过的衬衫？又是谁家的院里，几个活泼的幼儿，在葡萄架旁，正跳着阿姨刚教会的拍手舞？虽说是飞逝的镜头，却给人以深刻的印象。我不禁脱口赞道：啊，家家小院娇，朱窗绿葡萄。

正在且行且咏，赞赏不绝，忽然李荣老汉指着左边一家人家的后院说，"瞧，这就是玉家花园了"。一面向这家的主人打着招呼，穿过天井，来到这家的后园里。

啊，好一个宽敞的所在。又一圆似漏斗的葡萄架，其中有一棚架，更觉拟古之巧，别具其奇。据说这一棚架下，就是当年花园的主人消暑弈棋之处。

原来这玉家花园，原为清乾隆年间诗人王墨庄的藏书处，后为邑绅玉氏购入，修建了园林。如今虽没了当年的亭台楼阁、绿瓦红墙，但依旧花木扶疏，渠水涓涓。园中的葡萄，也更比昔时繁茂。

这园中的葡萄看来比别处成熟的早。这家好客的主妇，早令她的大女儿，荷来一把剪刀，仰首咔咔几下，剪下几嘟噜葡萄，给每人品尝。

我不是植物学家，只觉这葡萄的味道比别处的甜香，这引起热心的葡萄通冯惠芬同志的一番宏论。她说，所谓宣化葡萄甲天下，主要甲就甲在我们现在品尝的牛奶葡萄的食用价值上……

噢，原来宣化葡萄的主要品种就是白葡萄。因为它状似乳头，故俗称牛奶葡萄。牛奶葡萄以果皮细腻，粒粒如晶莹的宝石而惹人喜爱，它以果实肉厚，多汁甘甜，具有特殊的清香味成为鲜果宴中夺魁的佳珍。以它酿酒可“益气、培力、强志……”而被人誉为健身之宝。

谈到它的皮薄肉厚，多知的主妇插嘴说：“那可是名不虚传，你只要用刀片将白葡萄皮轻轻一刮，就可将皮剥下。还可将熟葡萄切成薄片，以供上客。老人们常讲，‘刀切牛奶不流汁’，我亲试过，一点不错。”她并谈到，明代有一个姓张的妃子，是宣化人，因为她把娘家的白葡萄带进过皇宫，皇帝食后龙颜大悦，于是下了一道御旨，命宣化府每年给皇宫进贡白葡萄。从此，每年当九月九重阳到来的时候，宣化至北京三百六十里的山间小路上，便热闹起来，葡农们挑担或者赶着毛驴驮子，还有驼铃叮当的骆驼队，把一筐筐白葡萄运往北京，京张铁路修筑之后，宣化白葡萄更是誉满全国，乃至如今举世闻名。现在，宣化白葡萄远销许多国家，畅销香港。给国家换来大量的外汇。像北京、广州的葡萄宴，都视宣化葡萄为上品。

宣化葡萄之所以能举世夺魁，只因燕山多宠，使宣化这块沃土，温暖适宜，干湿适度，天时地利人勤，葡萄享受到了生存繁衍的优异条件。

宣化位于北纬40°34′，东径115°2′，海拔约610—620米。年平均气温在20℃左右。北有燕山为屏，南有洋河、大清河、柳川之水滋润。人杰地灵，久积高超园艺之术，可谓得天独厚。宣化葡萄怎能不享誉天下呢？

我们走出花园巷时，已是繁星满天。忽见城东南方向，“宣钢”上空一片红光映天，使这醉人的葡萄之乡，更增添迷人的色彩，正如诗人米野所说：“半城葡萄半城钢”。

啊，令人神往的宣化，令人垂涎的宣化葡萄！一旦亲临其地，亲品佳珍，怎忍即刻离去？当我们恋恋不舍地离开宣化城时，是夜明月高悬，宣化古城街头还不时传来叫卖葡萄之声。火车站的站台上，一筐筐葡萄正装上列车，单等汽笛一鸣，那丰收的歌儿和葡萄的香甜，将随着列车向祖国四面八方飘去。

选自《散文》1986年第3期

高原的宝贝

（纳西族）杨世光

常说骆驼是“沙漠之舟”；那么，有“高原雪乡之舟”吗？有的，这便是牦牛。

我国的牦牛之乡，在西部和西南的高原地区。全世界一百四十万头牦牛，百分之八十五就分布在那儿，在我的故乡云南迪庆州，海拔三千米以上的高原雪乡，牦牛是藏族同胞世世代代赖以生存的宝贝儿——藏语称牦牛为“诺尔”，意思也就是“宝贝儿”。我曾在雪山牧场，在崎岖的山道上，在藏民的家里，饱赏过牦牛的风采，才知道它在高原生活中占据着不可或缺的地位。

牦牛很早即见于记载，古书里写作“犛”、“髦”。它的始祖是野牦牛，性情凶猛，如同野兽，但勤劳勇敢的高原居民，早在新石器时代晚期就开始驯育、教化它，使之服役于人类。

初看去，牦牛的相貌不大雅观，甚至有些吓人：体子不算高，但粗壮肥健，重达四五百公斤；周身披满了黑褐色的毛，除了浓厚的绒毛，在肩、股、下腹、胁等部位生出一尺多的长毛，密密下覆，尾毛也蓬生如帚。凭这身黑毛吸热保暖，加之皮下组织相当发达，聚集有丰富的脂肪，使它获得了极耐严寒的天赐装备，常年卧冰踩霜而从容不迫。即便枯草绝迹，也能啃泥嚼雪而存活下来，足见生命力之强。但反过来，它又怕热，如把它赶到一千五百米的海拔高度上，则会热而死去。由此形成了它特定的生活规律：冬天，山顶下雪，难以找到吃食，就下一个台坡。雪线下移，它也随之下移，从山腰而至谷地，再至坝子，自个儿回家来，去圈里饱餐那主人为它准备的饲草，回家是不得已的。端午前夕，高原天气转暖，雪化草青，它又非出门不可。于是一夜之间，所有的牦牛杳然若失。它们沿着老路，由谷地而至半山腰，再至高山草甸，不上顶峰不罢休。因为那里有绒绣似的草滩、甘洌的雪泉和凉爽爽的风雨，那才是它们的福地。这时，主人如硬把它关在家里，它会蛮横地抵断木栅，踏烂篱笆，犹如开闸的洪水势不可挡地奔腾而去。

牦牛的脑袋呈长方形，前额又扁又宽，尖利的硬角扭曲而细长，整个神态显得厚重敦实。但莫看它憨态可掬，对付起野兽来可厉害哩！虎、豹往往奈何它不得。狡猾的豺则会机灵地跳到它的脖颈上，抠瞎它的双眼，又像蝙蝠一样紧粘在它身上，从它的臀部把肠子拉出，乃至置它于死地。因此，牦牛特别恨豺，一见着就要冲上去搏战，拼个死活。它会拿角挑破豺的肚皮，或用长方的头把豺抵在崖壁上致死。为了抗御敌人，上山的牦牛总是合群行动。白天紧靠一处，组成威武的阵势，使对手不敢贸然攻袭；晚上围圈而居，一律尾朝里、头朝外地卧着，摆成一层层的同心圆，把孕牛、弱牛、牛犊保护在圆心里。外层的"边防"警戒由壮牛担任，它们双眼明睁，长角高昂，一面沉思地反刍，一面警视前方，一有窜犯之敌，便齐声吼叫，乃至群起出击，把来敌就地击毙或远远地撵跑。雄武的公牦牛是"家长"，也是勇士，总是义不容辞地绕山巡逻，不让野敌靠近集体。

牦牛性成熟期较晚，四岁才开始"谈情说爱"、生育子嗣。

这时候，狂暴的雄性野牦牛会从深林里冲出来“抢婚”，明目张胆地霸占“美人儿”，甚至将其拐跑。牦牛群对此毫无办法，只有干瞪眼。主人为了防止家牛野化，不得不开枪把野牦牛打死，以保障家牛群的“合法爱情”。

四肢粗壮的牦牛，具有马蹄形的硬质蹄壳，鬐甲高，一如古人穿着木底高靴，因而善驮运，走雪崖险道如履平川。高原雪岭交通阻隔，车路极为有限，一旦冰冻雪封，便路断车停，人和马帮也没法通行。这时，牦牛便当之无愧地成了雪峰间的桥，雪海中的舟，日夜为人们驮货运物，传递佳音。藏胞建盖房屋的木料、石头，围篱笆的竹子，山货，猎获的野味，都靠它驮送。拉犁、拉车、驮青稞等农活，也大都由它承担。任道路怎么陡峭，活路怎么艰重，它总是昂举坚蹄，稳步自如，默默地留下一行行深深的脚印，让高原的生命线畅达无阻。牦牛的心肺功能很强，驮上一百多斤的物资，还能一气爬上海拔六千米的高峰。那里空气稀薄，连人都很难适应，而它却无需为缺氧发愁，也不必为血压担忧。我国登山队员攀登珠穆朗玛峰时，牦牛是得力的助手，衣食用品，住的帐篷、登山和摄影的器械，一件件，一包包，莫不往它背上架，是牦牛把他们一节节地往世界屋脊托举。在五星红旗插上珠峰之巅的英雄业绩里，有它们汗水的凝结，它们是默默无闻的功臣。无怪乎，有人要将它们誉为“冰天雪地中的一代天骄”呢！

牦牛家族里有个高壮的成员，叫犏牛。它是母牦牛与黄牛相配而产生的后代，性情比牦牛刚烈，驮载力也比牦牛强，堪称佼佼者。公犏牛就像马家族的骡，没有生殖力，主要承担役用。一头公犏牛一日可耕四亩地，或拖拉一千二百公斤的木材，日行二十公里。母犏牛的产乳量很高，几乎比母牦牛多一倍以上。这种现象，便是生物学上所说的"远缘杂交优势"了。

牦牛，不仅长年任劳任怨为高原主人服务，而且以它的血肉之躯为人类造福。

奶，是牦牛的第一贡献。母牦牛可日产鲜奶三至四斤，为黄牛的三倍。奶汁浓稠，极富营养。藏胞每餐要以酥油茶当汤，奶渣当菜，有句谚语："爬雪山的人不喝酥油茶，就像雄鹰断了一只翅膀。"酥油也是他们敬奉神明的供品、馈赠亲友的礼物。而这些一日不离的酥油，奶渣，便是从奶里提制的。牦牛奶含脂量高，一百斤奶可提得十斤左右黄爽爽的贵重酥油来。一头牦牛就是一眼流不竭的生命之泉，正如一首民歌中所道："养育我的是白花花的奶子河哟，可没有'宝贝'它就会断源绝流……"

牦牛肉含蛋白质高，鲜嫩味美，冬天食用尤为滋补。腿肉丰厚呈圆形，俗称"和尚头"；脊肉细腻精纯，是上等佳品。寒冬的夜晚，就着小火炉炖吃一碗牦牛肉，整宿都暖烘烘的，用不着多盖棉被。如果加工成营养肉干，不但清香可口，出门携带也方便，是行路人的理想食品。

柔韧光滑的毛，与细羊毛合用，洗纺后可织高级呢料和氆氇。牧民们则靠手工捻成毛线，织成美观的毛毯、披风，缝制过冬的帐房和存放粮食的口袋，防寒隔潮，坚牢耐用。雨雪天出牧，披一件牦牛毛的风衣，滴水不浸，暖和舒适，毛尾脱脂后，染成红色，便是美丽适用的毛掸帚，藏胞家里必备不缺。

皮子经过加工，红紫交辉，琳琅满目，除做藏家高靴，还能制作高级皮鞋，不仅光泽度好，而且富于弹性，抗压力和耐腐蚀性足与任何皮鞋媲美，颇受外地城市顾客欢迎。

晒干的牦牛粪，是牧民的主要燃料，引燃保火，赛过煤块。

因它黏合力强，有的还用它当建筑材料——糊墙、刷篱笆、与泥拌合作土坯。

连那干骨头，敲制成骨粉，也是青稞田上好的肥料。

呵，“宝贝”浑身是宝，每一宝都又无私地赠予了人类！它在高原雪地这白茫茫的一页上，谱写下勤劳的歌，搏击坎坷的歌，丰收的歌，贡献的歌。如果要给它竖一块碑，我想，那碑上铭刻的应该就是“鞠躬尽瘁”四字了吧！

选自《散文》1986 年第 3 期

与松的对话

季 仲

清人黄景仁有诗写道："黝山三十有六峰，峰峰石骨峰峰松。"可见奇峰古松之多。当我们驱车抵温泉时，也许正遇滂沱大雨，也许我没有留意，在这一带风景区并未看到一棵黄山松。温泉位处黄山山麓，海拔不高，四周与南方多数丘陵山地无多大差别，盛长亚热带常绿乔木，如甜槠树，青冈栎和豹皮樟等等。在我们下榻的宾馆对面山坡上，我看到一片茫茫竹林，被一场豪雨洗涤得凝碧流翠，绿生生的像一泓湖水向天边漫开去，染绿了风，染绿了雨，染绿了我的眼睛，染绿了我的心境。我醺醺然有些醉意。

次日，在云谷寺时，路旁一座突兀峥嵘的石峰之巅，挺立着一棵参天古树，一下子扑入我的眼帘。它颀长，挺拔，树干笔直笔直的，栗棕色的树皮上饰着椭圆形的鳞片至树冠处才横伸出几杆枝丫，又都朝向阳的方向平展着，密匝匝，绿苍苍的针叶，呈扇面状，有如一只巨鸟展开翡翠色的羽翼，随时准备凌空飞翔。

我心中怦然一动：这必是黄山松无疑。我一下子说不清对它的印象，只觉得它既雄伟傲岸又风度翩翩，既铁骨铮铮又潇洒倜傥，既古气苍然又朝气蓬勃……我愣了片刻，记起在哪里见过这种树。在哪里见过呢？不，我第一次上黄山，与黄山松自然是有幸初会。但我真真切切地觉得似曾相识。也许像贾宝玉初会林黛玉那样，从未谋面，神交久矣，一见钟情吧！没错，准是心与心的感应，使我早把黄山松视为挚友。我心目中的黄山松，多少诗人墨客吟咏过的黄山松，多少英雄志士引以自勉的黄山松，就该有这种非同凡响的风采。

古人赞誉黄山之美，向称“四绝”，即奇松、怪石、云海和温泉。我对黄山松感情最深，目光每每为之牵系，心弦常常被它拨动。无论走路、小憩、观云、看山，一遇黄山松，景慕的目光便在它的身上留驻不移。在黄山游览数日，我观赏过黑虎松、连理松、龙爪松、卧龙松、麒麟松、凤凰松、迎客松、陪客松、送客松等“十大名松”。这些古松无不蓊郁苍翠，铁杆虬枝，各尽其态，表现出鲜明的个性和独特的风采。它们既是美的存在，又是美的升华。我曾读过一些美学论著，对一些玄而又玄的美学概念总是似懂非懂。但经黄山松这些美学大师的指点，有如醍醐灌顶，茅塞顿开，悟出许多美学理论的奥秘。

然而，给我留下极深印象的黄山松，是一株形若红梅的古松。那天，我从云谷寺上北海，沿一条陡峭石磴拾级而上，行至中途，只听得前头有人惊喜叫道：

“快看——喜鹊登梅！”

这是黄山相当有名的一景。我猛抬头，见前面不远一座绝巘峭岫上，茕茕孑立着一株黄山松。这树并不挺拔，疏影斜横，形态酷似一株古梅。这“梅”树后面，耸着一块怪石，极像一只喜鹊从“古梅”平展的枝叶上探出头来，构成“喜鹊登梅”的图画，如一幅别致的剪纸贴在苍穹。

我被这富有诗情画意的去处吸引着，快步跑到那座奇峰下。这山峰不高，却极陡。前人在绝壁上凿出一行石级，钉上两条扶手铁链，我手脚并用地攀缘而上。峰巅有个小平台，不足三个桌面，全是岩石，不见沙土。那松竟奇迹一般从岩石缝隙中挣扎出来，蹿上一人多高。它身穿一件铁锈色铠甲，披一袭暗绿色大氅，苍劲的手臂伸向蓝天，骄矜抚摸着悠悠的流云。周遭，除了那只与它长年相伴的“喜鹊”，看不到别的树木，更休说其它山花野草。我觉得它的生活过于孤寂，孤寂得有点悲哀！

忽然，我看见古梅松枝叶间有星星点点火苗跳跃，细细一看，竟是黄山松开的花儿。我欣喜若狂：松树也会开花，我是第一次见到。那花瓣呈橙红色，每一瓣像一支小火炬，我数了数，竟有十八枚之多，紧紧挨着攒聚成一团小火球，燃烧在郁郁苍苍的针叶之间，散发幽幽清香，沁人肺腑，令我迷醉。它哪里会感到孤寂？这满树灿若繁星的松花，证明它生活得充实而又愉快。

啊，从岩石缝隙中挣扎出来的古梅松，你叫我感动得热泪盈眶了。

我早过不惑之年，但在人生的旅途上，仍常常困惑犹豫，步履踟蹰。在那风雨如晦的日子，我胆怯，我害怕，像寒冬的小草缩瑟着抬不起头。古梅松呵，我在你面前惭愧得无地自容。

一阵山风吹来，古梅树枝摇叶动，飒飒微响，竟和我拉起话来；

“唔，我的朋友，过去的就让它过去吧。你来日方长，会慢慢坚强起来的。”

我感谢古梅松的慈祥宽厚，心里仍惴惴不安。我说：“我还有个怨天尤人的坏脾气，如今日子太平了，又常常埋怨脚下的泥土不肥沃，头上的阳光不充足，空间的空气有污染。所以我总长不成大树。”

古梅松沉吟一下说：“朋友，这可是你的不对了。瞧我，大自然把我流放到这里，是个什么环境？可我吸收日月星辰之精气，雨露云雾之养分，即使对加害于我的冰刀雪剑，我也不放在眼里，挺着熬着，慢慢溶化它，当作饮料，充饥解渴。所以，我总是活得结结实实。”

我愈发愧疚，嗫嚅地说：“你真是树中的硬汉子！我生性懦弱，只是一棵小草，不配做你的朋友。”

古梅松乐呵呵笑起来：“你太谦卑了！只有大树，没有小草，还成什么世界！”

“那么，你宽容一切？”

“不，我唯独讨厌藤萝！”

“我也不喜欢藤萝。”

“瞧，我们有共同语言，能交朋友的。我们合个影作纪念吧。”

于是，我身边有了一张小草与大树的合影。朝朝暮暮，我看看从黄山带回的照片，见到古梅松傲然挺立在峭嶂秀峰之上，脸上带着缀满小花的微笑，眼里含着春色永驻的神采，俯视山间深壑的流云飞雾……我的心头，就禁不住一阵激动。

呵，古梅松，我的好友，树中的英雄，我向你致以一棵小草的敬意，永远永远。

选自《散文》1986年第9期

访石记

周同宾

七十里外，有道翠微岭。早听说那里山奇水奇，石头更奇。那石头，只要一小部分浸在水里，整个儿都是湿漉漉的，不久便生了苔，人称上水石。不少人去游过，回来时带些野花野果，也带些大小石头，一再说，那里确是个好去处。我动了心。画山绣水见的多了，主要是想物色几块美石。

草长莺飞时节，和几个青年朋友结伴去翠微岭。一脚踏进山林，但见满目青翠。那景色，确不凡。峰峦都如削过一般，雕翎利箭似的直刺碧空。山上山下，草木葱茏，连悬崖上，也直标标长着松柏、山榆。即使巴掌大一块空地，都印满茵茵的青苔。草木丛中，有水在响，或琅琅地流，或点点地滴。在这儿，在那儿，自然然汇成小溪流，七折八拐，向山下淌。那水，也是绿的，连条条一拃长的游鱼也有着黛青色的脊梁。我无意流连山水，一心想着要拣拾的石头。向山径两旁看，那些磊磊顽石，或如斗，或如牛，或如楼，甚至一座山峰就是一块囫囵的巨石，都大得惊人，当然不能带走。

友人说，好看的上水石藏在清幽的深涧里，去亲自挖掘，才能得到。美的东西怎能唾手可得呢？于是，和青年人一块儿兴冲冲地去找石头。

扶着巉岩，贴着石壁，牵着荆条，我们下到谷底。那里，两座危峰，挤出一股流泉，水在石头上蹦跳。陡崖上，处处都往下渗水，水珠儿，一串串，像挂了一袭珠帘。泉水浸润的地方，芳草芊芊，几棵幽兰，儿自开着淡蓝色的花。草丛下，泥土里，正生长着我们要寻觅的石头。朋友们又是抠，又是挖，细心拣选，一个个累得汗水淋漓。许是因为我比伙伴们大了几岁，又是搞文艺创作的，都把我当成了行家，每拣一块，总拿着让我看，问：好不好？美不美？我自以为读过黑格尔的《美学》，看过沈石田的《石谱》，平时对石的造型美亦有所留心，便向他们一再讲，石头的艺术价值在于嶙峋，崚嶒，在于是否具备秀、皱、透、瘦、陋的特点。依我的标准，他们拣选的全不合格，不是不够玲珑剔透，就是不够奇突峭拔，不是某处少了点，就是某处多了点。青年人兴致极高，却被我一再泼冷水，渐渐地，不再让我鉴定了，只顾按自己的审美趣味挑选。

我也拨开草莽，踩着乱石，艰难地扒啊，拣啊，虽然摸了上百块石头，衣上沾了斑斑泥渍，累得气喘吁吁，可始终没找到一块中意的。我在心里抱怨翠微岭：你有如此隽美清秀的山峦、林木、流泉，为什么没有孕育出完美无缺的上水石呢？为什么竟然忘记将自己的性灵赋予上水石了呢？我慕名前来，能让我空手而回吗？

真的，直到夕阳斜，鸟雀噪，谷底已经升起淡淡暮霭，我仍没找到一块满意的石头。而我的青年朋友们，却成兜成包地拣了好多好多。

回来后，青年人或制盆景，或堆假山，那些大大小小的石头，都派了用场。也许念及我枉游一趟翠微岭而一无所得，一个小伙子送我一块细而长的上水石。为不负他的好意，我把这块石头立于盘中，置于案头，日日注以清水。不久，竟染了绿苔，长了小草，好似一座青青的独秀峰兀立于我的面前，给我简陋的书房带来了盎然的诗意。我爱上了它。可我清楚地记得，正是它，当初因为表面缺少皱褶，中间没个窟窿，曾被我贬抑过，建议那个小伙子将它扔掉。现在，那些缺点当然还在，可它却显示了独有的美。每日价伏案写作，精神倦怠了，我常看它，它仿佛会给我蓬勃的力量；文思枯涩了，我常看它，它仿佛会给我不俗的构思和清新的语言。看着，看着，我竟悟出了一点儿道理：我所追求的那种完美无缺的石头，不仅翠微岭没有，恐怕普天下也没有。一味求全，是得不到什么的。

想到这里，我又看看那峭然挺立的上水石，它多像翠微岭的某一个青峰。哦，翠微岭，它不独景色宜人，而且它孕育的上水石也确实很美。当时，我错怪了它呢。

选自《散文》1986 年第 9 期

鹅 和 鸭

赵伟民

一

乡下外公和外婆在不到两个月中先后谢世，母亲奔丧回家，带来两只鹅和一只鸭。

城里不准饲养家禽，母亲只好将鹅和鸭养在卫生间的水泥浴缸内。

那鹅的羽毛，洁白如棉，鸭的羽毛，颜色杂乱；鹅体大肥壮，鸭干瘪瘦小，如果单就审美而言，几乎人人会喜爱那两只白鹅的。

二

母亲在浴缸内放上一只大号砂锅。里面不断地加进饭和菜叶等。

尽管鹅和鸭肆无忌惮地将清洁的浴缸糟塌得不成样，但是它们那逗人的姿容，足可令城里人释怒。我尤其欣赏它们吃食时发出的极富节奏感的“吧嗒吧嗒”声。

那天我下班回家，见母亲独自在厨房里嘟哝：“该死的鹅，非把它们杀了不可……”

我问母亲原因。她告诉我：两只鹅净欺侮鸭子，不让鸭子吃。鸭子只要把头伸进砂锅里，那鹅就“呱呱”叫，死命地用嘴咬鸭子的脖子。

岂有此理！我旋即赶到卫生间察看一番。

两只鹅并立一块，吃饱的胃凸在胸前，不时悠然地用嘴舔着身上的羽毛。而鸭子却缩着头呆立在浴缸一隅。鹅见人进来，大抵为了炫耀自己的严威，伸直颀长的脖子，侧着脸“呱呱”地欢歌，俨然一副得意忘形的神态。为主持公道，我义无反顾地将两只鹅从砂锅边驱走，将嗦嗦发抖的鸭子抱到砂锅旁。鸭子如饿鬼似的，险些连眼睛都掉进砂锅的水里。等鸭子吃得饱饱的，快乐地抖着羽毛，频频摇摆着屁股，我才如释重负地离开。两只鹅却在浴缸的角落里不停地嘶叫。

我估计，随着时间的推移，鹅和鸭会从陌生到熟悉，继而和睦相处的。然而一连几天，家里人还是不断地控诉鹅的虐待罪行。

凌晨，我拧亮卫生间里的灯，但是鹅和鸭紧紧地依偎在一起。我霎时惊诧不已，一股欣喜心情油然而生。此时，一阵凉风从卫生间的窗外吹入，我不由打了个寒颤，方才恍悟，它们的“亲密”，无非为避寒增温而已！许是我惊扰了它们，白鹅“呱呱”叫将起来，鸭子竟出乎意料地附和着“嘎嘎”叫，声音丝毫不低于鹅。

为了鸭子的健康，母亲将鸭单独迁至阳台上那只大箩筐里。令人大惑不解的是，鸭子竟不吃给他的菜肴，似乎在绝食！母亲只得再将鸭放回原址。

鹅的罪行依然如故。全体家庭成员无不为之搔头思索。

三

不能眼看鸭子一天瘦似一天。

母亲断然宣布：把鸭子宰了！

中秋节上午，母亲无情的一刀结束了鸭的生命。

面对油光闪亮，使人顿生馋涎的满盆酱鸭，全家人大发议论。

弟说："鸭子就要吃瘦的。"

母亲说："这鸭好可怜。"

哥说："鸭非强者，受凌辱折磨理所当然。"

我说："吃这鸭子，于良心过不去，我不吃。"

我一语即出，便招来一家人的讥笑，说我痴呆。

四

一连两天，两只白鹅，像搭错了神经，一刻不停地乱叫。家里人一旦进卫生间，它们叫得更欢，尤其夜阑人静时，还要继续鸣叫。

隔壁邻居将菜叶倒在砂锅里，两只鹅毫不客气，将那橘黄色的长嘴伸进砂锅里乱搅，把水溅得一塌糊涂，使人恼火得没治！

母亲说，鹅在寻找鸭子，思念着鸭子呢。

嘴馋的弟说，将鹅杀了吃算了，看它们这折腾样。

我说：不，这是忏悔的绝叫，就由了它们吧。

选自《散文》1987年第6期

锁 阳

张而驰

锁阳，是肉质寄生草本植物，全草分花序、本草两部分。花序深红，呈长圆状，本草为扁圆柱形，色深褐，表皮有鳞片，肉质肥润，有粉性。它常寄生在芦荻、枸杞、白茨与芨芨草的根部，通过这些植物的根系来摄取营养，供给自己生长的需要。在浩繁的植物界，它是地地道道的“剥削阶级”。

每年春暖花开，万木吐绿，锁阳便披甲执戈，雄赳赳地立于地表，以大红大紫来点缀春光；至秋老景荒、萎蔫枯朽，将传宗接代的胞粉抖落土中。这些小精灵，凭着自己的“天赋”，很快找到自己的寄主，并在它们的根部结上蚕豆般的根瘤，无师自通地开始了它们的“剥削生活”。

塞北的锁阳，有两个品种：生于松软沙土中的锁阳坐根较深，表皮细腻光滑，呈红褐色，肉质纯白，多纤维，较柔软，称沙锁阳；生于粘土中的锁阳根浅而壮，表皮粗糙多鳞，色黑褐，肉质粉白，易断裂，称碱锁阳。两种锁阳味道相近，都是甜中微带涩咸味。因此，又被叫做“锁盐”。另有叫它“不老药”、叫它“锁严子”的，那就更算俗称了。明陶九成《辍耕录》云：“锁阳发起如笋、上丰下俭、鳞甲栉比，筋脉连络。”精彩地描述了它的形体特征。

当地人喜采锁阳。采得锁阳，一作吃食，二作饮料，三配药剂。

锁阳的营养很丰富。它含有糖分、淀粉、钙、碘、钾等多种成分。但塞外人首先不是考虑从它身上摄取多少营养，而只是把它当作新鲜美味的佳肴来食用。他们用这黄土中的灵物做一种叫“拨拉子”的食品，色味俱佳，老少咸宜，不愧为塞上一珍。做这种食品，先将挖来的锁阳掰去“矛抱”（头茎，味极苦，有微毒），刮去鳞皮，除根，用凉水浸泡。待表面颜色由白变红后，捞在砧板上，用擀杖挤碎，拌上面粉及盐、姜粉等作料，上笼屉用文火蒸出，再拌上香油葱花，晾凉后食之。其味甜而不腻，清而不寡，食后余香满口，久而不去。这种食品类似维吾尔人的“抓饭”。所不同的是“抓饭”是放在桌上围住它用手抓了吃，而这种食品是盛在碗里用筷子拨拉着吃。难怪要给它冠以“拨拉子”这样一个通俗而又实在的名字了。此外，将挤碎的锁阳掺上糯米（或小米），放红糖少许，熬成一种黏糊糊、粉团团、甜生生的锁阳粥，亦色、香、味绝佳。这在《本草纲日》中已有记载，这里不再赘述了。

锁阳煮茶，更是难得。岁至数九隆冬，上年纪的人大都赋闲在家，惟以炉火清茶相伴。不可忘记将几片锁阳干丢进紫砂壶中，煨在红红的炭火上。须臾工夫，火笑茶欢，缕缕芳馨清幽幽地荡浮室内，心神为醉，恍如身临文君酒垆。此时，风雪故人来，抵掌畅谈，情至处奉上一碗红酽红酽的锁阳茶，庶几疑是葡萄美酒哩。待轻轻地呷上一小口，一股甘醇清爽之气直上天庭。顿时精神为之一振。浑身都温腾腾的。方才知道它的妙处为美酒所不替。一碗锁阳茶落肚，再叙佳话，更是倾心。

当然，锁阳更是一种滋补药物。无论作吃食煮茶还是另行配药，滋补效果都是显见的。它有滋阳益阳、强筋健骨的功效。此种药效早为各种药物经典所刊录。著名药物学家李时珍在《本草衍义》中加以概括："锁阳可大补阳气，益精血，兴阳润燥，养筋滑肠。凡阳气虚损，精血衰败者珍为要药。"历代医药家用锁阳配制出一系列方剂及各种锁阳药酒，扶补羸弱，解释沉疴。为人们的健康而"捐躯"，真是到了赴汤蹈火、粉身碎骨的地步了！

锁阳的采挖，要适时。冬日采挖的锁阳，肉质丰润肥厚，精气饱满，食味醇雅，滋补效果也最佳。至春日露了"矛抱"，就色味药效都不及了。夏秋时节扬花播粉，精元早衰，苦涩难尝，遂无人问津，而冬日锁阳，又以三九为上品。塞北人说："三九锁盐（阳）顶人参。"每年的"三九三"，又被作为挖锁阳的吉日。是日，山陬地角，荒坡平滩，到处是挖锁阳的村民。俗谣云："三九三，挖锁盐，挖不上锁盐霉半年。"他们虔诚地认为，这一天挖到锁阳，是吉兆，主此年丁兴财旺，福星高照；反之，则要倒霉。因此他们对锁阳的生长环境及生活习性都谙如掌故。结果，每年的"三九三"都是皆大欢喜。至于发财，却又是近些年的事。

锁阳的食用，更要得法。首先，去皮不可用金属器具，更不可用刀切锁阳丝。否则，白生生活鲜鲜的锁阳倾刻间就会变成靛蓝色（碘化），味道又会变得又苦又涩。最好的办法是用木板（或擀杖）挤压刮削，可保不变色变味。其次，锁阳去皮后不可久放。久则萎蔫，表皮由白变红再变黄褐，味亦大变。最后，蒸食锁阳要掌握火候及时间。时过久、火太大，则粘为一团，状若稀泥，使人难以下箸；时过短、火过弱，则易成夹生，食之伤胃。

据传著名药物学家李时珍曾策蹇囊图，不辞风尘来到大西北叩问百花，在酒泉一带发现了丰富的锁阳资源，但终因无法跨越这浩瀚的戈壁继续西行，便在《本草纲目》中写上：“锁阳出肃州。”便怅然东归了。其实，锁阳不仅肃州（酒泉）很多，而且陕西、新疆、内蒙、宁夏及东北诸省也都有。即以河西而言，锁阳的产地也不在肃州，而是在安西的锁阳城一带。

选自《散文》1988年第6期

陇东唢呐

周　锋

漫步陇东，深感乡风之淳朴，文化之深幽。陇东道情、环县皮影、庆阳社火诸种古老艺术，久为世人称道，也为专家注目。然而最能感人的，莫过于陇东的唢呐了。

踏上陇东高原，随处可闻唢呐之声：唢呐在乡民心中的位置，比锣、鼓、琴、笛、更加根深蒂固。如果从人群中随意拉出一个孩子，让他点上几首唢呐曲，他会如数家珍，让你惊叹不已。

然而陇东唢呐却名不见经传，因此鲜为国人所知。其实，陇东唢呐和陕北唢呐一脉相承，据文史所载，陇东唢呐源于西周，一直泛流民间，据今已有几千年。逢年过节、婚丧嫁娶，请上一班唢呐吹吹打打，热闹非凡，那情趣妙不可言，那气氛直勾得你情绪昂扬，甚或热泪欲洒。

五花八门的陇东唢呐曲目，渊出典故颇多。《金蛇狂舞》伴随着《百鸟朝凤》、超度的《祭灵》……悲的、喜的、亦有中和之曲。《雁落沙滩》、《小寡妇上坟》、《诸葛亮吊孝》，只看曲名，便知此曲为白事所用。而《女望娘》、《秋季生》、《打鞭子》等，又为红事所用。那《艳阳天》、《金山寺》、《百鸟朝凤》等，红、白兼而用之。

每逢春节、正月十五元宵节、二月二、三月三、四月一、五月初五端阳节等等，以及国家节典，必要来番庆祝活动，虽各地习俗不一、规模不等，但唢呐欢奏一番，却是一统天下。唢呐艺术之所以能够长期在民间广泛流传，倍受乡民青睐，想必它的艺术形式与田野上红高粱似的陇东人一样，淳朴、敦厚、粗犷！

然而，唢呐艺人，俗称“吹鼓手”。此种行当，被认为是七十二行最下贱、最低级、最不值得一提的。某些地方唢呐艺人死后竟不准葬入祖坟。

吹唢呐，功夫全在嘴上。看似简单，实则不易，技巧纯熟则更难。它要求吹奏者十指并用，运气匀称，换气滴水不漏，方能达到音正腔圆。有的一口噙上两杆唢呐同时吹奏，十分有趣。然而更有趣者，一口叼上两杆唢呐，竟能同时吹奏出两支曲子，可见功底之深厚，技巧之纯青。离家日久，家乡的风土人情渐渐淡漠了，唯有那唢呐，却时时揪扯起一种浓浓的、酽酽的思乡之情……

选自《散文》1988年第6期

涉县柿饼

张卫建

涉县的柿饼，像涉县的核桃和花椒一样，名扬遐迩。

涉县人待客送礼，最好的东西就是柿饼。那一个个白边红心的柿饼，若放在深蓝色的盘子里，让人情不自禁地产生诗画的联想：似一朵朵蘑菇云滚动在海蓝色的天空中，又似一片片红白相间的晚霞游弋于西天边。热情的涉县人，逢年过节能用柿饼做出许多花样：油煎柿饼、清水煮柿饼、柿饼包子、柿饼饺子、把柿饼烤干磨成柿饼面、把柿饼捣成烂泥和面烙饼炸油条等等，又甜又香又酥又软。据说，柿饼炙炭，可治便血，柿饼上的白霜还能入药，主治喉痛咳嗽声音嘶哑等症。凡到涉县的外乡人，大都口馋这里乡土味浓郁甘甜的柿饼，而且一吃就有瘾。做柿饼的行家，都是山村里的妇道人家，住在宇庄沟安居村的长青婶子，做柿饼最拿手。

十月底的一天，在一座被鸭梨、花椒、香椿、苹果树团团簇拥的独门独户的院落里，我见到了长青婶子。她坐在一把木椅上，地上放着一筐筐或圆或方、或红或黄的柿子，她正在挑拣合格的柿子做柿饼。她两鬓都有银丝了，该喊长青大娘了。院里一幢平房上，晒满了一个个削尽了皮，裸露着身躯的柿子，阳光映照下雨露滋润，活像一个个刚出浴的美人。“麻烦您了，长青大娘，我来访访您老人家。”我知道涉县人不习惯叫姓而习惯叫名，也这样边喊边笑着走了过去。

看着平房上那一个个红里透亮的柿子，长青大娘不禁回首起往事来。打她记事起，就在箩筐边帮她娘做柿饼，穷人家谁能天天做柿饼，都是起早贪黑地帮有钱人家做，只图留下柿皮，拿回家掺和着谷糠，在石磨上推成混合面一家人好糊口度日。为能多留点柿皮，帮工的人家相互较量手艺，但没谁能盖过她家。解放后，她娘虽去世了，但做柿饼的手艺却潜移默化地传给了她。

我问长青大娘柿饼是怎样出霜的，她一阵乐呵呵后告诉我：柿子一般在霜降节令前后二至三天由青色变黄色或红色的时候下树，但摘回后涩得很，没法吃，就挑些个大又没有伤疤的，削尽皮后拿到平房上去，在有透气性能的高粱秆做成的笆片上晒几天，再捡到一起盖上麻袋捂几天。晒几天又捂几天，这样反复十多次，需要一两个月时间，柿子周身才生出点点白霜。

哟！做柿饼这么费劲呀，像在雕塑一件精致的工艺品。我这急性子的人有点坐不住了，第一次听说做柿饼需要这么多过程。

“这才完了一半活吔！”长青大娘说：“生出点点白霜后，就把它捏成薄薄的饼子样，再晒几天捂几天，白霜才渐渐多了，成了你们吃时的那个样儿。霜满个匀，重量相等的柿饼，就卖给县外贸，可卖出口柿饼严着呢！”

“咋个严法？”我好奇地追问。

“一，去皮，无核，圆形饼状，带蒂座和蒂把，蒂座周围留皮不超过一厘米；二，肉色黄亮，味浓甜，无异味，软硬适度，不霉、不腐、满白霜；三，无破口，无虫蛀，无砂土灰尘，清洁卫生，每市斤约在16个上下。”霎时，长青大娘像课堂上的小学生回答老师提问一样，一口气说出了出口柿饼的三个条件。我真怀疑坐在我眼前的是一位年近六旬的老人。

长青大娘告诉我，她和老伴及小儿子三口人有两亩多地，地里有26棵柿树，每年卖出口柿饼就得雇小拖拉机往县里跑好几趟，光这一项就收入三四千元。柿皮，人再也不吃了，用来喂猪，每年都卖三四头呢！

她还对我说：“咱涉每每年靠柿饼漂洋过海给国家挣不少外汇，连黄头发蓝眼珠的人都说涉县的柿饼好吃呢！”

哦！我似乎明白了，是改革开放的年代，才使我眼前这位农妇老妪的血液中注进了新鲜的活力和精神；是改革开放的年代，才使我面前这位花甲老人启迪了童年的智慧和知识。我似乎还明白了，柿饼不像桃、梨和苹果那样，成熟后摘下树就能吃，也不像桔子、香蕉和板栗那样，成熟后剥了皮就能吃，而要经过长时间艰辛的劳动，才能品尝它的甜蜜。柿饼的外表洁白纯净，柿饼的肉体甘醴酥软，柿饼的性格丰满甜美。长青大娘的生活，又何尝不像这柿饼呢？把甜献给了人们，用美充实了人间。

选自《散文》1988年第6期

獾的表演

——五台山野趣

张玉良

金风初拂，五台山山区的玉米开始灌浆。平时潜形匿踪的狗獾一下子显脸登台，异常地活跃起来。它们淋漓尽致的表演直令人哭笑不得。

夜幕降临，田野上劳碌了一天的山民渐渐聚归鸟巢似的回到家里。白天齁齁酣睡、养精蓄锐的狗獾开始醒转来。“吱——唔——”、“吱——唔——”，它们低声呼唤，生怕错过了表演时间。钻出隐伏的山野洞穴，伸个懒腰，像锥尖儿扎下的小眼睛警惕地往四周一瞄，竖耳聆听，确信没有一点可疑的音响，它们便闭紧猪鬃般的硬毛，挪动短短的四趾，或循草丛，或沿地边，开始向墨绿的玉米地飞窜。它们的心性极高，鉴赏水平也是超一流的，只要瞟一眼，便能识出高下，劣等玉米田并不稍事停留，一旦潜入长得极好的玉米地，它们便马上进入角色，忘乎所以。吱——唔——，兴奋地呻吟。拳头大的脑壳左摇右晃，不断地物色既饱又嫩的玉米。小而黑的眼睛滴溜溜转动，显得异常神气。肥胖的腰身忘情地扭动，真有一种按捺不住的激情。偏偏上帝又在它们眉间画了三道白色纵纹，俨然是些三花脸无异。它们选择目标的时间极短，通常只有零点几秒。别看它们胖胖的身体其长不足二尺，其高不过一尺左右，但行动却干净利索、迅敏异常，决不拖泥带水。一旦选中目标，倏地人立而起，两只前趾紧紧抱住玉米秆儿，腰一弓，“咯嚓”一声，又嫩又脆的玉米秆儿从中断裂。两只利爪长长的前趾如同人手一般灵巧，只需“嗤——”“嗤——”两下，便毫不费力地将玉米棒的外皮撕开。那熟练的动作告诉人，它们确是精于此道的行家里手。其实，这并不算得什么，它们深具表演特色的啃动形象，才真叫绝哩！嚓，嚓，啃几粒玉米进嘴停于舌上，上腭往下一压，牛奶般的汁液便被压了出来。“噗！”玉米皮随之唾于地上。舌感神经稍觉不甜，马上弃旧图新，再扳一株。其实，就是最中意的棒子它也只在半中腰啃咬几口，决不会全部吃完。这吃了上顿没下顿的小畜牲，极爱扮演百般挑剔、挥金如土的百万富翁。它们嘴边的茸毛上沾满白色的汁液。便就接二连三、不厌其烦地一掰再掰，于是静静的夜晚，碧绿的玉米田里便不断发出“圪嚓”、“咯巴”的脆响。随着每一声脆响，便就有一株茁壮的玉米倒下。充其量，那小小的肠胃能填多少？吃饱了，按理其表演也就该收场了；然而，错了，吃饱之后，表演才开始进入高潮哩！甜美的玉米汁仿佛把它们灌醉了，小畜牲们像顽童玩骑竹马的游戏一般，屁股夹住玉米秆儿，脸朝外，一株一株地往倒按，并不吃，只图乐，好像在彼此比赛似的。累得呼哧直喘，还在发疯般地破坏。直到屁股被磨痛了，浑身累得瘫软如泥，才能兴尽收场。一只狗獾，往往能在一夜之间将三五块齐刷刷的玉米田糟践得狼藉不堪！为患之剧令人发指。

面对狗獾的恶作剧，山民们或在地边点火，借腾腾浓烟阻挡狗獾入地，名曰“薰獾”、或在地边潜伏，待狗獾行动时，突然敲击铜锣、脸盆、铁片，名曰：撵獾。这种近乎游戏般的治獾办法实在解决不了多少问题。初时，这‘空城计’还能诈唬一下

"司马懿",一再故技重演,戏法儿便不再灵。玉米地遍及七沟八梁九坡十峁,你不可能到处点火,獾们学会了乘虚而入;再说,柴禾有限,你不可能整夜点火,獾们便会向时而动。至于敲锣击盆,那更属虚张声势,一旦被獾识破机关,它们反倒觉得好玩,专跟你撩逗戏耍。常有这种情况,你在地边使劲儿"噔噔"地筛锣,獾就在你地里借锣声掩护,"咯嚓"、"咯嚓"地往下掰玉米。你不敲了,它也不掰了;你再敲,它再掰。你敲困了,便想到回去睡觉,放心地往地里一瞧,天哪,你会不由发出惊叫。正在怀疑这是啥时被糟践的,獾会从你身边哧溜一下溜掉,给你一个惊讶的答案。它带走满肚的美味和乐意,偏给你留下满腹烦恼和满脸苦笑。

在五台山下,清水河畔一个小小山庄度过童年的我,儿时也曾跟随父亲背一小捆柴禾去地边薰獾,也曾用小手握一根小棍狠命地敲打瓦片帮父亲撵过獾。年幼不识愁滋味。儿时保存下来的印象大半都是欢乐而美好的。

长大以后,我阔别了故乡。现在回忆儿时随父薰獾撵獾的情景,谈笑之余,又不免生出一番感慨。造物主既然造就了天地万物,它们便都享有在宇宙间生存的权利。既要生存,就需有自身生存的方式。獾就是獾,它不可能像狗一样驯服,像牛一般和善,倘若獾丧失了糟践庄稼的兴趣和贪欲,它自身早已异化为别物而不是獾了。我这样讲,并不在于想为獾开脱罪责,而实在是对勤劳憨实而又宽容愚昧的山民有一种怜叹之情。

好在这是儿时的记忆。时间的流水已经冲去了几十个春秋。好长时间未回故乡了。我深信,逝去的不仅仅是岁月,还应该包含好多应该逝去的东西……

选自《散文》1988年第10期

泡桐

吴　晴

树是鸟儿的栖身之所。住在这绿色的迷宫里，周围上下全是沁人心脾的绿.难怪他们终日歌唱不迭。

我一直住在校园里。校园里花多,树也多。花,是我之所爱。然而花儿开放的日子毕竟太短,像是时装模特儿的表演,在春的舞台上一闪即过。倘使工作忙碌，便会误了花期。若想一睹芳容，只好再待来年。在生活中更为经常伴着我们的还是草和树。

校园里的草坪增多了,绿茸茸的,煞是可爱。至于树,春天一到便纷纷长出绿叶。不知不觉间校园便呈现出一片新绿。再过半月二十天,那一色的嫩绿便渐渐分出了深、浅、浓、淡。高大的乔木,扶疏的灌木,整齐的树篱,一一被各色的绿染透。青葱与黛绿相间,又杂以嫩黄与碧蓝。一场雨过后,一面面小镜子一样的杨树叶反射着明亮的日光,风一吹,哗啦啦直响,照得满园绿光闪动。风儿又撩起柳丝缕缕绿意，于是满校园都有绿的光影流动回荡，而我便感到自己也如同那树中的鸟儿一样的惬意了。

在这绿海之中，最引人注目的是校园中部椭圆形的花坛中一排四株不知名的大树。这树枝丫纵横,根柢盘错,顶部高过旁边的五层楼房,而最下层的枝条却垂到伸手可攀的地步。

在烈日炎炎的盛夏，若要乘凉，那是再好不过的去处了。坐在树下，就像坐在一把巨型绿伞下一样。宽大的树叶层层叠叠的，抬头仰望，只能在缝隙间偶尔窥见几块碎碎的蓝天。这浓叶密枝的遮蔽，加上树下冉冉的青光，以及苔藓覆盖着的地面上冒出的丝丝凉气，使这块地方如同着了仙气一般，透过那绿色的帘幕向前望去，可以看到十米以外行人来去匆匆，自行车轮旋转如飞，有时还有小汽车一掠而过。然而这一切仿佛是在另一个世界，与自己毫不相干似的。生活中的纷扰全被这浮动着的青光绿影阻隔在外了，这里只有舒展的肢体和轻松的心境。到了秋风瑟瑟，黄叶飘零的季节，这四株树仍旧枝叶茂盛，像是为校园留住了夏的脚步。冬季树叶落尽，大树现出网一样密的枝条。那一根根弯弯向上的枝柯，像是女歌唱家唱抒情歌曲时抬着的手臂，衬托着明湛的蓝天，蕴含着无限的情意。在冰封雪冻的日子里，看到这姿态优美的枝条，心中也会减却不少的枯寂。来年，当春在这四株树上复苏的时候，先于叶的是一树紫花，远远看去像四朵淡紫色的云，给花木芳菲的校园涂上了童话的色彩。

对于这四株大树，我发生了浓厚的兴趣，然而生活中却往往有这样的怪现象：常见的东西却叫不上名字。不久前，我无意中发现不知何人在树上挂了个木牌，上面写着：

泡桐：玄参科，产于我国，木材可供做多种器械。

啊，泡桐！多熟悉的名字！这名字我一定在什么地方见到过，只是一时无从回忆。苦思冥想之后，我突然记起这不就是焦裕禄同志生前为兰考地区选中的那种好成活，易成材的树么？记得这树用途广泛，浑身是宝，所以那位用心良苦的干部才想到用它为那个贫困的地区解决些生计问题。然而，我无论如何也没想到以实用著称的泡桐竟会这样美丽壮观。这么说泡桐除了给那个地方的人提供谋生手段之外，定然还给他们增添了美的享受了！有了那些荟蔚苍郁的大树的荫翳，那个地方便全然换了样子吧？生时能将美带给人间，又能为人遮荫送凉，成材后还能多方惠及于人，还有比这更为可贵的生命么？何况索求又甚少，在贫瘠的土地上也能生存？泡桐真可谓不可多得的佳木啊！

泡桐对人的福祐不衰；焦裕禄爱民至诚的精神不泯。如今，每当我来到那凉爽幽静的树下，在鸟鸣蝉噪中休憩时，总不能不想到那个高尚的灵魂。

选自《散文》1990 年第 10 期

游龙草

陈　肃

我盆栽过两株纤巧清秀的茑萝。

那时我在顶楼上住着，尝尽了夏日的炎苦。我到扬州个园参加笔会，见园林的竹篱上爬满柔弱的茑萝，开满绛紫的、洁白的小花，逗人喜爱；在饭后闲步中，捡了几枚成熟坠地的种子，悄悄带回来埋于瓦盆。

翌年春天，我勤于浇水催芽，总不见萌发。到春末时，才见暴出两支箭镞似的苗芽，接着长出疏朗如栉的羽叶。纤纤的相互缠绕的双藤，长到两尺高时，逸出摇摇晃晃的绕枝，像伸着攀缘的手。我由屋檐拉下两根绳来，它们像得助似的，缘绳盘旋而上，好像生就一副"窜"的性格，几天不见便高了一大截，且分枝出来，分数路向屋檐进发。那分岔出来的藤蔓，又逸出些许柔细绕枝，在空中摇呀摇的，我又赐以攀绳，作计游蔓布荫的准备。我想象着今年的夏天，可以一享茑萝的翠荫了。

它们是名副其实的"游龙"，三两天不见，数支青枝翠蔓已探头屋檐了，在风中摇曳，在阳光里嬉跃，大有登山队员登峰的神采。不几天阳台上也就布下了一片疏疏朗朗的影翳，诗一般灵美。我的像沙漠一般无遮无盖的阳台，终于有了一片清凉秀灵的苍盖，片片清光闪闪的羽叶，颤动着我的心，发着柔柔的清意。

一天中午归来，忽觉得绿云消散，天空又变得无遮无盖了。我惶然走上阳台，看到七八只灰鸽正啄食着嫩枝秀蔓；泼啦啦一声，鸽群的翅膀将一束朗丽的阳光扇进室内，我的心却灰暗透了。一片秀骨姗姗的翠荫变成了数支光秃老干。一群“和平天使”，竟是强取豪夺的孽贼！

沙漠的荒芜又闯进了我的阳台。

我不知道这“游龙”是否还有登攀奋进的能力。五六天后，虽见光杆秃枝上萌发嫩芽秀枝，但老藤却像使尽了青春活力，羽叶也渐渐萎黄了。我终于发现新蔓的爬攀力也远不如前，散兵式的徘徊布不成阵势，且已在忙碌着开花布蕾了。业不立而忙荫妻养子，我真有点“哀其不幸”，又“怒其不争”了！我怕再遭洗劫，想起农民用稻草人驱赶麻雀的玩意儿，便用一把稻草扎起一只黄狼，吊于檐头随风跃动，一施“道高一尺，魔高一丈”的小计。有几次见鸽群站列对面屋脊窥探，似乎迫于威慑，终于未敢进袭。

一个雷鸣电闪、风雨交加的黄昏，密集的雨点落在窗玻璃上，窗格子被推得格格作响。我的阳台上的几盆别的花早已搬进屋内，只有这盆纤弱的“游龙草”搬不得，盖不了，奈何不得。我担忧着它的安危，借着烁亮的闪电，果真看到它在肆虐呼号的风雨中，被打得东摇西晃；几支高高兀起的青枝，一会儿俯下首去，一会儿又昂起头来，仿佛被强按着头，勒令认罪似的。我终于发现纤纤柔枝，有着钢一般的韧劲，任风雨千打万压，头还是昂起来，且扬得高高。

待到天明，风停雨霁，我步入阳台，见被风雨折腾一夜的柔藤，竟披上一身鲜绿。何能料到，纤细嫩枝，在险风恶雨中竟有如此的奋进，我的心微微惊颤着。老藤黄叶已全部坠落，长出新的碧芽，漾出“春风得意”的丰采。哦，我的柔中有骨的茑萝。

七八天后，那疏疏朗朗的绿影里，又绽放出红红紫紫的小花，星星点点，一如纯真的心灵迸发出灿烂的诗句。那时期，我的房间是狭小而逼闷的，窗前的美却堪丰富。秀骨姗姗的纤藤，于风雨吹袭、骄阳炙晒中演着人生奋斗的活剧。

选自《散文》1992年第3期

鸽　子

吴若增

住得太高了，阳台边便常有鸽子落下来，在每天的早晨和傍晚。

阳台是封闭的，有窗子将屋外的鸽子们与屋内的我隔开；但这并不能消除鸽子们对于我的恐惧，因为我是人。

可惜它们不知道，不知道我喜欢它们飞来。我喜欢它们飞来时，不经意间晴空里的黑影一闪；我喜欢那黑影一闪之后，便看着它们在我的阳台边梳理羽毛，或咕咕的叫。

于是作为人的我，便只好抑制了自己的情感，在它们飞来时静静地坐在屋子里，隔着两道玻璃一动不动，把自己伪装成为物体。

这样的，已有五年。

五年来，我一直希望它们能够知道我爱它们，知道我不会伤害它们，知道我们其实可以成为朋友。我甚至愿意把清凉甜润的水和洁白晶莹的米放在阳台里的小桌上，我甚至愿意打开那些窗子请它们飞到我的屋子里来……

可惜它们不知道，不知道人和人是不一样的。它们还没有进化到能够将人区别。

住进这房子的第一年时，我曾尝试过沟通。想到的办法是，请人从阳台边伸出一块木板去，以便我将水将米放在那木板上，以便我请它们到木板上去啄米，去饮水，去休憩。

我请来做这沟通工作的朋友听了我的话，思忖了好半天，结果却说不行不行。他说他明白我的目的只在于观赏，他说那会惹来麻烦与误解的，因为它们是有主人的，因为它们的主人是会怀疑我的动机的——特别是在它们的主人丢失了它们的时候。

我便放弃了这个努力。

于是，便依然是隔膜。

那是大前年的一天吧，晚上，是已到了初夜的晚上，我到阳台上去。忽然，我于无意中发现，阳台边上有一团黑色的什么，伏在那里不动。走近时，便看见是一只鸽子。

那时我的心，便起了一阵狂喜。

我知道鸽子的眼睛夜盲，我因此知道这只鸽子是因为天晚迟归而滞留于此的。我便搬来椅子，打开窗，伸出手，一下子把它捉到了。

我把它捉到时，它没有反抗，它没有反抗是因为它不能反抗。那一刻，我有一点儿得意。

之后是，我把那只鸽子放进了一只空着的鸟笼。不过显然，这鸟笼小了些。这样，它在那里便不能走，不能跳，不能飞，甚至不便转身。有一会儿，我看它在鸟笼里站得很紧束，不由地在头脑中闪出过人类社会的古代囚车的情景，心里因此而有了些许的歉疚。但稍后也就释然：对不起，不是不给你大鸟笼子，是因为我没有大鸟笼子。

我给它弄了点米——上好的稻米，小小心心地放了进去，在鸟笼的边上。

它甚至看都不看一下那米。它就只是不停地歪着脑袋看我。那时候，我不知道它心里在想些什么，它那亮亮的眼睛也没有任何说明。

第二天一早醒来，我去看它，发现一只碗里的米已有减少，另一只碗里的水也溅出了许多。不过它见我过来，便又立刻恢复了紧束与沉默。这时，我明白了它的紧束并不是向我致敬，而是对于我的防范。

换过了米和水，我把它放到阳台里的小桌上，目的是为了让它能望见外面的天空。我想这是人道主义。

但不久，我便看到了它的对于我的人道主义的抗议。

那是在我坐回屋子里，透过窗子偷偷看它时，我看到它先还安静，只是歪着脑袋眺望外面的天空，并无挣着离去的表示；然而，待到天空里的黑影一闪，鸽子们照例又来到我的阳台边徜徉时，我看到它分明地是起了激动。

而当阳台外边的几只鸽子无意中发现了它，便也同样地起了激动。

我看见，外面的几只鸽子围着窗台不安地转来转去，同时又有一只鸽子便用那尖尖的喙啄向玻璃，致玻璃砰砰地响。而它呢？便焦躁起来，一下一下地撞。

我可怜起它来了。我想：要不要把它放开？但我还是把笼子提了回来。

然而，当它意识到它已失去自由，且自由并不遥远，且它的伙伴们正在向它呼唤，它不再安静了。它继续冲撞，一下一下地，同时，便又有几支羽毛从它的翅上断下来，飘到了笼子底下。

这时，我头脑中的搏斗激烈起来了：放它不放？

过后我想起自己头脑中的这场搏斗，感到十分可笑且可恶：我有什么权利决定放它不放？它本来就是自由的！是我剥夺了它的自由，而我竟然要考虑是否给它以自由的恩赐……

恰在这时，门铃响了，一个二十多岁的小伙子到我家取稿子来了。小伙子进屋后，便发现了正在笼子里挣来挣去的鸽子，便听到了我的那个放它不放的犹豫。

“嗨，您这个人哪，咋还要放了它呢？宰了炖，多好的一盘酒菜呀！”他说。

“不。那怎么能忍心……”

“嗨，咋还不忍心呢？不就是一只鸽子么？哎，您要是不忍心的话，您就把它交给我好啦。”小伙子说着，就要去笼子里捉它。

“别！”一刹那间，我感到有一股子愤怒从胸腔里涌了上来，便坚决地制止了他。

等到小伙子离去，我不再犹豫，把笼子重新提到阳台上，然后打开小门，将它握了出来。随即，我把它掷向蓝天。

在蓝天里，它调整似的翻飞了几下，然后便轻快地飞走了，飞远了……

此后几年，常有夜里滞留的鸽子卧在我的阳台边上，我却再也没有动过它们了。

于是，便一切重归依然。在每天的早晨和傍晚，阳台边便依然常有鸽子落下来，因为住得太高了。

而阳台是封闭的，有窗子将屋外的鸽子们与屋内的我隔开；但这依然并不能消除鸽子们对于我的恐惧。

但我还是喜欢它们飞来。我喜欢它们飞来时，不经意间晴空里的黑影一闪；我喜欢那黑影一闪之后，便看着它们在我的阳台边修梳羽毛，或咕咕咕地叫。

那时，我就依然是静静地坐在屋子里，隔着两道玻璃一动不动，把自己伪装成为物体。

有时我想，我大概是不希望鸽子们进化，因为我怕鸽子们进化到咱们这个地步就不可爱了；但我又真的是希望咱们能再进化一步，以使鸽子们不再恐惧。

我想到了那个时候我将打开那些窗子请它们飞到我的屋子里来，我将请它们啄食洁白晶莹的米，我将请它们啜饮清凉甜润的水……

因为我们是朋友。

因为我们共同拥有这片蓝天。

选自《散文》1993年第7期

古陶

赵丽宏

在陇南的腹地武都县，一位朋友送给我两件古陶器。

两件古陶中，一件是汉罐。这是一个小小的灰瓦罐，长颈，大肚，喇叭口，状如现代的花瓶。罐肚上，布满细致而密集的图纹，这些图纹看来并没有什么具体意义，只是一种装饰，然而却表现了极为高超的造型雕刻的能力。罐颈上，光滑无痕，近似上过釉的瓷器。我见过不少汉罐，大多体大而粗糙，这样小巧精致的，却从来没见过。这小罐子，用来盛水太小，用来喝水则不便，用来作花瓶，差不多。这陶罐距今两千年有余，是平民百姓墓中的随葬品。看来，当时的老百姓在物质贫乏的生活中，依然不无雅兴，陶罐用来舀水盛菜，囤谷储米，也用来养草插花。黄土经手掌的抚捏，经烈火的煎熬，成为这样一件淡雅而朴素的艺术品，真是一件奇妙的事情。把它称之为艺术品，也许是我的偏爱。然而，比之许多鲜艳而俗气的花瓶，这个灰陶罐确实百看不厌。

另一件古陶器年龄更大。这是一个带两个耳环的黑褐色陶罐，比那汉罐稍大一点。我无法断定这黑褐色究竟是陶土的本色，还是烟熏火燎的结果。这陶罐的造型有些特别，罐身为圆形，罐口却是一个不规则的椭圆，沿口由四段圆弧构成，两个耳环从罐口边缘呈弧形落下，接到罐腰上。这造型使人想起欧洲和印度的一些带耳环的水壶，只是壶颈要比这陶罐长一些。不同时代，不同地区的不同民族，却不谋而合地创造出形状相似的陶器，可见把器皿制成这类形状，不仅实用，而且美观。在这个陶罐上，能清楚地看到匠人制作时用木片或竹片捻刮的痕迹，这些刮痕使这陶罐呈现出一种原始的拙朴美。陇南的朋友告诉我，据考古专家的判断，这个黑褐色陶罐是三千多年前的遗物，是真正的老古董了。我仔细观察了这陶罐表面的色彩，明显的上浅下深，罐子底部乌黑而缺乏光泽，像是火烧的痕迹。我猜想，这陶罐可能被用来烧水或煮汤，是古人餐桌上一件精美的器皿。比起那个汉罐，这黑陶罐还不算完好无缺，罐沿，罐底，一个耳环侧面，分别有几个缺口。不过我想这也没有什么，一个这么容易破碎的罐子，能保留三千年而基本完整，已经可算是奇迹了。面对着这个被烟火熏黑的古陶罐，想象三千年前的祖先们围坐在火堆边聚餐喝汤的情景。想象他们被火光映红的豪放明澈的眼神……那是怎样一种情调！

我小心翼翼地把这两个陶罐带回上海，放在我的书橱上，看它们一眼，便想起我的陇南之行，想起西北那些豪爽热情的朋友们。它们也常常使我陶醉在一种深沉古老的氛围里，使我的心情平静如秋水，使我的思绪如清风飘漾……

选自《散文》1993年第11期

角马诞生

徐成森

在它刚刚脱离母体，被打发到这陌生世间的最初刹那，它就已面对死亡的威胁，面对不容选择的选择；对于它，生与死乃联袂而至。哦，角马！这非凡的生灵！

是谁赋予它们这样的习性或曰使命呢？辽阔而神秘的阿非利加，为它们提供了如此辉煌的竞技场，同时也注定了它们如此悲壮的宿命。人们至今仍不能彻底明白，是一种什么样的力量，导引着角马，要在每一年的固定季节，沿着固定的路线，从此地向彼地大规模迁移。成千上万匹角马，穿过沙漠，穿过河流，穿过林莽和沼泽，向非洲腹地进发。那黑压压的群体，在莽莽原野上绵延为长长的队列，神奇而壮观，让人联想到溟濛的远古，联想到史前漫长的洪荒，联想到关于创世纪的传说。

就在这严峻的大迁徙途中，一匹母角马分娩在即。它的行动迟缓下来了，它的步履蹒跚起来了，摇摇晃晃地，它慢慢落在了同伴的后边。它于是站定，四条腿微微撑开，脖颈不时摇动，时而昂首，时而低俯。它头上是灼热的太阳，它脚下是微微颤动的土地，它明白一个庄严的时刻已经来临。母角马伸长了脖子，一声悲号，血光立即飞溅，阳光下，只见一片鲜红，血瀑中，一头新生的小角马被隆重地掷在地上，它开始了第一次呼吸，它第一次向世界凝眸。

母角马在它身边跑了一圈，环视四周。前边，角马群已跑得更远，它们毫不理会掉了队的同类，自顾毅然前行，长长队列的前锋，已经到达地平线。后边，尾随不舍的猎豹已逼得更近，已能分辨出那金黄毛皮上蠕动着的黑色圆斑。母角马向前一步，凑近卧地喘气的小角马；它重重地打了一个响鼻，那是严重的警告，小角马浑身一震！

小角马开始挣扎，用四条细腿拼命撑起身躯；它踉跄、蹶踣、滑跌，刚勉强支起，又訇然倒地。小角马气喘不已，腹部剧烈起伏。

角马群走得更远了，如不立即赶上，失群的角马只能倒毙途中；而背后，已看得见猎豹那锐利牙齿可怖的凶光！

哦，小角马！它降生的最初一刻，就已直面死的威胁。如此严峻，如此无情！它必须立即站起来，立即赶上群体；要不，等待它的只有死亡！没有退路，没有任何别的选择，生与死，就在此一举，在此一搏！

母角马眼中充满焦急，充满恐惧，充满悲悯。可怜造物主没有给它臂膊，它不能伸出手来救助它的孩子，无法帮助它的孩子脱离险境。面对死亡的威胁，小角马只有靠它自己。

小角马再度奋起，这次它终于站直了四条腿；站直了，虽然还有些摇晃。它气喘吁吁。母角马以蹄刨地，催促它赶快迈开脚步。小角马试着迈步，不料失却平衡，又跌倒了。

面对这惊心动魄的生死搏斗，我把手指头都捏痛了，掌心汗湿。我离开椅背，全身前倾，盯着电视机屏幕，目不旁瞬。

小角马终于再次站了起来！这一次，它跨出步子时没有再跌倒，试了几步之后，它居然趔趔趄趄地小跑了起来！母角马满意地晃了晃脑袋，示范般地带小角马原地转了一圈，便向天的尽头嘚嘚而去。它们可以追上角马群了，它们可以摆脱猎豹的威胁了。一头小角马到这时才算真正诞生！

小角马，一出生就得站起来，就得奔走，就得随父兄跋涉迁徙。它没有襁褓，没有摇篮，没有父母的臂弯和怀抱。它赤裸裸地来到世界，立即直面天空和大地，直面酷日和风沙，直面掉队的恐怖和天敌的威胁，直面实实在在的死亡！

小角马，靠的是它的挣扎，拼搏。面对死亡，不存在任何侥幸，忍受着生命原始的巨大痛楚，命令自己站起来！站起来！它知道，只有这样，它才能胜利！它必须胜利！

战胜了死亡，也就战胜了它自己！

选自《散文》1993年第12期

故乡的乳秸

刘剑波

世界上有许多事物虽然名不经传，却让你真实地感到它的存在，感到它缄默、执著的力量，譬如我家乡的所盛产的乳秸。

乳秸形似高粱，也有人称之为甜秆儿或甜高粱的，但它与高粱毕竟有不同之处，如果把矮壮的高粱比作粗犷的北方大汉，那么乳秸就是苗条的南方女子了，它的穗、叶、秆处处透出秀气的水灵劲儿。世上最甜的莫过于糖和蜜了，但糖和蜜吃多了自有腻的时候，而吃乳秸从不会使你腻。每年的仲秋，暑热刚刚如八月十五的大潮退去，空气中还残留着些许燥人的汗腥味，蓦然的，在某一天清晨或某一天黄昏，乳秸便仿佛无数面紫红的旗帜，飘荡于沟边，摇曳于屋后，伫立于田坡，辉映于小河。无异于心灵感应那般，农人们似乎晓得在那一天乳秸熟了，便纷纷拿着月牙般弯的镰走向呼呼作响的稻地。孩子们必要有点伤感地去扛走他们精心制作的稻草人，留到明年派用场，但他们窃喜很快又能钻草堆睡觉、捉迷藏了，并且，在枕着稻香弥漫的草捆子数星星的时候，手上必要拿着很甜的乳秸咀嚼，也因此，他们的每个梦境也都是甜甜的。

乳秸给予我有太多的回忆。我记得我穿开裆裤的时候，就做了一名偷乳秸的老手（在我的家乡，乡亲们不仅不把偷乳秸的小孩视为贼，还要用种种称赞的言语奖励他，比如说：“那伢儿不简单，能拔得动乳秸哩”。)吃了晚饭，我就同我的小伙伴出发了，彳亍于牛羊咩咩的乡间小道，将各自身上精瘦的肋骨作风琴的键子弹着，唱起好多从广播里听来却不知其名的曲子。这时，月亮从东面一个墙豁口爬上来，如一只香蕉挂在一株老树的枝丫上。云彩也缓缓地从哪个角落里挪过来，因此月光不能朗照。我们选定了一家菜地上长着的茂密的乳秸林，轻轻的发一声喊，便都钻进去。这时的乳秸林犹如几枚石子投进河面荡起了一层涟漪后，复归于寂静。我们因为力小，通常不连根拔，而是将靠根处掰断。但乳秸有它自己的脾性，说掰断就能掰断，倘使你第一节掰不断，那么整个这一根你就甭想掰掉。否则，弄出声音，会让大人跑来抓住，扒掉他的小裤衩取乐。第二天，被偷的那户人家并不急恼，在村里说谁家的伢儿掰了乳秸的，请把穗头送来。我们又趁着月色，将穗头如数归还。我们知道，乳秸是扎扫帚的极好的材料，远胜于稻穗或高粱穗，坚固而不失弹性，美观而又耐用。因此，秋后洁净坦荡的场屋便是用它打扫成的。

乳秸对于家乡人是必不可少的。孩童自是将它看作圣物。情窦盛开的小伙子和姑娘们，披着月色出来幽会时，为了要摸到某个隐秘的树林，或流着水声又长满青篁的河边见面，便先将乳秸秆权作手杖探路，或驱逐跟踪的野狗。待到会面后便一边娓娓叙着情话，一边嚼起乳秸——那是要用洁白的甘汁为爱更浇一把焰火。乳秸吃完了，便各自娴熟地用秸篾编成一块蒲席坐于一起去，共享夜之温柔。而有了子女的长者，尤看重乳秸。秋天多有庄户人家女儿出嫁，为了要恪守“出嫁路上不喝水”的乡规，又不委屈了女儿，母亲必将乳秸斩断后用红布包了，悄然塞给女儿；儿子要出门了，父亲会粗野地说一声："自个儿到田里砍乳秸去！"更有亲朋自远方来，定然先用乳秸招待一番，常有客人能一气吃十数根，然后美美地敲着早就鼓圆起的肚子，极快意地舒出一口气来，那一夜他肯定要酣睡到天明。我记得我十八岁的那年夏秋去东北上大学，临行的早晨，母亲送给我两样东西，一是千层底布鞋，再就是乳秸。前者使我走千里也走不脱母亲的怀抱，后者使我在三天三夜的铁路旅途中，祛除口渴体疲，并使冰淇淋和可口可乐拥有者们羡慕不已。

那么，耄耋之年呢？人们再也没有了乳秸那样火红色的热情了，他们静静地坐于乳秸荫里，回首过去了的欢乐和痛苦的岁月。他们也许有一种被乳秸离异了的怅惘，因为他们再不能用没牙的嘴去啃乳秸秆，再不能用乳秸叶做成叶笛，吹奏一段喜爱的歌子，甚至再不能用颤巍巍的手扎乳秸帚，去扫净赴黄泉的路。但忠厚的乳秸并没有忘记他们。我记得奶奶八十岁的那年，一块痰堵在嗓眼快要憋过去，父亲便用榨出的乳秸汁喂奶奶，须臾，奶奶便将痰咳出来，且脸面有了红润的血色。正是靠了乳秸汁，奶奶的生命之舟才渡过了她人生的第八十一条河流。

这就是乳秸，我的家乡极寻常的一种植物。如果说北方的红高粱是中国民族憨厚朴素性格的体现，那么乳秸便是为故乡人民的生活铺就了一条行进的甬道了。

我骄傲，我是乳秸的子孙。

选自《散文》1994年第12期

伤残的葡萄

唐兴顺

它最初只是一截断根，筷子般长短，拇指样粗细，很不规则地横生斜出，根须极少，似乎就是光秃的，当时还很小的二弟手持着它，从街上跑来为我祝贺迁入新居。新居外那时一片空地，建筑时留下的残砖破瓦满目狼藉。二弟说它是一株葡萄，会给门前带来绿荫，我将信将疑，匆忙间拿在手里看了看，并无多想，更没想到我这一拿竟铸成了一个历史性的时刻，标志着一个人与一株植物之间感情交往的开始。

埋在土里没有很久，绿叶便举上来，新枝便抽上来，几个月时间已是青条纵横，浓荫纷披。从此，屋门之侧，南窗之下，便有了一处生命。每年春节过罢，节日的余味还没有完全散尽，门框上的对联仍鲜红鲜红的好看，一方冷土之上的葡萄架就从灰黄的冬色里显现出浅浅的绿意，小蛇般的藤条粗看仍然耷拉着，休眠着，往近处站站细瞧，已洋溢着憋不住的春天的力量。很快一根根滕条就挂出一串串绿叶，弯弯延延，相勾相离，三月的灿烂阳光里，这架葡萄绿得最浓，绿得最鲜亮。夏日，我常常受不了雷雨对葡萄的打击，乌云速来，天昏地暗，电闪雷鸣，倾盆大雨中，葡萄像一个可怜的农妇，披头散发，衣襟扯裂，呼天号地地痛哭着，好像很丧元气。雨过之后，却发现它并不那么娇嫩，藤条一根也没折断，就是叶儿也极少被打落。扶起架正之后一两日内即新鲜清翠，看似惨烈，实际是它随弯就势的一项自卫措施。夏季的大部分时间里，葡萄架都是一把稳定的大伞，如火烈日下，它遮起一片荫凉。我奔走红尘，冒汗归来，远远望见绿架青藤，心中先有凉意生出，往架下的石条上一坐，顿时心清体爽。人忙活时，青藤下便作了鸡们的乐园，红公鸡、黑母鸡一看没人，就从太阳地里“呱呱呱咕咕咕”地叫着碎步跑来，在细土里打凉窝，有时还顾得上谈情说爱。这架葡萄表现最浓的诗意是在秋季，秋季又有两个时日最美。一是旧历七月七日的晚上，牛郎织女渡河汉，一架青藤似乎成了与男女爱情有关的美物。再一个时日是中秋节的晚上，家人把平日用餐的饭桌搬到架下当作供桌，上面摆上月饼、黄梨、核桃、山里红、金黄谷穗等，三炷高香，两炬红烛，我携妻女静候其旁，望天上玉盘款款走，人间清辉遍地银。最美当是明月透过葡萄架在地上筛落的斑斑丽影，看着静止不动，不待一炷香燃完，丽影已移步换形。冬季到来，万物萧条，花草归隐，但我的葡萄架因为有筋有骨，有势有形，反倒表现出另一种气象。大枝小枝，没了叶儿，如臂如腿，交错盘绕，其形其势，酷似龙虎争跃。

青藤挂出一串串葡萄果的时候，竟然有些意料之外的感觉，因为在我的意象中，它就是一架青藤，它就是一团蓬勃昂扬的生命，意识深处未曾要求它结出果来。但是，面对了它一嘟噜一串由青而紫的果实，我立刻就想起这是它生命的原本之义。只是我平日的思维太有些抽象了。这使我联想起我曾经很浪漫的青春。不知天高不知地厚，不知山高不知水长的年龄里，根本就没想过人生的有限和生命的结局，似乎生命一直鲜活，世界永是绿色，那葡萄的果实很响亮地提醒我，在它的绿架青藤下，我青春已过，由为人子而为人父，我之父双鬓已白，我之子黄发垂髫，生命之树在新叶催陈叶中行进着亘古不变的演绎。想想年近不惑，仍两手空空，无一建树，这才很羡慕地注意起葡萄的果实来。那葡萄一颗颗地看，个大色鲜，绷着晶晶莹莹的皮儿，很像美女之目，丰硕紧凑，如一堆堆玛瑙。有时候在架下独坐，默思冥想世间诸般生物的奥秘，十分惊叹葡萄如此这般的生命形式和表现状态。春何以发？秋何以果？果何以累累美妙如人工之巧设？逢有宾客来，必先指葡萄以炫耀；向远方朋友作介绍，信中总写葡萄架下是我家。走亲串友，常提一嘟噜葡萄，听到亲友赞叹葡萄好，比说我某篇文章好还高兴。

但是问题也就出在这个“好”上。邻居见我们从葡萄上获得了这么多的好处，不知在什么时候也养上了一株葡萄。遗憾是低劣品种。秧长叶薄，果实小，味道酸苦。勉强嚼到最后剩一嘴咬不烂的厚皮和核籽儿。错就错在这样对比鲜明的两架葡萄不该长在一起，如果长在远山，说不准会以野味之奇博某个丽人一笑。更严重的还在于两株植物不晓世理，都不甘示弱地疯长，没用多久就互相纠缠在一起难分难解，这就为最终的悲剧埋下了伏笔。邻居下定了根除那架葡萄的决心。我看着他们动刀动剪，长拉短拽，满以为我们的葡萄会从此挣脱纠缠，获得一个更美好的生存空间。谁曾想两个体系已经合而为一，利刃之下，劣优并毁。

人们都认定它生命的能量已经散尽，担心明年春天也不会再吐绿了。就在人们这种唏嘘叹息的常规推论中，它却爆出了奇迹：在旧历十月初的冬寒里，它不仅满身又挂出了绿色的小伞，而且还梅开二度，捧出了两嘟噜小小的葡萄串，为从这生命的断绝处闪出奇异之火。

选自《散文》1995 年第 10 期

一只老蝈蝈

郭雪波

老家夏天的原野是迷人的。

回到老家，只要天气好，我就往原野上走一走。那天，我蹚过家门前的那条杨西木河，再走过河南岸上的一片开着白花的荞麦地，来到了老家的原野上。这里没有纵横交错的阡陌，一切都处于自然状态。山坡上有野桑树，洼地上长满白茸茸的狼尾草，野滩上的青草中开着各色野花，错落有致，蓝色的鸽子花，红色的野百合，色彩纷呈，互不侵扰。

偶有蝈蝈鸣声，随一阵清风传来。

我循声摸去。一片长满沙蒿子的洼地上，有上百上千的蝈蝈在鸣唱，这里简直是一个蝈蝈王国。它们把生命化做了鸣唱，装点了这原野。没有蝈蝈叫的原野是不能称之为自然的原野的。

我听得出这片草地上，有一只蝈蝈王。风吹摇了草枝，其它蝈蝈都一时销声敛迹，唯有它不为风的摇撼所动，依然鸣唱不息，声音高亢有力，明快久远，一叫起来久久不停歇，似乎在不懈地呼唤着这绿色的原野、明亮的太阳，呼唤着这里的自由的空气。我悄悄靠近这只蝈蝈王。从下风处走走停停，慢慢摸准它准确的栖息地。其实这样的具有工作狂性质的蝈蝈是好逮的。目标暴露容易，不像那些不爱叫的蝈蝈不好找。不叫，无论如何是找不到它的。就像不干事的人不会被人找到错误一样。果然，我很快发现了它。在一人多高的蒿草枝上，它攀伏在一片宽叶间，把明翅冲太阳暖暖地晒着，惬意地随风摇荡，正起劲儿地欢叫。一看就知道，这是一只老蝈蝈，春末夏初最早出现在原野上的蝈蝈。

我轻轻举起双手，想从两侧悄悄把它捧进手心。机警的蝈蝈王突然停叫，并迅速地往下一跳，竟不知去向。

我惋惜不已。也不甘心。尽管四周有其它众多蝈蝈在聒噪。但我仍然专情于它。我耐心地等待起来。有这么温暖的阳光，这么空阔的原野，还有无数同伴的召唤，它终会不甘沉寂而露头的。果然，半小时后那熟悉的声音就从不远处的草尖上响起来了。

小虫毕竟是小虫。这次我小心又机敏地终于把这只原野骄子捧进空手心里。被它咬过的虎口处隐隐生疼，上边涂洒了一层它吐出的酱色汁液。我把它关进先编好的笼子里。它怒不可遏，在笼子里猛跳猛撞，接着又寻觅起可钻出去的缝隙。我不去管它了，往笼子里塞进两片嫩叶，然后心满意足地往回走。半路上又发现了一只声音较嫩的蝈蝈，大概新出世不久，鸣叫声显得羞涩而迟缓，我心想给老蝈蝈王找个伴儿做仆从吧，于是不怎么费力地逮住这只嫩崽儿，塞进了笼子里。

回到家，我把蝈蝈笼子送给儿子说："儿哎，看爸爸给你带回来啥？"

小儿八斤好奇地端详着："这里是什么虫子呀？"

"这就是大肚子蝈蝈，大的是蝈蝈王，小的是蝈蝈王的仆从。"

"爸爸，这仆从怎么没有脑袋呀？"小儿八斤歪着头问。

"怎么会呢？"我接过笼子一看，也傻了。那只后逮的稚嫩的小蝈蝈，果然丢了脑袋，横尸笼中。而老蝈蝈王的黑红色铁脚，正踩着那只小脑袋。显然，这位暴君为了独霸笼中空间，咬掉了它仆从的脑袋，以泄失去自由的愤怒。这未免太残忍了，也违背了我本意。

“算了，这只蝈蝈王不愿意让仆从侍候，咬死了同伴。也好，咱们就听它独唱吧！”我叹口气，把笼子挂在窗外檐下。

第一天下来，它没有叫。

第二天一早，小儿子就歪着脑袋守在笼下，等着它叫。这一天它还是没叫。它后背上的明翅紧闭着，没有一丝要叫的意思。看来它是以沉默来抗议着失去自由，抗议狭窄的笼中生活。它爬上笼子里最高顶处，鼓鼓的眼睛瞪视着远处的原野，一动不动。没有了自由的绿色原野，没有了随意攀爬的蒿丛绿枝，没有了此起彼伏的同伴鸣唱，没有了携带泥土野草清香的微风吹拂，没有了洗身的夜露晨霜，而被人强制地关进巴掌大的小笼子里，它是一时唱不出欢快的声音来了。我有些理解它。然而，它这种沉默，这种无声的抗议，能够坚持多久呢？

第三天，它仍旧没有叫。小儿早就失去了耐心，嚷着“爸爸捉了一只不会叫的哑巴蝈蝈”去玩别的了。

尽管拒绝歌唱，可它不拒绝进食，而且食量不低。

那是第四天深夜的事。我正在睡梦中，忽被一阵“吱—嘎”“吱—嘎”的拉锯似的虫叫声弄醒了。一开始我还没想到那是窗户外的老蝈蝈发出来的声音。这是一个嘶哑生涩、有气无力的声音，全没了原先荒野的锐气和豪放，听着就像是一次压抑的哭泣！不过，它毕竟叫开了，向自己生命本能妥协了。诱使它的除了这黑夜的寂静，以及来自原野的泥土之风。它终于放弃了骄傲的固执，重新开始了一种笼子里的歌唱生涯。

第五天开始，老蝈蝈就开始正常地鸣叫了。虽然没有像原野上那般自如和谐，有些断断续续，但它已习惯攀伏在小笼子塔型壁上，鼓背隆腰，不停地摩擦和震动着明翅，渐渐进入角色了。

再过了些时日，老蝈蝈完全适应了笼中生活和庭院气氛，叫得非常勤奋卖力，而且不分昼夜，只要有倭瓜花吃。好像在告诉人们，是蝈蝈就得叫，无论处于什么样的环境什么样的待遇，无论是出于自愿还是无奈，叫是它的本分，喊叫才能证明自己是大肚子蝈蝈。

老听它没日没夜地聒噪，我有些烦了，索性把它从笼子里放出来，随便放进院角的菜畦里。我以为恢复自由的老蝈蝈，这回肯定跳离菜地，奔向原野吧。结果又使我感到意外。它依旧安详地留在菜地，爬上一棵大白菜绿叶上，还是那样日日夜夜地鸣唱，全没了原先那种奔回原野的狂躁不安，完全随遇而安了。

我暗思，人何不是这样，有时也跟蝈蝈一样呢。

几天过去了，我渐渐淡忘了它的存在。有一大没事，我坐在菜畦旁的树荫下读书，突然意识到好像半天没听见老蝈蝈的叫声了。我纳闷，仔细谛听良久，附近也没有传出蝈蝈叫声，走进菜地搜寻，又没发现它的踪迹。我心想它大概一蹦一跳返回原野了。到了夜里，我仍不死心地等待它从房子四周哪片草间树叶上突然鸣叫起来，然而黑夜一直很宁静，除了蛐蛐的叫声，没有任何蝈蝈叫声。它是果真远离这里，回归原野，彻底自由了。我心中暗暗为它庆幸。

翌日，小儿从鸡窝前捡到两根虫腿，跑来问我："爸，这是什么虫子的腿呀？"

这是那只老蝈蝈的后两条腿，淡白色长腿经日晒已变得红褐，脚掌部长有微刺，显得很硬，这就是那双踩在同伴尸首上的坚硬的双脚，我认得。原来，老蝈蝈被家里的母鸡或公鸡随便吃掉了。

我半晌无语，心里很不是滋味，有些愀然。

选自《散文》1996年第7期

榴莲啊榴莲

汪逸芳

电视里见到过榴莲，那是十分美丽的一片翠绿，此后，心存一念，便是希望品尝一下被称作果中之王的榴莲。

在新加坡，当尤今听说我此行的最大愿望是吃榴莲时，她竟瞪大了眼睛说："啊——！你敢吃榴莲啊！"

那神情，仿佛我不是为一饱口福，而是去奔赴刑场似的。

我知道榴莲是种是非果，爱之者如吸毒者看见可卡因，厌之者，恶之如公厕粪便，在许多人的眼里，它早不是一味单纯的水果了。

正是这样，就更逗引了我腹内的馋虫，我几乎听得见它在里面翻滚的渴求之声，我想即便是一枚毒果，我也下决心要尝一尝。

尤今说："我请客，但必须定个日子。"我忍不住大乐起来，我想又不是定结婚喜宴，还要选什么黄道吉日不成？只见她诡谲地笑笑，眼里充满了神秘。

在我期待与榴莲相遇的时间里，听到了几则与榴莲有关的故事。其一，说榴莲很臭。有一群西方朋友去看牛车水（中国城），走着走着，那些先生的鼻子与眉毛一齐扭动起来，诧异地问："不是说新加坡是世界上最干净的城市吗？怎么允许公厕味跑到街上来？"其二，相传郑和七下西洋时，途经新加坡，上陆方便过一次，之后便从粪便上长出一株奇异的植物，结出的果实便携带臭味，有人恶作剧地说，吃榴莲乃是吃郑和大便也。其三，听说新加坡总理吴作栋在一次演讲会上，讲到生产计算机软件的时候说，这就像我们的榴莲啊，榴莲是我们国家的金枕头！计算机……，结果那一年榴莲生意大盛，国民们为捧一只金枕头而大嚼榴莲，让小贩们狠狠赚了一笔。

本世纪初下南洋大约如内地人闯关东，“下”和“闯”都隐含着风险和艰难，从前下南洋的人都要面对榴莲，喜欢不喜欢吃榴莲，便成了能不能在南洋扎根的分水岭。

自从降落在新加坡这块美如花园的国土上，榴莲似乎是一种无所不在的东西，无论走到哪，你都会听到它各种版本的故事。

夜晚，尤今开车来载我和二位先生，去她家品尝榴莲，一上车就开始议论榴莲，一位先生说，吃榴莲一定与吃青橄榄差不多，生涩在前，回味无穷；另一位说，像臭豆腐吧，闻闻臭吃吃香。在未遇榴莲之前，每个人都运用生命之舟中曾经拥有的经验作出种种推测。

到了尤今的家，进门就有一股异味扑鼻，大家情不自禁地翕翕鼻翼，味浓而刺激，犹如屋内刚爆炸了一颗臭味炸弹。

“难闻吗？”尤今问。

“不！”大家都这么说。可能这是因为有了心理准备吧！渐渐地我觉得这味儿好闻起来，吸入腹腔，弥散开来的时候，如走入绿树森森的丛林，如早起呼吸新鲜空气似的。

“不臭，不臭，我觉得很好闻。”我把我的感觉呈现出来，尤今笑嘻嘻一副顽皮儿童相，她急急忙忙取出相机，说是要把我们的丑态载入“史册”。不久前一群北京的朋友上她家品尝榴莲，有人吃了一口，就冲到厕所里大呕，一直呕到胃里空空，脸色刷白才打住。尤今不时制造紧张空气，鼓动得我们三人磨拳擦掌，大有背水一战的决心。这时，尤今把她的公子和小姐都赶上楼去，举着只照相机，像个战地记者似的只等战鼓擂响。

榴莲有三只，像一只只可爱的绿刺猬，剖开，肉雪白而黏稠。今天这个世界流行西方文明：女士优先。不过这次倒是东方式的，男士冲锋在前了。“咔嚓”一声，尤今的快门揌下了。第一位先生小心翼翼地啃下了第一口，含在嘴里细细品味，而后他慢条斯理地向厨房走去了。第二位先生，举着这颗白色的果肉直乐，那神情仿佛说：“我们中国人原子弹都不怕，还怕榴莲吗？”果然相片洗出来，是一个笑逐颜开尝榴莲的模样。

“好，轮到你了，逸芳！”尤今十分幸灾乐祸地等候我出洋相。

我想，这有什么难的？掰下一颗果实就往口里送，只觉得三根手指被强胶粘住了，手里黏糊糊，口里黏糊糊，不算难吃，只是到了喉咙口，像是有个闸，不知道该如何往下冲。

我那很投入的吃相被尤今摄去了，但是我却说不清我在吃什么，糨糊么？有点像，不甜，不咸，也不鲜，南洋人怎么会爱之如情人呢？心有不甘，接连嚼了四颗，依然食而不知其味，倒是吃下来的核，圆形，深棕色，光滑滑的如一粒粒南京雨花石，艺术品一样可爱。

面对尤今特意为我们准备的三只绿刺猬，我们三位大陆人加起来也没有吃掉半个。临走的时候，尤今拿出一只塑料盒，装了些榴莲，盖严后又装入一只塑料袋，将袋口扎紧，说是让我们带回去，给同仁们尝尝。

我们大惑不解问：“尤今，你是怕它们逃出来呀？”

尤今大笑：“新加坡有规定，榴莲这东西一不准进宾馆，二不准上飞机，更不准带进公共场所去。”我立刻接着说：“假如露了馅，有人问我，我就说，对不起，我不知道啊！”

明知故犯，假装糊涂！同仁们被我逗乐了，敞怀的笑声在夜空爆响，狮城的夜晚，街上很少有行人，高高的建筑物却被灯点成了空心，站在我们下榻的国宾大酒店门口，心情忽然忐忑起来。据说榴莲如果进入小车，车内榴莲味五天不散，我们会被发现吗？

一听说有榴莲，同仁们都涌了过来，但尝了以后，只有我同房间的李小姐兴备异常，吃完自己的那一份后，不知不觉中把属于别人的那些也都吞了下去。

“好吃，好吃！”她连连说，我问她怎样的好吃，她笑笑：“说不出，反正好吃。”

那以后，我在街上走着的时候，对这种气味特别敏感，特别是面对绿色的榴莲如墙一样垒起的时候，便挪不动腿了，会一下一下地作深呼吸。

卖榴莲的说，榴莲这水果很怪，它非要自己成熟了掉下来口味才好，如果半生不熟的将它采下，无论你用什么方法，无论放上多久，它永远不会成熟，所以榴莲园一到成熟的季节，树下就张了大网，像捕鱼似的，还得派人守候，我想如果主人同意的话，我倒十分愿意去当那个果园看守人，在一片翠绿之中，听绿刺猬一只一只从树上掉下来，咚、咚、咚，那声音该是多美妙呢。

有一天在路上走着，看见一家水果摊，在街的屋檐下像小吃摊似的摆开了一张张小方桌，每张桌边都坐满了人，桌上摊着剖开的榴莲，其中有一个男子汉吃光了果肉，意犹未尽，正一下一下地舔着手指，他完全沉浸在自己的味觉境界里，这才是真真的南洋人，他们对于榴莲，是深入骨髓的喜爱，是与生命同在的感觉。精神上没有共鸣，味觉上也不可能产生共振，只是吃上那么一次两次，怎么能进入吃榴莲的美妙境界呢？

选自《散文》1997年第1期

我的苦楝树

朱　琅

十八年前一个雪后绽晴的日子，我独坐院内读书，浸入红装素裹的恬静里。忽觉一物落书又滚到地上，拾起看原是一枚苦楝树的果实。猛抬头，目送一只喜鹊已喳然远去。啊！我终于悟到这是一次超级飞播接力赛——命令我完成神圣任务。

岂能辜负这人类朋友——鸟类的信任！忙在院里扒开一片积雪，将喜鹊吻过的种子，穴播于酥松的湿土里。次年清明过后，果见一株幼苗破土而出，嫩似绿豆芽碰不得。我小心翼翼地松土除草，找来竹篓将它罩住，免受意外伤害。约尺把高时换用枝条插上一圈，让它有个宽松的安全岛。直到株高三尺有余，像戴着绿笠的小姑娘笑立眼前，可爱极了，我才真的松了一口气，一种不寻常的欣慰漫过心头。

眼看着苦楝树一年年长高长大，初把我撇在脚下，后把我家居住的平房也撇在膝下。与它同龄的孩子还在捉迷藏，而它已长成参天立地的巨美人。

春披一身挑花的碧衫，阳光如水漏过，在地上墙上瓦上和人们身上能动地印出蜡染似的图案，装点满院春色，显得格外漂亮。

夏撑一柄墨绿遮阳伞，里里外外盛开着串串紫花，日夜散发着缕缕清香，连人带屋带鸡舍都抱入它的柔怀里——共享绿色天伦之乐。

秋后果实像白葡萄一样挂满枝头，风吹不落，雨打不掉，莫非专为谁准备的美食佳肴？是的，待雪后放晴便有喜鹊、八哥儿、斑鸠等一齐飞来，紧张而又愉快地啄着唱着舞着，把楝籽抛撒一地，然后纷纷衔枚疾去。

每想起往日院里不见树不见花不见鸟的情景，更加疼爱这棵苦楝树。大概因为它周身流的碧血苦涩，所以，什么虫子也不来伤害，一年比一年长得帅，与我朝夕相处，亲如一家。谁知树生似人生，也有不幸遭遇。那是四年前的一天，院里拴铁丝晒衣被的木桩断了，有人提议把铁丝拴到苦楝树上，被我一票否决。不久，我出差回来却见铁丝已系树身，还扭了一个结。心想树干已经很粗了，也许不要紧的。万万没有料到留给苦楝树的却是一场劫难！

一年后，树身拴铁丝的部位因淤血而肿了起来，把铁丝绷得紧紧的，酷似木桶上打的铁箍。

两年后，肿的部位更加突出，仿佛得了大骨节病。缠树一圈的铁丝入木寸许。从被挤出的树汁愈合处清晰可见环形伤口，隐约可闻揪心呻吟。

三年后的一天，伴着呼啦一声巨响，晒在铁丝上的衣被全都抖落地上，孩子们奔走相告：苦楝树发火了！把一根筷子粗的铁丝挣断了！

我在树前踱来踱去，凝望着它那怒挣铁锁链的悲壮形象，反复吟着“于无声处听惊雷”……

选自《散文》1997年第7期

铜　草

黄龙贞

铜绿山上，长着红茎绿叶紫花的铜草。一接近铜草，有如贵妇人花露水开了瓶儿，散发着沁人心脾的芳香。

铜草，是铜矿的指示植物。在远古时代，原始人用石刀砍去杂草，用石斧断开荆棘，用石凿凿开岩石，用石铲铲去石渣，用石锄掘松土壤，进行刀耕火种。为改进石制工具，原始人去寻找坚韧的石料，偶然寻到了自然铜。自然铜，即红铜，光彩夺目，比普通石料坚韧，成了当时伟大的发现。凡有铜矿的地方，就有红茎绿叶紫花的植物；凡有红茎绿叶紫花芳香的植物，一般就有铜矿。于是，人们把这种红茎绿叶紫花芳香的植物，叫作铜草。

红铜，质软，制成生产工具，也用不了多时，就缺了刃，断了角。又舍不得丢弃，就放在火堆中垫木架火。一个必然，红铜与锡熔为一炉，颜色青灰，打制成生产工具，经久耐用多了。于是，人们把青灰色的铜叫作青铜，把青铜铸成的器具，叫作青铜器。

看到青铜器，就想到铜草。

铜草茎，纤纤，暗红，宛若铜丝，以铜丝的姿势迎风而立，岁岁引人想象；也犹如旗杆，以文明的姿态迎风舞动，召唤人类改天换地，告别愚昧、落后、贫穷。

铜草叶，颜色深绿，与孔雀石颜色，天然雷同。叶片线状披针形，有如井巷缩影。一束铜草，叶叶横生，好像井巷纵横，人们便想见铜矿多多，孔雀石多多。

铜草花，唇形，紫红，望则含笑，闻则芳香。全花聚生于枝端偏向一侧，成穗状，类似一千年前辽代的植毛牙刷。雕琢孔雀石工艺品，不也需要植毛牙刷刷尘去垢吗？尤其，金风吹拂，铜草花似乎欲语，这就更奇了。

掘铜者春夏秋冬，都在进尺中。特别，冬天风冷，夏天日烈，病倒矿工一批批，一巷巷。地面工人躺在山上，顺手扯一株铜草，放在口中咀嚼，辣辣的，香香的，苦苦的，凉凉的，咀嚼着，吞咽着，感寒者出了一身汗，病好了；伤暑者还了一身爽，病好了。

看到铜草，就想到青铜器。

商代司母戊鼎，高133厘米，重875公斤，以造型厚重典雅，气势宏大，著称于世。

编钟总重量2567公斤，分三层悬挂在高大的钟架上，其高超的音乐性能，在世界音乐文化史上极为罕见。

青铜器，是人们改造大自然的先进工具，是社会生产力迅猛发展的推动力，是人类进入文明时代的探照灯。件件青铜器，闪耀着青铜文化的光辉。

当代九龙铜鼎，高4.4米，直径2.68米，重6.6吨，陈列在北京人民大会堂香港厅前，象征着主权尊严、和平统一、繁荣稳定，是青铜文化的伟大发展。

青铜文化源于何处？1973年发现的铜绿山古矿冶遗址，以资料最全、科学性最强，论证了青铜文化源于中国铜绿山。古矿冶遗址，大部分文物是西周时期的，距今约三千年。人们惊诧古巷道的纵横支架，人们惊诧16.3公斤重的稳桩铜斧，人们惊诧人类文明从铜绿山开始！

铜草，健美，芳香。一片片叶子，象征着一道道井巷；一簇簇花朵，盛开着一个个美丽的故事；一颗颗种子，吐露着一粒粒象形文字。铜草，一种奇异的草，浑身写着：青铜文化。

选自《散文》1999年第1期

白 菜 花

邵韵寒

屋子里暖和，菜案下有只吃剩下的白菜疙瘩竟生了根须，从中间抽出一根嫩绿的花莛子来，几小片叶儿，几小簇蚕卵似的花粒。将之泡在盛满清水的残口的瓷碗里，十几天过去，花就全开了。

以前住平房时，每年的清明前后，我都要在院子里种几棵白菜花。现在楼居，得到一点土都不易了，养花成了一种奢侈的享受。不料就一碗清水，白菜花就能活命！许是水之故吧，那花里仿佛也有一种水样的清淡平和的精神的灵辉。

白菜花的颜色，耀眼的一团光亮的金黄！没有一丝斑驳的杂色，纯粹得似乎有些单调，但确是可爱的，像春天的明丽的阳光。在中国，黄色是高贵的，但在白菜花里，你看到的只是朴素，全然没有贵族气，它不适宜插在星级酒店的花瓶里，也不适宜握在热恋的人的手里，它只适宜开在篱落疏疏的田间地头，只适宜开在宁静寂寞的人的心里。

单看白菜花的一朵，太小了。但彼此密密地紧挨着，聚成一团，依然向着风儿摇手，她并不因为玫瑰的鲜妍和牡丹的硕大而自卑，真实而自然地开着。香气淡淡的，像是从线装书里飘出来的，还有一点早春的青草气！

曾读过石涛的一首题画诗："冷淡生涯本业儒，家贫休厌食无鱼。菜根切莫多油煮，留点清灯教子书。”咏的是淡泊自甘、不忘求学的情趣和心志，借萝卜白菜之类以寄胸襟，与白菜花的品格很是相同。于是又记起《菜根谭》里的句子：“静中含虑澄澈，见心之真体；闲中气象从容，识心之真机；淡中意趣冲夷，得心之真味。观心证道，无如此三者。”这样的句子，最好在夜深的灯下，一个人喝着茶，看着水碗里的白菜花，再悠悠地读出来。

选自《散文》2000 年第 3 期

跟植物交谈

黄金明

我热爱各种各样的植物。一直以来，我对植物有一种说不出的喜欢和依恋。平时，我有事没事总爱待在菜园里，看一看青菜，掂一掂黄瓜，捏一捏西红柿，或者什么也不做，就默默地坐在菜畦上，呼吸着蔬果们发出的清香。我幻想着一棵青菜会忽然走过来，在菜地上旋转着舞蹈，就像邻家那位爱穿翠绿裙子的女孩；又或那只最大最红的西红柿会张口说话；一棵满身是水的雪嫩萝卜，跟一口埋藏在泥土深处的水井有什么两样呢？

粤西乡下的耕地不多，农民惜土如金，充分利用。立体作业式的芋田最能体现这一点。香芋是多年生草本植物，生长周期很长，大半年才能收获，农民们就在芋地上间种黑豌豆、豆荚、黄瓜、红薯等，这些纤弱的藤本植物丝毫威胁不了生长力旺盛的香芋。黄瓜收了，豆荚败了，香芋也就庶几可以收获了。黝黑粗糙的芋头就藏在泥土里，大芋头身上长出好几个芋仔儿，就像一窝生活在洞穴里的小兽，拖男带女，热热闹闹。香芋的叶子，呈盾形，十分宽大，略似荷叶，长有又直又长的叶梗，把叶梗割回来，用盐水腌制几天，就是具有浓郁粤西风味的美味咸菜。

我固执地认为，植物也是懂得思想的。它们用花朵呐喊，用果实说话，用生命的种子繁衍后代，甚至每一片叶子都是会歌唱的嘴唇。还有比植物更爱清洁的吗？甚至连它们身边的空气也是干干净净的了。比如长在水中的芙蓉或水仙，比水还要干净。一株一尘不染的植物，有时比最天然的少女还要芬芳迷人。

我十分热爱南方乡下的植物、流水和弯月，当然还有飘散着云朵和蒲公英的天空。我举着一株长满小花的枝条望着天空想，我是可以飞翔得比任何鸟儿还高的。我小时候跟一簇野花在山谷里乍然相逢，它像一把火苗，每一片细小的花瓣都用尽了毕生的才华和精力，颜色非常鲜明，像是春天失手打翻了的一桶油漆。它飘动着，像是突然奔跑到我脚下的一匹小兽，又像是在人间静静地等待了许久，把身上珍藏的每一朵花都拿出来了，怕是来践付今生的一个契约吧？在另外的地方，有没有另外的一簇花，也在寂寞而仇恨地怒放着呢？然而，一切花朵在乡下都是次要的，人们看重的是果实。南瓜是首先结出细小的果实来，再从小瓜的尾端开出一朵小花来的。木菠萝干脆就省略了开花的过程，直接从枝条或树身上长出硕大的果实来。番薯是同时向着天空和大地生长的，长在藤蔓上的花朵毫无意义——至少在农民的眼中看来是如此的——而一朵类似小喇叭的淡蓝或雪白的番薯花是可以给一位乡村的小女孩带来无限喜悦和温馨的。番薯的花朵长在地上，果实却结在地下的根条上，仿佛是埋藏在泥土里的一窝小兽，类似的植物还有香芋、土豆、花生和胡萝卜等等。胡萝卜的叶子很短，在冬天却会抽出十分细长的花枝，上面缀着星星点点的小白花。在三四月，火红的木棉花是广州街头的奇观，木棉树的老叶子都掉光了，新芽还未长出，却抽出了一树花骨朵。没有一片叶子却长满了花朵的木棉花树，实在让人惊讶，它简直没空去长叶子了，是如此迫不及待地开花。一棵开花的植物跟一位十六七岁的乡村少女有着相近的呼吸、幻想和香气。有时我倚在一棵掉光了叶子的大树上想，它的枝条里想必也堆积着许多嫩绿的叶子，身体里也贮藏着许多甜蜜的果实吧。

选自《散文》2000年第12期

怀揣植物的人

王晓莉

那一幕是我完全没有想到的。

那天傍晚我买菜回家。家门前的石阶沿上坐着个中年男子。他衣衫褴褛，眼神有些涣散。一望可知是个精神有问题的人。

他安静地坐着。眼前的车流与人群都视而不见。

我就要从他身边穿过去了。突然，我看见他有点诡秘且天真地笑了起来。他的笑，就好像是偷了件宝物却不能示人的那种欣喜。

也许是看见了我手中青菜的缘故，他解开个衣服扣子，从怀里小心翼翼地掏出一棵小树苗来。

那树苗总有尺把长了，根上尚留有不少黄泥土，只是捂在他怀里太久了，泥已有些板结。而树苗本身，也已呈现出枯萎的征象。叶子稀落得只七八片，光剩下一些枝枝杈杈了。

他双手捧着树苗，瞥瞥我和我手中的青菜，似乎要和我比试，谁手中的植物更强。

然后他感到这毫无可比性——他的植物比我的要强一万倍。他不再管我。只是盯着那树苗，左看看，右看看，怎么也看不够的样子。

很快，他就完全沉浸到他和手中植物组成的“二人世界”

里去了。这条街上的人们总是用一种喊话的方式说话，车铃也哗哗响个不停。这一切却完全不能够干扰他。

他手捧植物的样子，几乎就是一幅画。如果我来命名，那也许可以叫做《植物，或爱》。

我心中是受到很大震动的。我不知道为什么，一个神志已失常，终日在大街上流浪的人，独独这样宝爱着一棵植物？按说，这植物实际上已死了，于他却虽死犹生。他是把自己的生命当作了那植物的土地。一块四处漂泊的土地。

在他与这植物之间，曾经有过怎样铭心的故事？

也许，这植物是他与从前的爱人一起种的，后来她离开了他？也许，他把这植物完全当作他死去或远走高飞的某个孩子？也许他感到冷，感到这世上只有植物犹可相依？

这一切都成了谜。

眼前的情景就是：当世界都遗弃他的时候，还有一株树苗在陪伴着他；或者说，当他连这世界也遗弃的时候，他却不忍遗弃一棵植物。

这一幕令我有种泪湿的感觉。那一刻，我对他怀中，乃至整个世上的植物，充满了感激与温情。

植物，慰藉了多少人的心。即使是这样一个有精神疾病的，在世界之外游离的人。

可以肯定的是，这个人精神尚健全之时，一定是个植物爱好者。就像我身边的许多人，就像我。

一位退休老同事，腿脚不便，是个狂热的植物爱好者。有次闲谈，他偶然听人提到，在江西南部山区，有一种奇怪的树，那树栽种时，旁边必须要同时栽下另一种树作陪。当这树成活以后，陪伴的那棵树却一定会死去。

一棵树要陪着另一棵树生，并且要先于它而死。它的命运如此古怪，甚至悲壮，仿佛生来就是为了成全他人。

从此，老同事心心念念要到那座叫“阳岭”的赣南山中去。他请那个告诉他这个信息的人，给他画地图，留当地向导的电话号码。有次，他告诉我，他甚至某个晚上做梦梦见了那相邻的两株树。“可惜，我一醒就再也记不起它们的样子了。”他充满憾恨地说。

那位古代的伯牙，千山万水，只为听一曲钟子期。在我看来，我的这位植物爱好者同事，就像植物们的伯牙。

人们热爱植物的理由形形色色。我的一个朋友说，在这个世界上，能够做到令身边十个人愉悦的人，已经不多。植物，却几乎令所有人愉悦。

而在我看来，从一株植物那里，我们可学的东西，也并不比向一个人学习到的要少。

有次我在郊外，看见一棵受伤的老槐树，齐腰处的树皮被人凿去了完整的一圈，露出了本白色的树身。我想它是肯定活不长了。等下次我再经过它时，我看见它的上半部分的确是死去了，但是在挨近地面的地方，它的叶子重又爆发出来。绿而茂密的，像围了一圈冠冕。

生命是如此顽强。这树又活了。

有时我出门散步，最喜欢做的，就是抬头看人家的阳台。如果有人家用植物把阳台围成绿色的一圈，我总是很高兴。下次路过一定记得再看一眼。好像在心里已经把那家人当成朋友了。我辨认着那些花草,就像在人群中辨认一个人。

城市,往往给我一种繁华之中掩不住荒凉的气氛。而养了植物的城市人家.荒凉气是要少一些的吧。

看见一株植物,我总是想知道它的名字。而我总是无处可问。这几乎成了我最大的遗憾。连我自己养的七八种植物,也有一半是不知道名字的。我向人谈起它们,只能说,“那盆叶子像散开的孔雀尾巴的”,或者,“那开了两朵背靠背的花的”。

植物的名字,是先天而神圣的。我不能够贸然赋予它们一个。

就像一个陌生人的名字总是带给我更多的想象一样,我喜欢想象那些名字奇特的植物:雷公根、桫椤、鸭脚木、地涌金莲……

也许我早已经见过它们了,只是对不上号而已。这倒更好。

有时我拿一本植物图谱,看着看着却昏昏欲睡。我感到这太隔靴搔痒了。植物,是必须和它面对面的。

了解一种植物,你能够做的只有:呼吸它、触摸它,感觉它的气场。如果它不在你身边,那么四季不断地去看望和观察它。你真正热爱上一株植物所花的时间,绝不能够比你交到一个知交朋友的时候要少。

你永远也无法从一本图谱里真正认识一种植物。即使那是一本权威的、世界上所有植物学家都必备的某本百科全书式的书。

我曾听说，世上有一种树洞，濒临绝望的人们，如果能找到它，就可以对着它述说那不可说的心思：思念、伤害、挣扎，以及欺骗……说完之后，用草封存那洞，人就可以重新开始生活。

这样的一种植物，是谁派到世上来的？谁，又不需要这样一个树洞？

如果你想快乐一个月，就去旅游；想快乐一年，就去结婚；想快乐一辈子，就去和植物做朋友。

是的，在一朵比小指甲盖还小的花，一茎比针还要细的春草里面，你照旧能够发现到生命的美与秩序。你看见的它们为生命的努力，比你在一个人身上看见的还要多。你从来不会看见一棵植物偷懒，你也从来没有听见一棵植物说——它活不下去了。

如果连植物也不爱，也许，这世上真就没有什么好爱的了。

我总是想起那个怀揣树苗坐在我家门口的人。人们都说，他是精神失常了。

但是他真的是精神有问题吗？

在我看来，他手捧植物的样子，就像一本启示录。只是那启示录是完全关闭着的。没有人知道，里面究竟写着些什么。

选自《散文》2000年第12期

那岛·那树

钟浩如

八百里洞庭浩瀚烟波里，赤山长岛是大湖中最大的一方孤土。两百多平方公里的红土壤质地的岛屿通体殷红如血，“赤山”即因此而得名。然而那岛缘何赭红如炽却在我心中久惑不解。未曾走出这片翡翠植被覆盖下的赤岛之先，我总以为她就是世界！一旦从时空上远离了她，感觉就有些异样了。

现在远远眺去，因水土流失，汛期湖水已浑浊发黄。在淡黄的万顷波涛中隆起一长列黛青的山梁，如青龙横亘于沅、澧二水的入湖口。它在水雾缭绕中翻腾起伏、将己身的幽香与清凉溶向大湖，大湖便通体饱和着赤岛的韵致，让湖滨万千年绿了黄，黄了又绿；醉了醒，醒了又醉。赤山岛原本就是洞庭大酒皿中一撮浸泡已久的催人亢奋的药引！

用淡水经万千年浸润而成，淡水刚从岩隙和雪峰中沁出，盈溢着山梁的体温，就迫不急待地从小溪涓涓淌来，向江河咆哮涌来。湖岛在她甘甜与清冽中愈显肥沃和酥松，这样就极具生命的养育力。哪怕偶尔从天上坠下一枚毛茸茸的小小的草籽，一不小心就会落地生根，就遇水萌芽，逢风蹿长，就可在不经意间撑起一片郁郁的苍穹。

洞庭湖最大的赤山长岛上那棵巨大的古树就这样告诉过我。

大约在一两千年前，赤山岛俟临西洞庭湖的一处山坳曾经在秋风中接纳过那枚飘坠的毛茸茸的树籽。那籽粒儿极小，小到甚至辨不出它将来是樟树，还是腊树？西山坳的土壤大约由位于更西边的江流顺势捎带而来，很肥沃，肥沃得攥一把泥土在手里也可控出鱼虾的腥味来。就这样，那枚树籽很幸运地坠落在湖岛松软而溢满鱼虾味的土壤里。经年沐月，便轻易地拥有了属于它自己的一圈圈渐大、渐清晰的年轮。从横截面看去，树的年轮和湖中涟漪是一样的形状，都是平面上一圈圈重叠扩展的波环。稍不同的是树的年轮将岁月定格在自己的心田里，成为一种呈环形排版的史诗；而湖中涟漪的波晕则逐波逝去，让你无法寻觅和谒问。

而树却是可读可谒的。湖岛上的那枚树籽在历经一两千次秋阳的朗照后，便长出了许多名不见经传的故事。它虬龙般的躯干俨若一股竖立盘旋的褐色波涛，波纹疏密有致，以此包装着中国最大淡水湖泊中最大岛屿上的一棵最苍劲的古樟！五六人手牵手围拢树胸，勉强能将人链合拢。在满目蒿草凄凄的湖滨野地，猛然间长出这么一棵又一棵莽苍大树，足见淡水湖岛造物的神奇！

古樟确是很老很老。老到连它自己也想不起在什么朝代误将另一枚别的树籽揽入怀里，让它的根系直通自己的胸腔扎入赤山的红土地！以至在古樟的胸腔中又长成一株苍苍古腊！人们这才以形释义，因了腊树的婆娑才将原来的古樟改唤为“樟生腊”。这在关于树的辞书上是绝无仅有的。后来，我打量过“樟生腊”的情形。在道虬的树干西侧，离地约十尺高的树桠中突兀出一杆胸径桶口般大小的腊树树干。树干既粗又直，将樟枝抑迫成水平方向扩展。于是，樟、腊两种树叶挤挤挨挨地同聚一树，在山风中飒飒瑟瑟。看上去腊树的根系不像扎在樟树上，两种根系并无生生共息的血缘关系。其实，将“樟生腊”改唤成“樟抱腊”更显准确。

现在，我们悠然漫步在樟腊树阔大的华盖之下。车虽停在离古樟二三十米开外的地方，却仍笼在“樟抱腊”清凉的浓荫里。刚才，小车在高低不平的山路上颠簸，第一次走近樟腊树，心中亢奋不已。照以往的览胜习惯，我的目光只在四周高高的山峰间盼顾。原以为心仪已久的樟腊奇树也定然如黄山松、庐山柏一般，只孤独地凌空占据一架山岚，高傲地耸立在风光旖旎处呢！正踌躇间，于三岔路口遇一村妇，她得知我们的行意后便灿然一笑，将嘴唇撮成一棵山葡萄，轻轻朝山下一努嘴。循她努嘴的方向望去，不远处的山坳有炊烟缭绕，在一青堂瓦舍处，阵阵山风中正翻滚着一垛巨大的绿云，那就是赤山湖岛上名闻遐迩的樟腊树！望着远逝的村妇的背影，望着山坳樟腊树巨大的树冠，我忽然觉出这湖岛上的人影、山影诚如路边的小花小草，都一样地亲昵可人，一样地平易之至！

昂首望去，古樟紧紧地抱着粗壮的腊树。环腊树粗大的枝干盘旋而上，古樟的东西方向各有一处粗糙而凹凸不平的磨盘大小的斧痕。一位世居树旁的老人告诉我，东边的枝干伐作了船帮，那木船在洞庭风浪中早已朽蚀；西边的枝干伐作了轧油的油墩，油墩也已撞损殆尽。此外，还有朝天的方向残留下一个空洞的、烧焦的疤痕。老人说，传说那一枝干早在他祖父出生前已在霹雳雷鸣中化作了一缕袅袅青烟。历史的沧桑其实并不遥远，原本就在身前身后缓缓演绎。古樟已成了洞庭沧桑变化的一个微缩的亮点！滨湖人总将洞庭湖唤作母亲湖，现在，母亲湖的宽厚秉性全由眼前这棵樟腊奇树承领着。你看，树身早已伤痕累累，却仍将过继的腊树儿滋润得郁郁葱葱！目睹此景，联想到曾经拜谒楼观古刹、前贤碑刻流连忘返的情状，便觉得拜谒古树别有一番情韵。楼、庙、碑虽写满沧桑，但它们的胸腔毕竟已经空索和凝固，成为一种凝重的历史！而立于这千年古樟的浓荫下，树干的表皮虽干枯，但皮层深处输往枝梢的淡绿色细流似在发出汩汩之声，古典的、生命的绿叶在长风里依旧飒飒吟唱。这就使人直观地感受出生命延续的鲜活气息！相形之下，使觉出自己生命的浮态和渺小。我躬身抚摸着它裸露于地表的虬龙般的根茎，想到遥远时空秋风中轻轻飘落的那枚树籽，顿觉脚下湖岛的酥松和温馨。难怪湖岛遍地褚红，原来那是一种血脉一般的颜色呀！湖岛的赤壤是有血有灵的，我信！

选自《散文》2001 年第 12 期

杜梨树

安 黎

杜梨树是很少见的一种树。出外野游,我倒挺留意它,但基本上难觅其踪影。极偶尔地看到一株或两株,却发现它那么瘦小、干皱,混杂在灌木林里,几乎被荒草埋没。

但杜梨树却给我留下抹不去的记忆。原因是杜梨树曾伴随我度过了又苦又甜的童年。我故居的门前,就站立着两棵杜梨树。说是故居,其实是两孔窑洞。窑洞前是片空阔的打谷场,场外则是一条深沟。在打谷场的边缘,在陡峭的沟岸上,那两棵杜梨树显得异常孤独。一棵很粗壮,两个壮年男子伸开臂膀,才能将树身抱严。另一棵相比之下略微单薄了些,但腰身也有桶粗。两棵树都很高,直直地刺向高空。枝叶谈不上丰茂,但也无枯萎状。它们都有一把年纪了。依我现有的一点生物常识推断,它们的寿命肯定已逾百年。它是谁栽种的?我一直想弄清它,但至今还未解其谜。它是曾祖父或曾祖父的前辈刻意栽植的,还是某一个乌鸦嘴里遗落的籽粒使其在此落地生根?如果它是人工的结果,那栽植它的目的又是什么?我心里只有疑问,却无答案。

我家门前的杜梨树春天开花,秋日结果。花是白色的,小小的,簇拥在一起,远望像树梢上斑斑驳驳的雪粒。花给人的感觉很朴实,无娇艳之姿,无喧闹之态。风一吹,星星点点的花瓣悄悄地飘落，似乎有那么几分害羞。秋风吹落微微颤栗的树叶，光秃秃的枝条举着一爪一爪的杜梨。杜梨是树的果实。它密密匝匝地高悬枝头，宛若无数双高举的婴儿的手指，惹得全村人都眼馋。于是，不少人拿着长长的铁钩，争先恐后地把杜梨从树上摘下来，拎回去放在锅里煮。杜梨有玉米粒儿那么大，与玉米粒儿不同的是它是圆形的，呈土黄色。煮熟的杜梨吃起来涩涩的，还有隐隐的酸味，稍不注意，一口咬下去牙根发软。

说杜梨不是果实吧，它又能吃，且一树杜梨摘下来，全村的老老少少都争着抢着吃；说它是果实吧，它仿佛又未进入正统果实的行列，似乎也未被人正眼瞧过。它不是野果，但有着野果的命运。家里来了客人，谁也不会端出一盘杜梨让客人品尝。城市的果摊没有它的位置，豪华的餐桌上也没有它的立足之地。它是任何一个人都可以以忽略不计的角色。

与杜梨不同的是，杜梨树却很受宠。人受宠了意味着升迁或发财，但树受宠了却是树的不幸。不知是物以稀为贵的缘由，还是因为别的，总之，我家门前的那两棵杜梨树不断被人赞赏或窥探着。一个又一个的木匠找上门来，鼓动父亲锯了它，然后卖给他们。在这些木匠的眼里，它是打造家具的好木料。它尤其适合做案板。它因木质坚实，做成案板后，刀剁起肉或菜来不留划痕，不泛木屑，主妇们深感满意。街边上摆的等待出售的案板，是不是杜梨木都号称是杜梨木，让那些不识货的买主屡屡上当。杜梨木在家庭主妇们那里有着好名声，可这种好名声被见利忘义者所利用，以至于形象越来越不佳。

父亲经不住木匠们的轮番诱劝，终于投降。他与一位木匠达成协议：一棵杜梨树换一架子车煤炭，另一棵杜梨树换一袋小麦。那时候我家八口人，高高低低的，个个都面黄肌瘦，其原因无非是缺少食物。吃顿饱饭是最大的梦想，也是最大的幸福。能用杜梨树换饭吃，在我们的眼里，仿佛已占了莫大的便宜。我们都拥护父亲的决定。

几位壮年劳力拎斧扛锯，来到杜梨树旁。在劳作之前，他们先蹲在一起抽烟。他们的表情是漠然的，仿佛在干一件毫无意义的事情。不一会儿，响起了锯子的吱吱声，也响起了斧子的咣咣声。从早晨干到下午，两棵杜梨树一前一后地倒在地上。不少人围着观看，就像观赏一幕等待已久的戏剧。

树被抬走了，根也被刨走了，只留下两个大大的土坑。我们每次开门观望，总有失去什么的惆怅，眼前一片空空荡荡，令人很有些不适应。

当我明白树也是生命的时候，杜梨树早已去世。它不是寿终正寝，而是被中途暗杀。它也许成了案板，也许成了某个油漆得明光闪闪的家具隔档，或者成了某些桌椅的平面。它不得不屈从于木匠的意志，在现实的需要中充当自己卑微的角色。

杜梨树没有了，但它却生长在我的心里。

选自《散文》2003年第5期

此岸花·上海荼蘼

钱红丽

桃　花

桃花难画，因要画得它静。我想，是因为桃花太热闹了吧，一刻也不安宁，所以难画。它不仅是难画的花，还是一种最易招惹是非的花。

在网上下载《桃花扇》看。侯朝宗在三月春寒的翠暖楼，遇着了李香君。一来二回的，稔熟了，于是，众人起哄，且寻纸墨，央才子赋诗送佳人。但见侯才子舒开宫扇，提起笔，一挥而成，乃七言绝句一首："夹道朱楼一径斜，王孙初御富平车。青溪尽是辛夷树，不及东风桃李花。"桃花入诗，暗含了士与妓之间，原来亦可以是这样的雅。再往后看，不到半盏茶工夫，香君微被酒醺，春色满面，侯才子觉得，伊比翠暖楼相会时更宜人，遂情不自禁……于是便突然闯入这样的句子："刘郎已入桃源内，带露桃花怎不开？"桃花，一旦步入此等境地，便一泻千里，往形而下的路上奔，污浊，猥秽，不复雅致了。桃花在孔尚任的浮华与升华里缄默不语。

桃花即便缄默不语，文人亦是爱的。自明清小说《桃花扇》、《桃花庵》，到古龙的《桃花传奇》、卧龙生的《桃花血令》，再到金庸的"桃花岛"、"桃谷六仙"、"桃花豆腐"。还有方方的《桃花灿烂》……

桃花，在古时候有一个不大入耳的生涩名字，叫“咸池”。古人指称桃花含有酒色之意。注定，桃花与色，最是纠缠不清。据载：孔子一日闲来无事，与几个弟子聊天，问他们最想干什么事。曾皙说：要在暮春时节，穿上新衣裳，约上几个朋友，到郊外河边洗洗澡，兜兜风，唱着歌回来。孔子高兴地说：咱们想到一块儿去了。

想想啊，暮春时节，正是春心萌动百花怒放之际。当然，这百花里更少不了“桃花”一说。孔子及其弟子们明明要去赏花寻色，偏不明说，却拐弯抹角说洗澡、兜风。到底是一句“穿上新衣裳”漏出马脚。男人观色，大抵是要打扮一下，“穿上新衣裳”的。

桃花的命，一路行来，亦不是太好的了。人们将不正当的男女关系说成桃花劫便是一例。桃花惹着谁了？都是三春花事，为什么不说梨花劫、杏花劫，偏偏要说桃花劫？“绯闻”之所以如此颜色，想必亦是自“桃花劫”演变而来。

这或许与桃花自身的妖容冶色有关——她的万丈璀璨，在流云天光下，让人甘愿存梦于此，注定了让你我迷乱；她的新鲜热烈，是果鲜衣暖，是美丽完满，是春意十分。但凡特别完满的物事，总不得善终。她的命，总不大好的。好比《诗经》里的句子：“桃之夭夭，灼灼其华。之子于归，宜其室家。”乍一读，仿佛有了喜悦与欢愉。其实，沉下去往深处想，便有了彻骨的哀凉。邓丽君早年唱过一首陈蝶衣作词的《人面桃花》，歌词已不大记得清了。或许，宣泄的仍是“一花障目，百叶穿心”的哀凉吧。

海　滩

一片凝固的海。被海选择，又被海排斥。

相对于海而言，海滩更神秘。它简单、唯一。无边的重复仿佛隐藏着来自另一个星球的讯息。

沙子只选择了沙子，正因为沙子下面一无所有，所以，海滩才包容了无限的可能性。

无论大人还是小孩，都喜欢在海滩上堆砌城堡和宫殿。一张白纸，更适合于幻想的飞翔。内心的宗教，足可以掩盖近在咫尺的喧响。

沙子逃离了大海，沙子只能和沙子挤在一起，用彼此的体温取暖。月明之夜，当大海在轻轻叹息的时候，沙子和沙子却躲在一边窃窃私语。

多少年来，沙子和沙子作为无数个体集合起来，使海滩作为一个整体与大海待在一起，让航行在海上的船只找到了故乡的灯火，听到了来自海滩的呼吸。

选自《散文》2004 年第 6 期

树犹如此

吕小华

花也很美，但是任何花都有周期，花期再长也有凋谢的一天，花一旦凋谢，就从世上彻底消失了，变成了另外的形态——譬如果实，也可能只是一地残花萎顿泥土。欣赏花的人具有艺术家的心肠，因为开花的过程虽然完整，唤起的美却是断片的，开花的辉煌似乎为了落花的伤感而存在。

树呢，没有关系，它永远在生长，绿叶满枝是一种状态，黄叶翻飞是一种状态，玉树琼枝又是一种状态；无叶也无雪时，旁生逸出的小枝杈也成了天空的装饰画；谁又能说开花不是树的一种状态呢？

树的美的确在于它们的姿势，不管是整齐的，还是散乱的，没有一棵树是完全雷同的。树的每一根枝条都在尽可能地向上生长，一棵苗儿让人联想到的是整个生长季节。即便树的生命终止，它的状态却不会终止。西部荒漠里的胡杨林会大片地死去，但枝干屹立不倒，立体的死亡凝固住一段时光，展示着无边的壮烈，令观者震撼。

因此，无所谓盛，也无所谓衰，欣赏树犹如欣赏生命本身，在无限轮回中前进。

小时候，在林边空地上，偶尔能发现一棵很小很小的杏树苗。茎杆儿瘦瘦的，还没有木质化，三两片柔柔的杏叶儿就坠弯了它。可是，别说它没有力量，因为这个小苗儿是顶破了杏核儿才出土的，那个杏仁还忠实地伏在根上呢。小孩子发现一棵杏树，都是欣喜若狂，想想吧，春来满树的杏花，秋来金黄的甜杏，都可以在自家门前收获，再不用拉着小胖去爬篱笆啦。如获至宝捧回家的小苗往往很快就蔫了，真不知道是哪里照顾不当。

后来长大了，走的地方多了，看的风景也多了。渐渐发现，树的本色只有在深山里才发挥得淋漓尽致。空山新雨后，寂沥无人时，它们的生命得到最饱满的滋养。厚茸茸的苔藓铺满了青石，也成了老树最有资历的装点。人走在濛濛山雾里，耳边风涛阵阵，心神清静，空灵迷幻中，恍如踏进前世今生的缘。

深山里的树，不理会人间的安排，恣情恣性地生长，上上下下，重重叠叠，藤可以缠松，柏可以抱槐；成排成行，成阵成海，各有各的威风。

人不能总是处在深山里，这是人的可惜之处，也是树的幸运之处。更多的时候，我只有从图像里去欣赏树。

曾经看过许多图片，都以荒原中的一棵树为素材。席天幕地的背景，孤独的姿态，前不见古人、后不见来者。似有呼啸风来，漫卷千古的愁绪霎那间也湮没了看图的人。

无论是傲岸，还是虬曲，孤立的一棵树也自有其不可凌越的气势。

在这里，我很想引用谁说过的名言来佐证，但是浮现于脑中的全是文人场景，李青莲对影起舞，辛稼轩拍遍栏杆，悼红轩披阅十载……

以树比人原有传统。庭前阶下的子弟若堪比芝兰玉树，怎不令门楣生辉？而老树堪比有德者，所以孔林中柏树森森，丞相祠堂也有黛色参天。

毕竟，树犹如此！

选自《散文》2004 年第 12 期

梧桐

晨义

或日光，或月色，地上大部分浓荫是梧桐的身影。如果你曾在风景自然的乡村居住，记忆的青瓦上就少不了这层厚绿。

苍苍梧桐，悠悠古风；
叶若碧云，伟仪出众。
根在清源，天开紫英；
星宿其上，美禽来鸣。
世有嘉木，心自通灵；
可以为琴，春秋和声。
卧听夜雨，起看雪晴；
独立正直，巍巍德荣。

梧桐之树，丰满不能把握，浑圆只可拥抱。因为他怀间藏着一张古琴。外表粗枝大叶，内里却聪明灵秀，雅致奇异。

梧桐有着音乐天赋，据说是制琴的良材。天然资质加上一段取纳万籁的经历，造就了梧桐的非凡才思和浪漫情怀。

首先是雨声。梧桐宽阔的叶子是为雨水而生。春雨的轻柔婉约，夏雨的激烈豪放，秋雨的忧郁缠绵……击落淋流之间，都化作千般妙韵，点点滴滴汇入生命的湖泊。湿润的梧桐啊，原来是被这样浸透和滋养。

然后是风声。北风之马嘶，南风之羊鸣，西风之虎啸，东风之龙吟……一一收聚在胸。有时树枝会折断，那正是随风而舞的激动。

然后是鸟声。燕子的新曲，麻雀的旧调，布谷的民歌，斑鸠的土谣……全都以传统的木刻存放。

秋叶凋零。而只有梧桐的叶子落尽，天空才可以完全呈现出来。

是谁打碎的
一块一块
巨大的
秋天的玻璃
从天而降
划破了
谁的脸
谁的手背

再往后，就是雪声。扑扑簌簌，由疏朗的枝子加以整理。我相信任何时候拍打梧桐，都会有雪花飘落头顶。

当然还有雷声，那带电的强音。

够了吗？如此深厚的艺术素养，难道还不够一张琴的需要吗？你看梧桐的年轮，清晰完整的金质唱片，记录了难以计数的乐谱。除了年轮，树木还有什么呢？换句话说，除了音乐，梧桐还有什么呢？

是古代一位采风的乐府吧，梧桐。他被丰富美妙的音乐所深深吸引，忘记回去复命。他走不动了，因为背负的实在太多。为一只蟋蟀，他清泪纵横；而一只蝈蝈，就令他热血澎湃。

他静静地站在那里，听啊，听啊，听天之音，听地之乐。他听到了河水的倾诉，听到了云彩的感叹……而且，他听到了人。最重要的，他听到了人所不能听到的声音。时间太长了，他的双脚长在一起，陷入了茫茫大地。或者还有另外的传说：知音不在，弹者故去；孤琴空立，久而化石；天地滋润，活为嘉树；丝弦已失，谁识此木？

等有一天梧桐平卧，掀去树衣，露出纯洁之躯，丝弦排列如江河奔流！你听吧，爱恨悲欢就滔滔而出，一发无收。

这样的梧桐，不拿来做琴，会有多么可惜。

不幸的是，一棵梧桐却成了我的书桌。仿佛被禁无期的囚徒，默默忍受命运的苦难。清漆之下，可见音波起伏，乐澜依稀。读书余暇，手指轻敲，其声深沉宏美，动人魂魄，那是志士不可更移的决心啊！若拍案而起，慷慨悲壮之音可使肝胆共振，书剑同声！梧桐的不幸，却成了我的大幸。

梧桐繁华，最终做琴的却是少数，因为弹者有限，闻者太稀。但梧桐就是梧桐，无论后来做了什么，其性未改，其质未变，其爱乐的身体和灵魂不死。只要你用手叩问，就一定能得到真实的回答。投入火中的碎片，照样发出烈烈的绝响。这才真正是梧桐的至高境界。

选自《散文》2005 年第 2 期

时蔬记

丁 纯

瓠 子

瓠子是苦的，甚至比黄连还要苦。淮北人常常说“像苦瓠子一样”，指生活艰难困苦。南方人，性格细腻，太细腻了，连瓠子都不认识。可是《诗经》里是早有记载的，也难怪，“诗三百，一言一蔽之”，说得都是北方的事情。南方人不了解是再正常不过的了。

“幡幡瓠叶，采之亨之，君子有酒，酌言尝之。”古人把瓠叶当成了下酒菜，今天看来，是很奢侈的一种享受，因为很多的人都没有见过瓠子。这样以来，我们对它就多了种猜测，赋予了很多的想象。实话说，它普通得像一条瓜，或者说，瓜普通得像它。

“手如柔荑，肤如凝脂。领如蝤蛴，齿如瓠犀。”我不说你也知道，这句是赞美美丽的女孩子的，姑娘的牙齿像瓠子的籽，晶莹剔透，让人多了份怜爱，并且笑的时候，还那样的妩媚可爱。是很难忘怀的了。

说点形而下的，瓠子的吃法不复杂，最好的做法是下面条，在苇子织成的席子上擀，苇子的清香和麦子面粉的清香融合在一起，清清爽爽的，美味之极。还有一种做法，就是做瓠子饼，将瓠子切成薄薄的丝，用面和葱花等和在一起，用油煎着吃，黄黄的外壳，软软的瓠子，质感不错。偶尔也有做成凉拌瓠子的，只是味道不是那么的好。

茶　豆

茶豆的样子像耳朵，扁扁的，硬邦邦的，至今，我不知道它的学名叫什么。大人们教着我们喊它茶豆，我们也教着比我们年轻的人，喊它茶豆。

其实，菜的味道都不是单一的，没有好的作料，就没有好吃的菜。我奶奶常说的是，“吃菜就是吃个盐的味道。”而茶豆更是这样，它太普通了，丝毫不高贵，所以想出人头地，就更加困难。有段时间，我们饭桌子上宁愿吃干巴巴的咸菜，也不让茶豆趁热闹。让它挂在枝蔓上枯萎一直到死。

它是小人物，小人物也有飞黄腾达之时。忽然有一天，饭店的桌子上有了一盘子茶豆，厨师弄得好吃，都吃不出它本来的味道了。就像远听电视里的歌声，都像宋祖英的。一看屏幕，才发现，连宋祖英的妹妹都不是。我们喜欢掩盖事物本来的面目，以为如果面对真实，就意味着不美，或者，真实的东西很难让我们直接发现美。

我至今也没有培养出对茶豆特别的爱好。正如番薯，儿时青梅竹马，真的要做夫妻，亲昵一番，总觉得不是个滋味。茶豆，依然是茶豆，呆呆站在园子寂寞风雨黄昏后。

芫　荽

它的小名叫香菜。广东人称其为芫丝。

我们家人，很多年前是不吃这个的，原因不清楚，可能因为它味道浓郁之时，有点像斑蝥的气体，怪怪的味道。其实，很多的食品首先是味道特殊才吸引人的。

后来，我们把它当作宝贝。一到春天，那一把芫荽的种子往空地上乱撒，它就到了发情期，一个劲地疯长，只要几天就满地的疯绿，也就是惹人心醉的那种绿。

我们连根拔起，整棵地放到一个小盆子里，放上少许的盐，拌上一点蒜苗。那种滋味就是用肥肉换，我也不肯的。芫荽很娇气，它的味道就是撒娇的味道，只是在喜欢它的人面前，稍稍露出点媚态，不像辣椒和大白菜那样声张。芫荽是一种不动声色，隐秀的美。

大白菜

它是村姑，一直没有出嫁的村姑，因此，它永远是朴质的。

到同学家，他母亲是山东枣庄人，中午吃菜居然是一棵大白菜的心，放上红红的辣椒……

那是美味。难得的美味。辣椒和白菜在一起是门当户对的，谁也没有高攀上谁。白菜，可能属于性格内向的女孩子；辣椒，就是东北唱惯二人转的，翠花或者春红之类的人。

我们年轻时谈恋爱，可能不喜欢找翠花这样的女孩子。因为既然是恋爱，就想脱离点现实。我们不喜欢太实际的女孩子，我们喜欢丹丹、佳佳等人。也就是说，我们在一定的时期，拼命拒绝大白菜，拒绝那种可以触摸到的真实。经年之后，我们发现，我们的生活离大白菜的要求是那么贴近，一切的浮华、渺茫都挤在现实的外面了，只剩下一把可以抓到的幸福。

选自《散文》2005年第3期

蝙　蝠

石　鸣

夜晚是另一个世界。一个单独的世界，而不是白天的延续。给白天涂上墨水，世界就是混沌的；而夜晚不是给白天涂上墨水，所以夜晚是明澈的。

夜晚的天使是蝙蝠。

很久以来，在人们错误的认识中，蝙蝠和老鼠都是紧密相联的。古人认为，蝙蝠是老鼠吃了盐变成的，据古书记载，在有些地方，蝙蝠更是直接地被称之为老鼠。由于这个错误的认识，人们对蝙蝠一直怀有偏见——当然，它的容貌不可爱也是人们不喜欢它的原因之一。中国人喜欢以貌取人，及于物，也是以貌取物的。蝙蝠长得丑，甚至有点卑琐，这就天生地注定了它的不受欢迎。对蝙蝠的厌恶之情在曹植的《蝙蝠赋》中有极为详尽的表现，好事者不妨找来看看。

然而与之相反的是，对蝙蝠的偏见和厌恶并没有消蚀掉人们对蝙蝠药用价值的放弃。《抱朴子》说："千岁蝙蝠，色如白雪，集则倒悬，脑重故也。此物得而阴干末服之，令人寿万岁"，《吴氏本草》也说，蝙蝠"立夏后阴干，治目冥，令人夜视有光"，《水经》更说，蝙蝠"得而服之使人神仙"。这些典籍的流传，不知让多少蝙蝠被阴干后让人送进了肚子里——这种药用价值使人们淡忘了它的出身问题和长相问题。中国人

“用”的哲学讲得好。就像对蝙蝠，虽然不喜欢，但并不因为不喜欢就不用——所以从某种意义上讲，蝙蝠是利用了人们的这种权衡利弊的空子苟活下来的。

不过对有些人而言（至少是我们这一代中的一些人），对蝙蝠的坏印象倒并不是因为它的出身问题，而是因为我们了解到了它很早以前那一段不光彩的历史，我们似乎从那场发生在鸟兽之间的战争中了解了蝙蝠的本性。在那场著名鸟兽之战中，蝙蝠的骑墙态度不仅使它失去了所有的朋友，并因之最终而失去了在白天生活、享受阳光的权利，成了终身夜游的孤独存在。对人类而言，只能在夜间生活也许是世间最残酷的惩罚——这不仅意味着你将得不到阳光的抚慰，而且意味着你将一辈子被恶魔笼罩着。

然而现在我们知道，蝙蝠是多么的冤枉啊。

事实是，鸟兽同人一样都是喜欢猜疑的，所以当蝙蝠向鸟靠近时，鸟们注意的焦点是它有牙齿而没有羽毛；而当蝙蝠向兽靠近时，兽们注意的焦点是它有一对翅膀一样的东西，而且它实实在在地可以飞翔。鸟兽们都深恐蝙蝠是对方派来的可耻间谍。可怜的蝙蝠于是只能像急流中的一艘小船，两边的岸都看得见，但两边的岸都靠不了，于是不可避免地陷入了漩涡中。由于人、鸟、兽都是自私的，因而没有谁从蝙蝠的角度来体谅一下蝙蝠们的无限苦衷。可怜的蝙蝠，上帝将它造成了这样，它摆脱不了自己的命运。现实的遭遇使蝙蝠明白，这个世界是颠倒的。于是蝙蝠开始颠倒着看看这个世界，在孤苦的心中，寻求一些自欺欺人的平衡。我们应该知道，蝙蝠并不是喜欢将自己倒挂在树枝上的。倒挂，那可不是坐沙发，不仅累（别说倒挂，你在家倒立一个小时看看，就知道厉害了），还有得脑溢血的危险，所以人的一个刑罚就是将罪犯倒挂。不过，由于人不常倒挂，所以偶尔一倒挂，反倒能看出个不一样的世界，甚至看出些世界的本来面目来。张艺谋在其不成功的商业片《摇啊摇，摇到外婆桥》的结尾，就让小男孩像蝙蝠一样地被倒挂着看这个世界，使影片最终给人带来了一点心灵的撞击。

蝙蝠对黑夜的选择是自愿的，而不是如我们以前所认为的那样是如可怜虫一般被放逐的。在黑夜里，白天的喧嚣和争斗都隐去了，缤纷缭乱的色彩也都隐去了，世界还原了它最朴素的面目，这一切是很契合蝙蝠的心境的。所以对蝙蝠而言，选择黑夜就像是返璞归真，是心灵的大愉悦，这也是它们为什么从不流泪的原因之一。另一个原因，是蝙蝠将自己的眼睛弄瞎了。为什么要如此自残呢？根据资料可以知道，多年来，蝙蝠一直没有摆脱（我想永远也摆脱不了）被人摆布、利用的命运。由于其名字中的一个字的发音和我们指称的吉祥沾上了边，蝙蝠稀里糊涂地在被我们责骂（如曹植的《蝙蝠赋》所言“形殊性诡”等）的同时，又成了我们的吉祥物而被我们广泛运用。人们不仅将蝙蝠两只或五只组合在一起，形成双福或五福的图案，还肆无忌惮随心所欲地将蝙蝠同别的东西联系在一起，丝毫不考虑蝙蝠是否希望那样。比如在一个叫“福在眼前”的图案中，人们将蝙蝠和古钱放在了一起——蝙蝠何曾需要钱呢？当蝙蝠看见它的形象被古怪地刻在式样古旧的雕花木床上，被人当作吉祥物崇拜时，它苦涩的心一定会如同刀割。很自然地，蝙蝠会联想起自己的命运来。这种联想是痛苦的，而且这种痛苦又是持久的，所以蝙蝠最终决定眼不见为净，弄瞎了自己的眼睛。这样蝙蝠就只能用声波去看物体了，这样物体就没有色彩好坏之分了，这样世界的存在就简单了，这样蝙蝠也在心中达到了对世界的希冀。在我看来，这是蝙蝠不用眼睛的最合理的理由。

用蝙蝠的方式把握世界，也是一种幸福。

选自《散文》2005 年第 5 期

天井里的小生灵

李　汀

四合院围成的天井。简洁、寂静、幽深……陪伴我童年的小生灵，一触到记忆的麻筋，就痒酥酥地痛。

蚂蚁赶场，天要下雨

一群蚂蚁从四合院北面街沿的洞穴里列队出来，向南面的一棵梨树进发。它们迈着小巧的脚步，不惊不乍、旁若无人地行进着。天井，静寂的黄昏，散漫的阳光。浩浩荡荡的蚂蚁让我在静寂的黄昏听到了它们远行的脚步，像那从风中奔驰而来的密密马蹄。黑色的马群，穿过天井黄昏的阳光，不慌不忙。我的脚步声，天井的几声猫叫，还有从天井灌进来的风，哪怕那风卷走了几片梨树叶，也没有惊动这只行进中的马群。我断定这是一支素质优良的马队。它们要开到哪里去？我来不及放下书包，驻足，行注目礼，检阅这支从我脚下通过的部队。

我捡来一片梨树叶，随手抛在了它们道路的中间。对这突如其来的袭击，它们毫无准备，它们的心思全在赶路上。它们有秩序地停下来。一只蚂蚁走上树叶，就望见了前面的部队，这只蚂蚁得意地摆动触角，向它们的伙伴传递着信息：不就是一张绿地毯嘛，兄弟们冲啊。部队又恢复了先前的秩序，抬脚、挥手，刷刷刷，整齐划一。它们穿过绿地毯就像走在金色的阳光下，骄傲，威风。它们对我的袭击不屑一顾，就像一支装备精良的部队凯旋归来，走在红地毯上一样。每每从童年的阳光里找到这些可爱的小家伙，我就要激动好一阵子，它们处变不惊的样子，让我崇拜和追逐。

童年的我还不满足对这只素质优良部队的捉弄。我从书包里翻出我彩色封面的语文书，霸道地横在它们道路上。对这本厚厚的语文书，这只黑色的马队没有打算要去读，有蚂蚁掉转头用触角同前进的伙伴们交流，队伍缓慢停了下来。有蚂蚁想翻过那本书，试了几次都摔了跟头。终于有一只蚂蚁翻过书脊，爬上了彩色的语文书，对书上的那一丝垂柳，对那同自己一样一身黑色礼服的燕子，这只蚂蚁感觉新奇，它有些不知所措，有点像热锅上的蚂蚁。另一只蚂蚁急急地绕过我那本语文书，又很快找到了前进的部队。它返回来，把部队重新引上了正规。这支素质优良的马群让我知道了任何障碍都阻挡不了它们前进的步伐。

爷爷说，这是蚂蚁赶场，天要下雨了。

像在搬家，不像是赶场呢，大包小包扛着那么多东西。我说。

对了，蚂蚁是不是知道要下雨了，它们要找一个遮风避雨的地方？趁雨还没来之前把巢穴搬到了梨树上。爷爷笑着点了点头。梨树的花已经开过，枝叶掩映青青的果实在风里摇曳。这时，梨树真是一个理想的遮风避雨的地方，它们要在那里做饭，要在那里睡觉，那里就是它们的家。我甚至想，蚂蚁选中梨树作自己的巢穴，是要去等那一树似锦的繁花和那蜜汁一样的果实。

爷爷的说法第二天就应验了。蚂蚁的长队还在行进，几朵乌云遮住了天边的彩霞，天井一下子暗淡了。我捡起我的语文书，去了南面的木楼。依着木楼窗户，我听见爷爷说，雨都掉起了，趁早把沙地里的麦子收回来啰。爷爷拿着弯镰出门了，我看到一颗雨滴分外晶莹，落在了爷爷脸上。那夜爷爷把沙地的麦子收完才回家，我早已进入了梦乡，我不知道那雨是好久成规模下起来的。第二天起床，雨就那么不急不躁地下着。天井北面街沿蚂蚁的洞穴已经被雨水冲刷得乱七八糟的。蚂蚁精灵地避开了雨水的洗劫。

蚂蚁赶场，预示天要下雨。蚂蚁的触角知道天上的东西。我抓起一只蚂蚁，坐在天井的石板上，残忍地肢解了那只蚂蚁，轧断它的细腰，剥开它的身体，想弄清楚蚂蚁知道天象的秘密。除了肢解的身体，我没有找到答案。偶尔我想，蚂蚁也有梦的，它们能知道天下不下雨，该是从一个美梦或噩梦里知道的。它们是彻底的唯心主义者。

我的童年对蚂蚁格外关注。把它们在天井北面街沿的洞穴捣开，给它们浇水，冲它们的家园。我在心里狠狠地说，昨夜总没有梦见今天有雨吧？我笑，蚂蚁到处逃窜。

对这一个又一个的恶作剧，蚂蚁的惊慌是短暂的，它们很快恢复了平静。家园毁了，它们会建设一个新的家园，最多是从一个洞穴搬到另一个洞穴，从一个草地搬到另一个草地。它们照常在下雨之前列队，扛着大包小包去建设新家。下次不一定还去梨树，其实，天井东面的那棵枣树下的草坪也很不错。我确信蚂蚁在天井是快乐的，它们在天井预示了一个又一个雨季。

而童年总是很短，天井散漫的阳光和可爱的小蚂蚁我已经很长时间没有看见了。我不再对一群蚂蚁感兴趣。天井外的许多东西吸引着我，我记忆里的蚂蚁正在一点一点消失。

可，这天我走在乡村土路上，突然间几滴晶莹的雨滴，落在我的脸上，低头一看，竟是一群蚂蚁，一如我童年的黑色马队浩浩荡荡，一如触到了我记忆的麻筋，痒酥酥地痛。多年来我从一个地方挪到另一个地方，不正像蚂蚁搬家一样吗？虽没有它们那么兴师动众，但也用了我大量的时间和精力。只要天要下雨，蚂蚁就要搬家，哪怕那个家是多么豪华和舒适。其实，我的内心和灵魂都像蚂蚁一样警惕和多疑。可我在许多方面又很迟疑，不像蚂蚁那样坚决。我希望我在未来的风雨中更像一只蚂蚁，不慌不忙、不惊不乍搬家生存。在下雨之前，把家搬到一个安全的地方。

蜘蛛织网，天要放晴

雨过天晴，该做点什么。蜘蛛从屋檐下大步跨到了它的那张网上。几天的雨已经把网打得支离破碎，它要好好修补修补。

织网这个细致活儿，妈妈做得很拿手。我的那身毛衣妈妈在油灯下几夜就织好了。毛线是那种劣质毛线，一层儿白线，一层儿蓝线，一层儿黑线，可颜色搭配错落有致，鲜艳。我这身毛衣穿到学校去的时候，师范刚毕业的小杨老师看得最仔细，她说，针脚真好，是妈妈织的？她很怀疑妈妈的针线能力。同学却说，我像一匹斑马。我喜欢斑马，颜色分明。这身斑马一样的毛衣让我看见了那铺在校园里的阳光。

后来，我看见小杨老师课余在织一件金黄色的毛衣。我猜那一身金黄穿到她男朋友身上，该是多么的幸福。穿身金黄色毛衣和女朋友牵手走在乡村的黄昏里，那又是多么值得炫耀的事情。我嫉妒那身金黄的毛衣，甚至有了入室盗窃的想法。几次去，小杨老师都是房门紧闭，我没有实施成功。我想，那件金黄的毛衣正铺展在小杨老师的床上，活泼可爱地正等有人穿起。

其实，爷爷织的那张鱼网更像蜘蛛织的网。太阳火辣辣的，青衣江的水流光溢彩，爷爷头上戴着一顶旧草帽，腰间系着笆篓，网搭在肩上，赤脚走在沙滩上。沙滩软绵绵的，太阳炙烤得有些烫脚。爷爷站在岸边凝望着河面，突然，他把搭在肩上的网向水面撒开，慢慢收起来，一两只鱼片便在网上跳跃、闪烁，一晃一晃的，晃得眼睛生痛。爷爷把鱼片从网上摘下来，放进了腰间的笆篓里。一次次地撒网，一次次地收网，青衣江上闪烁着耀眼的光芒。打一次鱼回来，爷爷都要修补好一阵子网，就像屋檐下的蜘蛛，雨过天晴，它就要爬上那张破烂不堪的网，修漏补缺。

说了许多与蜘蛛织网无关的事，回到蜘蛛织网上来。爷爷含着旱烟袋说，这雨下了好几天了，还不见转晴？望了望屋檐下那张破蜘蛛网又说，这蜘蛛还不见出来补网，雨还要下呀。

一场雨过后，蜘蛛知道天放晴了，就开始在天井的四角织网，先从后腿抽出丝固定在屋檐上，抽一根丝在四周环绕，然后又从边上拉一根丝沿已结好的丝走，走到中心拉紧，再用丝从中心走到边上，再在走过的地方加上一条辐线，这是蜘蛛使用的静力学原理。蜘蛛所拉的辐线把一个圆圈分成了等分的数目，每两根相邻的半径间的角度是相等的。蜘蛛的精确使它成了一个了不起的数学家。蜘蛛的智慧使它在天井的任何地方结网生活。

但，我不喜欢蜘蛛，我最喜欢的花蝴蝶撞到它的网上，它很快爬上网，把花蝴蝶用丝裹紧，用毒螯刺她，叫她动弹不得。当我用竹竿把花蝴蝶救下来的时候，花蝴蝶已经不能翩翩起舞了。我认为蜘蛛是个杀手。不管任何东西，只要撞到它的网上，就成了它的美餐。蜘蛛就靠那张修修补补的网生活。一位诗人写过一首最短的诗，题目叫《生活》，下面的内容就一个字：网。我第一次读，我就想到了蜘蛛。后来，我就想，是啊，生活何尝不是一张修修补补的网。生活不管你喜欢还是不喜欢，那张网张开，就要迎接四面八方的东西。你喜欢的不喜欢的，都会撞到网上来。

当然，雨过天晴，生活这张网也得修补修补，要像妈妈、小杨老师织毛衣那么操心用心，也要像爷爷织鱼网那么细致。

选自《散文》2005年第8期

一只改变我和动物关系的猫

习 习

蜜蜂发射腹中的刺保护自己，牵肠挂肚的一根刺，散发着花朵芬芳的复仇之剑，积攒了一生的毒素，就为了宁为玉碎不为瓦全的最后一战。蝴蝶受伤后，双翅分泌有毒的荧粉与来犯者做殊死抵抗。蜘蛛荡着秋千，等候过路的昆虫自投罗网，它给人类预备的是可以随时滴落的毒液，如果你对它有了威胁。打开花瓣一样婀娜卷曲的菜叶，蜷着身子的菜虫穿着半透明的青衣，用它以假乱真的伪装叫人心惊。

两年前，我还和动物们很远，怕几乎所有的动物。哪怕很小的虫子，为了生存，我以为它们都有与人类誓死决战的秘密武器。动物园里，背着美丽画屏的孔雀，单足栖息的白鹤，温静得不足以构成威胁，但我也怕。铁丝网的墙壁在我眼里还是太近的距离，远远的窥望，是我和它们最合适的距离。

文字里的它们叫人放心。人们用词汇编织更为密集的网，动物们被最惯常的拟人手法赋予喜怒哀乐七情六欲，它们真正的模样在文字里影影绰绰。孩子们有大量有关动物的童话和寓言。在《农夫和蛇》《丑小鸭》《西游记》《乌鸦和狐狸》《狼和小羊》里，蛇忘恩负义诡计多端，天鹅美丽羞赧，猴子机灵忠诚，猪自私贪婪，乌鸦阴险奸诈，小羊柔弱无助，狼凶险狡黠。小学课文《小猫钓鱼》里，顽皮的小猫不好好钓鱼，一会儿抓蝴蝶，一会儿抓蜻蜓，好在身边有个有丰富生活经验的老猫，它及时纠正了小猫做事不专心的坏习惯。与这个文章类似的寓意，早在南朝时的刘义庆已经用“管宁割席”讲出来了，都是发生在人之间的事情。很多年后，我对许多动物的印象基本都源于一些故事性教育性很强的文字。在这些文字里，动物的天性和特性被滤去，人们凭着自己的审美感受赋予它们美丽浪漫或者丑陋恶毒。——先前，这些人为的事情在我看来是无可厚非或者根本无须在意的，谁叫人是万物的主宰呢？

直到身边来了一只才二十多天的小黑猫，为了孩子，我接纳了它。两年过去了，我的内心生出一根新鲜柔软的触角，它蜿蜒伸展，我面前渐渐呈现出另一个世界，一个我一直视而不见的世界。现在，我仿佛随时能感知到，大自然的巨大画幅上，人类的四周，万物繁衍生息：卑微的虫豸、勤苦的飞禽、顽强的野兽……它们也像人一样活着。

对猫的不良印象来自门前留宿过的一只流浪猫。深更半夜不知它如何走到了我家门口。是一只发情的猫，彻夜婴儿似的哭嚎。或许相似的门道使她找错了她的情侣猫的住处。幽静的夜晚，它的哀嚎一声紧似 声，焦灼、绝望，令人不安、害怕。这叫声，把人类极力遮掩的某种欲望嚎叫出来，酽酽地在夜色里发酵弥散。这叫人尴尬和怨愤，我以为这是动物的不知羞耻之处。

另外，传说，如果看到一只黑猫无声无息从面前走过，你便会碰到祸事。人们害怕和厌恶黑暗的东西，黑色的蝙蝠、猫头鹰、嘎嘎哭叫的乌鸦均在人们的厌嫌之列。黑猫的命运，很像马达加斯加的指猴，因为它皮色黝黑，昼伏夜出，眼中散着幽灵般的光泽，人们便视它为有凶兆的动物。

但我对这只小黑猫的情感却与日俱增起来。起先，我怕它，小小的它，已经流露出了食肉动物的野性，它随时龇着尖细的虎牙，挥舞着锋利的爪子。周围的一切都令它不安。可它还很弱小，和所有哺乳动物一样，它要吃奶，喵喵叫着四处寻找它的母亲，困倦时会依偎在人的身上，像一个酣睡的婴孩。它开始激起我越来越多的爱怜，对孩子一样的爱怜。

关于老虎和猫，我一直有个好奇，作为森林之王的老虎为何被归类为猫科：后来的理解是，大约是猫的历史悠久、数量更为壮观的原因。但它们的外貌和永远难以驯服的野性也实在太像了。即使是家猫，还那么小，我已看到了它的虎虎杀气。它的身体结构给予它无畏者的勇姿，腰身弓起，双目圆瞪，怒发冲冠，耳朵被大风掠过一样贴在颈上，只要有威胁，它随时准备着以迅雷不及掩耳的速度出击。这是我在童话故事里没有看到过的威武景象。面对它的囊中之物，它依然表现出了凶猛野兽胸有成竹不急不躁的姿态，先是玩弄它，直到它筋疲力尽，再吞食它。

现在，我眼中的猫已绝非纸上那些不人不猫的怪物。它生动真实。皮毛下有和人一样的温存。它用不同的声音说话。它会感到孤单，寻找你的臂弯。高兴时会像小姑娘嗲着声音撒娇。它会皮肤饥饿，要你的抚摸。会在梦中发出呓语，像人一样仰面而睡、袒胸露腹——这是猫科动物才有的毫无防备的安适睡姿。和它四目相对，我会猜想，它是否也在探究我的心事。如果有更细腻的脸部肌肉，它也许会抿嘴而笑，蹙眉忧愁。有时你正专注做事，它悄然从你身边走过，你会有一种奇妙的感受，原来还有这么个小生物在你的身边。老舍笔下，猫在他的文稿上踱步，在文字间烙下一路漂亮的梅花印章，我想老舍是乐意它这样捣乱的。丰子恺的漫画，总有那么一只家猫，在一家人的合影前面慵懒地卧着，或者在大人们家长里短时，在一旁玩着毛线，温暖的尘世气息叫人心动。

另一个世界的一扇门被这只猫打开了，我想，这是我生命里一件至关重要的大事。各种各样的动物们开始在我心里活起来亲切起来，甚至花草树木，我对它们都有了感情。我的世界由此壮观丰满起来了。

但是，一直令我担忧的一件事情终于发生了。

夏天的一个深夜，猫夺窗跑了。春天起，它就开始发出和先前那只流浪猫一样的叫声。我知道了，那是来自它身体内部的事情，无可遏制。它在窗台上盘桓，楼下回应着另一只猫焦灼的叫声。它彻夜不眠，焦躁不安。在高处跳上跳下，嘴里发出嘶嘶的响声。我能听得出它的勇猛矫健，它已是一个体格高大的青年，爪子紧扣地板，落在地上时毫不拖泥带水。它坦诚暴烈，我无能为力。可是，我已经明白，像尊重人性一样，尊重动物的本性应该是人类文明的表现之一。

很多次，我想象它飞身下楼的情景。生死未卜，但它毅然选择了跳楼，它从高处下落，身体渐渐打开，像一张能飞翔的伞，它因此而不跌伤。这是我后来查看到的资料。原来，它的身体早已为它的各种遭际做好了准备。传说，猫有九条命，它的每一条命都注定了多次的冒险，相对比它凶猛和体格大几十倍的雄狮猛虎来说，它用自己的坚忍不拔和九死一生完成了另一个意义上的勇猛。

我不停地猜测着它出走后的情景，每一种猜测都增加了我对它及它与周遭关系的一种理解。它或许会加入野猫的大军，在月黑风高之夜，勇敢机警、目光炯炯，无声地奔突、拼争。

或者，某一天，它回来了，消瘦憔悴、毛发纷乱，像一个离家很久的旅人，谁都无法知道它外面的经历，但它完成了它生命里一件非完成不可的事情。最令我不安的是，它将不可避免地面对人，这种世间过于强大而喜怒无常的生物，在他们的义无反顾的欺侮和追杀之下，它会失去威猛的猫科动物应有的所有尊严吗？

选自《散文》2005年第12期

二十八日

王 梅

一条蚕的一辈子只有二十八日。

眠 起

读小学的时候，记得我们班里几乎每个人都养蚕，那时的孩子对小动物有出自内心的亲情，蟋蟀、蝈蝈、兔子、狗、青蛙、蝴蝶，什么都养什么都玩，不像现在的孩子只看书本上的东西。大家把蚕装在纸盒里带到学校，下课时就打开盒子，互相炫耀。我们喜欢管蚕叫“魔术虫”，以当时的年龄我们还根本没有理解这种生命的能力，都觉得太神奇了，不敢相信黑点般比蚂蚁还小的蚕虫从卵里一个个钻出后，日后会变成飞蛾。

二十多年过去了，我早已不再是当初的我，蚕却依旧如初。这是岁月一路漂流过来送给我的一份礼物。

今年春天，从丝绸博物馆买来二十条蚕。它们刚从蚕壳里钻出，个个如米粒。因为太幼小，给它们喂桑叶时，只能借助细棒之类的东西把它们轻轻放到桑叶上。我担心晚上屋里黑，怕它们在桑叶上觅不到叶子的边，特意把一盏台灯打开，给它们照亮。

去博物馆取桑叶时，与工作人员得意地说起这事，不料被他们笑道：“幼蚕没有眼睛，根本看不见，它们靠的是本能。”没想到我自作聪明，反而弄巧成拙。晚上关了灯，站在盒子边，我看不见它们，却能清楚听见蚕们吃桑叶的声音，细细地，像夜的私语。

不觉自嘲。我的那些担忧原来都是可笑的多余，忽略了它生长过程中裹挟着的力量。当它的表皮不能跟着身体长大、当生长受到表皮限制后，它开始断食，昂起头，一动不动地进入眠期，隔了几日醒来，蜕去一层皮。皮去净了，又开始拼命吃桑叶，沿着叶边一道道地啃，吃得只剩下几条经脉。它们像草一样静静地生活，不是进食桑叶．就是进入眠期，一眠一起，如此反复，经历四次。它们就好像是专心在做某件事的匠工，一心要把此生做得完满。

有些事情，只要心甘情愿，就能变得这样简单。

吐 丝

经历了四眠四起的蚕，一天比一天肥壮起来，而且体色越来越白，慢慢变成透明状，为即将来到的蜕变积蓄力量。它们身上渐有蚕丝泌出，伏在桑叶上已是丝叶相连。

这天，一只蚕停止了进食，它爬出桑叶，在纸盒里找到一角，开始吐丝，旁边还有一摊深褐色液体湿染了白纸。我的一点有限常识告诉我，这该是蚕最后一次体内杂质的排泄。生命的造化竟会安排得如此周全，它不让污渍有半点残留在体内，以此让身体变得更干净，这样吐出的丝不知会有何等纯粹、何等洁净。

第二天一早起床后去看它，见它还在吐丝。想想自己已睡了一晚，它仍在不分昼夜地忙碌。此时，蚕丝已密，丝丝相连织成一个椭圆状，蚕丝在灯光的照射下，根根闪着晶亮的色泽，蚕就被包裹在里面，通体透明。我不禁愕然，想到孕育婴孩的胚胎。

成语里有个词叫作茧自缚，以蚕吐丝作茧为比喻，讥嘲其自我束缚、丧失自由的行为。这个成语暴露了人的自负心理，殊不知在被包裹的丝里，蚕有蚕的快乐。这样的自缚是奔艰难的蜕变而去。

这天，在丝绸博物馆领桑叶，无意间看到介绍蚕的一段文字，说："蚕儿浑身都是宝。每只蚕可吐出一千两百米至一千五百米长的丝。"

一只不足十公分长的蚕，和它吐出的千米长的丝，两者的迥异，全在它身上发生了。

意　外

就在第二只蚕也要吐丝时，发生了意外。开始它找了纸盒一角吐丝，可是不知怎的，到了晚上，它突然更换了地方。第二天早上，它又换了地方，这会儿是爬在头一只已结好的蚕茧上。它为何要这样做？它肯定是找不到让自己满意之处，所以要不断地更换场地。令我担心的是，它前后两次丝都白吐了，这无疑在耗费精力。果然没多久，它从蚕茧上爬了下来，无力地瘫在一旁。

它吐不了丝了，做不了蛹了。整整两天一夜，它把体内的丝吐光了，却没有做成茧。它的体色一下黯然失色，如死人般蜡黄，吐丝前那种透明的身躯荡然无存。它的身体开始日益萎缩，只有先前的一半。它回不到从前，也走不向将来。临死的征兆就在眼前。

蚕结不成茧的概率有多少？我跑到丝绸博物馆问工作人

员。工作人员反问我说：你没有把牙膏壳剪成一段段给蚕做一个上簇的格？

我莫名地摇头。我以为蚕都能找个角去吐丝。

如果有个簇格，蚕宝宝就会很好地结成茧。工作人员反复告诫：找一个牙膏壳，剪成一段段，这是最简便的办法。

但是已经晚了。这只蚕蔫成一团，再也没有先前那种心志气高昂头吐丝的神态。它也许渴望离去，但缺乏勇气。它还想吐丝作茧，哪怕还有最后一丝。

一切都是注定的吗？不是。它结茧失败完全是因我之故。我以为以丝取暖的灵异之物没有不结茧的道理，我还以为自己对它们充满关爱，殊料因我无知，把它给毁了。

一只吐丝结不成茧的蚕，和一个失去了生存意义的人一样，唯一可选择的只剩下死亡。这样的死，终究是一种解脱。

蜕　变

所幸剩余的十九条蚕，总算个个安然无事，它们先后吐丝，然后一个接一个被茧密实地包裹在里面，慢慢地看不见了。一切都沉静下来，再也听不到它们嚼食桑叶的声音。它们在茧内正在发生怎样的变化？又是如何在变化？里面的隐秘就像看不见的某种物质，游离在看不见的空气里。

直到有一天，一只飞蛾第一个咬破蚕茧钻了出来，把蜕身而出的蛹壳甩在身后。

丝吐干净了，蚕变成了蛾，长出一对翅膀，扇动着快乐的两翼。

这样彻头彻尾的改变，叫人看了惊叹不已。难免要想，也许在梦里我们也曾有过蜕变的苍穹，像激情的山泉从高山冲下，刹那要把石块击成齑粉，像透亮的水珠，迟早要把石块滴磨穿孔。不过我们总在梦里，从未走出来真正经历过。当年高更由一名股票经纪人，陡然转身挣脱束缚，跑到南太平洋的塔希提岛作画，他说："我必须画画。"这样的人，如果要根究他何以要如此硬着心肠与从前判若两人，追求物质享受是不成立的，他恰恰选择某种意义上的贫穷，只想要必不可少的物质维持最基本的生活水平便心满意足。事实是，这样的人，在他体内存有远比自己意志更强大的力量，可以承受即使贫窘到极限，也要完成自己的突围，成就一场自我蜕变。

但这样的理念，凡人难以理解。大多数人都是毛毛虫，没有蜕变的坚核。

临　别

十九只蛾一只只破茧而出后，开始交配，产卵。这些卵最先为白色，随后变成褐色，最后凝成黑色，就像一颗颗芝麻粒。卵呈十九只蚕的N倍数以惊人的数量密密麻麻撒满了五个纸盒。盛大的繁殖远远超出了人的想象。

此时，产卵后的蚕蛾也快接近生命尾声。这日，盒里一只蛾开始躁动不安起来，羽翼像发疯似的上下扑打，发出很烈性的声音。等我下班回家，看见它已从纸盒里飞下来，落到阳台的地上。

它死了。想起老人们说过的话，蚕蛾下完了卵，是要飞走——自己找个地方死去。它自知期限。

活着与死去有什么两样？如果人活了一生就像不曾经历，那死也就更加庸常。有蚕那样的涅槃，是否是人的祈愿？

我看着它，不相信死对它来说存在的意义。

当晚，去宾馆看望一个朋友。见灯光奢华的大堂里有一个专卖店，专售手工苏绣。这些苏绣作品选材广泛，既有名家油画，也有各式风景画，色线丝流间弥漫出生活的情趣与精致。

一眼见到克里姆特的名画《吻》，已被绣好裱在镜框里，标价人民币三万五千元。问服务员为何如此价高？服务员说，这幅苏绣用了一年零八个月才完成。其实她只说对了一半，另一半应是这幅苏绣所表现出的意韵与油画原作已无二致：一样的恋人间的骨肉相亲，一样的为转瞬即逝的爱的伤感，像要把自己灵魂的秘密整个呈献出来。丝是从蚕的心里掏出来的，用丝作的画，也是从蚕的心里掏出来的。

选自《散文》2005年第12期

花开到底有多远

文　轩

刺　梅

窗台上那盆刺梅今年疯了，从元旦一直开到现在，这茬花瓣落了，那茬骨朵又开了。

刺梅是一位退休回家的老师傅临走时送给我的，送我时花茎仅像一个"光杆司令"笔直地伫立在花盆里，看上去单调也可怜。三年下来，刺梅倒是长得喜人了，最初的"光杆司令"已变成行影不离的一体"三姐妹"，枝叶虽不繁茂，但穿梭生长，起伏盘桓，点缀着结实的枝干，薄薄的宽宽的叶片显得肥实鲜嫩，衬着几朵玲珑的嫣红的灯笼坠，美极了。枝干上丛生着约一寸长的刺棘，不能碰触，尖利无比，似是刺梅在有意地保护自己。刺梅喜干，平时从没刻意地为它浇水施肥，没想到几年下来就长成现在这副模样。

刺梅常默默生长，偶尔开了花也是悄然绽放。小巧的灯笼坠一串串抬头挺胸、傲然枝头，让人欢喜到极致。你若仔细观察，会发现刺梅花瓣似是按部就班，花开有序，每棵花茎上方都垂立着两朵花，且每朵花又由两片花瓣组成，花心有蕊，蕊再结花，依是延递，让人遐想思恋，为刺梅感叹。感叹这世间花期皆有时，怎的刺梅却能独傲花群之间，虽无大雍大雅，但淡泊一隅，也能生几分姿色，长几分精神，散发芬芳默默，不失为小雅也。

刺梅看似平凡，却内敛含蓄，花开有时，花落无期。想盆中景、花之韵、世间事，能有刺梅之性情花和性情者已是不多吧。

闲着赏花间隙，那些灵巧的灯笼坠会偶有一瓣两瓣落下，落在盆沿，洒在窗台，同时也扑进我的内心，似乎还带着淡淡的幽香。那一刻，天好干净，澄明的碧蓝，映着阳光晒暖的心情，于单薄细润的叶脉间倒能捕捉出一丝不易觉察的悠长意境。

忽然就觉得，人生也许就这样了。自然着生长，顺着意愿的花开花落，即使偶有失落和寡漠，但能独享一处属于自己的晴空，逐渐而缓慢地蜕变着生命的本色，何尝不是一种积极而快慰的人生呢。

我们都走在同一条路上，或荆棘丛生，或拐弯抹角，一直络绎不绝。

百 合

喜欢百合的女子不止我一个，有很多。

因为百合淡雅、干净。

百合上市时买了一束，回家插在花瓶中。于是这个夏季的某一天，忽然就流动出鲜活的空气，让我于静夜小醉。

百合，素有“百年好合”之意，但世间祈祷百年好合者却往往最后都孤影成单人。当年与我在百合花下海誓山盟热恋了两年的男友最终弃我而去，却写下假情假意的薄诗以慰我心。

怎的一个情真？怎的一个意切？怎的一个泪瑟？怎的一个凄凉……

那会儿不免常想起这样一句话：“人也是烛，燃烧伴着流泪，有的烛在没有燃烧到一半便在生长雕像的地方凝固。”百合是不是正是千千万万个这样的人群有着这种悱恻的臆想才娩生出“百合”之花，希冀生活多些芳草少些悲伤？只是美好的愿望经不起一点狂风暴雨，在某处搁浅。

百合在小屋的一角静静绽放，也带来了这个夏夜回味后的悲凉。只是我仍独爱百合，只因她干净、淡雅，更是我初恋情殇的一抹“暗香”。

在那个春天的夜晚，我的爱情故事便越来越模糊，越来越遥远了。

选自《散文》2005 年第 11 期

向日葵（外三篇）

周公度

我家种过几亩地的向日葵，好像也没有怎样去卖过。逢放电影的时候，我妈就炒上好多，让我去卖。一毛钱一碗。记得有次放黄梅戏电影《三笑》，卖得最多，放《五朵金花》时也卖了不少。有两个和我一般大小的女孩子，还到过我家里来买。她俩是我家附近长得最好看的两个女孩，在班上时，我从来不敢和她们说话。我把她俩领到厢房里，她俩一人抓了一点儿，嗑了会儿说，嗯，就是好吃。于是，我多给了她俩一碗。

但是之后，她俩离我还是很远。我想了种种办法，也找不到办法和她俩再说话。最后，我无奈极了，便想着，以后你俩总要再来我家买葵花子吧？但她俩一直没有再来。我就埋怨我妈，说是她炒得不好。我姐就训我，敢说咱妈瓜子炒得不好，那你还四个兜里都装得满满的！我姐不知道，其实我在外套里面自己还缝了一个兜，也装满了葵花子。我想，如果哪天我在路上遇到了她俩，也可以主动给她们啊。当然，我没有给，我是那么小气。

她们中的一个圆脸的，扎的辫子特别好，我最喜欢她。另一个是鹅蛋脸，辫子也很长，我第二喜欢她。但我还是经常为选择发愁，如果结婚，我要先娶哪个呢？如果我长大后还是只能娶一个的话，我该怎么办呢？那就让鹅蛋脸的那个女孩子越长越丑吧。我给自己找下退路后，很是高兴了一阵子。可是那个圆脸的女孩子好像很瞧不上我，读初一时，她就和我一个同学谈恋爱了。许多同学还传着他们偷偷亲嘴的事。我听到后，伤心死了。

我去捕蚂蚱

外婆家靠河很近。沿着河堤去田地，是条近路。河堤上绿荫蔽地，可以暂且把草帽取下，彻底透透风。前些天的暴雨，使河水漫上来，淹没了河滩上的小树。太危险了，舅舅不让我下水嬉玩。河堤上的树丛间种着红薯，枝蔓领着大叶子在地上爬得顺顺滑滑的自然。窄小的土路一侧是排排蓊郁的白杨。路上有许多从树上掉下来的毛毛虫。有好长时间，毛毛虫和大豆叶子上的大青虫，我分不清楚哪个能变成蝴蝶。

从田里返回时，有时会折些尚青涩而饱满的青豆，带回去用盐水煮了吃。玉米我不太爱吃，我觉得啃起来整个脸都在为之使劲，特别累人。有一次玉米穗子还青，我掐掐颗粒，看是否还可以掰下煮着吃，却掐到了一个虫子，真把我闹心坏了。但我特别喜欢收玉米的时候，喜欢那些砍倒了的玉米棵，它们散散地堆放在地上。脚一碰，呼啦啦响，小的、大的蚂蚱跳个慌乱。我右膝盖旁有个疤痕，就是小时候捉蚂蚱时跌倒留下的。

我还喜欢摘棉花。早晨露水很重，田里人不太多，棉花需要到接近中午，露水轻了，才能去摘。我老把枯黄的棉花叶子弄碎，沾得棉花上全是碎屑。我舅妈说，你给我在田埂上老老实实地站好，要么就回去给你家自己摘！给我家自己摘？我那么差的手艺，我家的棉花还卖给谁啊。我是来给你家帮忙的！我爬在棉花地里，摘了许多青硬的桃子，站到田埂上，瞄准，掷远处的一棵树。我舅对我舅妈说，你真的没带绳子吗？

乱木头边

我家院子里有棵枣树，我爸说和他年纪差不多大。但我看最多和我年纪差不多。外婆家院子里的那棵枣树才叫真大，有一百岁的样子了，每年能结一布袋子枣，个儿非常喜人，有的都像小的核桃了。春节做馍，端午包粽子都不用买枣。离枣不远是表弟的小花园，种了五六种花，有棵小的柿子树，只结了一个柿子，已经把它给坠歪了，用绳拉着系在狗的窝上。大黑狗很漂亮，我连续喂了它两天，摸摸它的脑袋，还呜呜地要咬我，真是伤我的心。

院门口旁的水井边上，有几棵葡萄树，有两三岁了，搭了架子。旁边是一棵很高的无花果树。葡萄架的下面是个水井，每次轧井打水，都能想起炎夏时葡萄的甘甜来。院子里，水井还有一口的。只是那口井很奇怪，或许是用了太久了，水苦而重，很不好吃，但因为上水比葡萄架下的那个简便，就没有封上，洗衣服什么的时候用。我把大黑狗的水倒掉，换上这个不好喝的，它嗅嗅，甩甩耳朵走了。人心不古啊，它走路的样子似乎在说话。

黑猫在一堆乱木头上睡觉，脑袋拧着，抱着尾巴，看着怪怪的，也不懂它怎么能睡得下去。有个刚满月样子的花猫，不知谁家的，每天都来蹭饭。它长得太难看了，让人不得不给它些吃的。我家养过好几只猫，最久的也是个黑猫。它特别乖，聪明，也特别能生小猫，一窝一窝又一窝，眼看着七八年过去了，它老了，待它再生小猫，就留了一只给它做伴。但太可恶了，这只小猫长大后，每次吃饭都要它先吃，我姐一脚把它踢到了门外面。

野菊花开

有一年夏末，村里来了收野菊花的。说是一味中药。两毛钱一斤吧？我妈带着我姐，沿着沟渠，从我家一路摘到十几里地远的外婆家附近，再摘到我二姨家周围。二姨家离临县很近了。或许时间太长了吧，几天后，我妈和我姐回来时，收野菊花的已经走了。那摘来的野菊花干了后，还有十几斤重，我妈把它挂在厢房的梁头上。逢到雨天过去，我妈怕它发霉，时常摊开了晒晒，再重新放置好。这样过了好多年。

我从心里喜欢那些微小的事物，喜欢亲近它们，想和它们说话。以前，我家院子里种了几株夹竹桃，待花朵开得红艳艳时，我妈摘上一些，放碗底捣成泥状，用几片叶子给我姐包红指甲。一般是晚上包好，第二天早晨拆开。我喜欢摘夹竹桃的果实，两头椭圆，用手轻轻一捻，里面藏着的细小的种子便跳了出来。我把它们撒在院子里的每个角落，除去那些被麻雀和鸡鸭寻着的，第二年依然能存下许多。我姐就常常把脚趾甲也染成红的。

转眼二十几年过去了。我姐出嫁了多年。我妈耳朵也越来越不好使了，但还是喜欢说话，说得许多不爱说话的人几天见不到我妈就来我家找她。我姐来济南看我妈，说许多老家的邻居问我妈在外地有没有人说话。我妈说，这附近我都认识好多人了。现在是农历八月下旬，我妈说，七月整八月半，蚊子漫天转．虽然多．却也不如六七月的蚊子叮人厉害。她能说出许多这样的谚语。但从来没有再说起那年摘野菊花的事来。她不说，我记得。

选自《散文》2005年第11期

西藏的树

朱增泉

路边的小树

早晨从拉萨出发，沿着拉萨河河谷一路向东。这时吸引我注意力的，是拉萨郊外的一些藏民村落，都是石块垒墙。屋侧有院，院子都是土围墙。每家屋顶上都插有一面鲜艳的五星红旗，同时插有一把树枝，枝条上拴着五颜六色的经幡，在晨光里随风飘扬。

西藏人对小树的精心保护是超乎寻常的。为了防止牲畜啃食树皮、路人践踏树苗，在公路两侧每一棵指头粗细的小苗周围，都砌有一个半米来高的石栏圈。在西藏，要种活一棵树非常不容易，以至藏人对每一棵小树苗都要修筑这样一座石雕堡来守卫它。它表现出了一种什么精神？我想，它表现出的不仅仅是一种顽强不屈的精神，因为顽强不屈往往是同不怕牺牲联系在一起的。它所表现的，不只是要敢于顽强不屈地面对死亡，更要学会在高寒缺氧的恶劣环境中顽强不屈地生存下来，不断地长高、长粗，从小石圈内高高站立起来，笑对日月，迎风摇曳。

一路上，看着这些护卫一棵棵小树的石栏圈，让我一下子触摸到了西藏生活的厚重感。

林芝巨柏

林芝县的首府在八一镇，是雅鲁藏布江河湾里的一个新兴城市，远远望去，一片白色楼群，很有点时代气息。八一镇东郊有个巴结村，村北的南山坡上有一片巨柏林。远看并不起眼，走上去一看，惊呆了。其中一棵柏树王，树围十八米，树高五十多米。当地藏民把它敬为神树，天天有人给它献哈达，大树周围系满了红红绿绿的经幡，树前立了一块石碑，上面刻的是“世界柏树王”，当之无愧。不是一棵，是一大片。据专家测定，树龄最长的已有两千六百多年，真正的老资格了。两千六百多年是什么概念？它们从公元前六百多年就站在这里，那时候，秦始皇的爷爷还没有出生。它们在这里风风雨雨站了两千六百多年，夏商周秦汉，隋唐宋元到明清，人间多少兴亡事，它们什么没见过？这些老树，令人肃然起敬。

常言道，十年树木，百年树人。此话常被用来形容培养人才之重要与不易。它原是《管子》中的一段话：“一年之计，莫如树谷；十年之计，莫如树木；百年之计，莫如树人。”整段话的意思是说，做事要有长远眼光，谋事在先。要想成就大事业，培养人才最重要，对的。但若认为长成一棵大树很容易，错了。十年成材的树，都是些速生树种，木质疏松，做不了栋梁，也做不了家具，只能用来造面巾纸，擦汗、擦泪、擦鼻涕，至多做做三合板、火柴盒之类。真正的好木材，无一不是上百年、上千年才长成大树的名贵树种，用那样的木材做的高档家具可以成为传代之物。如今这样的高贵树种已越来越少，有的已绝种，价比黄金。但千万别再为了做高档家具去砍伐那些千年大树了，用轻便家具也很好。

我在别的地方也曾见到过一些大树，真叫人长精神。陕北黄帝陵的轩辕手植柏，那种非凡气势，撼人心魄，它让你觉得中华民族就是了不得。新疆南天山，有一片神木园。戈壁大漠边缘，耸起一座秃山，寸草不生。天山高峰处的万古积雪，融化成水，渗入地下，却从那座秃山的向阳面冒出一股泉水来，泉源周围长出一片树林。千年万年不为人知，忽然被人发现，了不得，人间奇观。我去看时，车子顺着一条坑坑洼洼的沙石路一路颠簸开上去，走近这些大树一看，惊心动魄。那些巨柏、巨杨、巨杏，千姿百态，惊世骇俗。我为这些树写过一首诗，里面有这样的句子："每过一百年／它们就会被狂风折断一次／然后再用一百年／重新站起来，活下去"这些句子不是虚构，是对这些千年大树的真实写照。每棵老树都像一条苍龙似的，一截一截卧倒在地，最后一截又直上云汉，苍苍莽莽。

在国外，土耳其老皇宫前的那两排大树，俄罗斯托尔斯泰庄园里的那些大树，法国卢瓦尔河谷古堡附近的那些大树，都给我留下过很深的印象。

一个地方有一棵或一片百年大树、千年大树，可以一眼看出这个地方的底蕴。我们对可爱的祖国、可爱的故乡、可爱的家园的记忆，往往是同对一些大树的记忆联系在一起的。

一个地方没有大树，给人的感觉没有底蕴，根底太浅。

藏族人砌起石栏圈守卫每一棵小树、敬献哈达经幡敬畏每一棵大树，这不仅是一种风俗，更是一种很了不起的精神。像藏族人一样守护小树、敬畏大树吧。

三棵树的来历

日喀则军分区招待所的地点叫三棵树，院子当中真的有三棵树，是三棵青杨，用石栏围了起来。晚上军分区宋景原政委请我们吃饭，说起这三棵树，他说这是老班子留下的，他们在这里工作几十年，种活了这三棵树，而且长成了大树，成为兵营的一大景观，我们要好好保护这三棵树。他说，当年那些老同志在这里种树不是种树，是种心，铁了心要在这里扎下根，待下去。

是啊，我们这支军队向来有个好传统，越是艰苦卓绝的地方，官兵们留下的感情越深。一旦要他们离开的时候，他们会大哭，抱住朝夕相处的战友哭，抱住他们亲手栽下的大树哭，抱住驮他们天天去巡逻的座骑哭，抱住军犬哭。一步三回头，车子要开动了又跳下来，不忍离去。他们即使回到了江南鱼米之乡，回到了繁华的大都市，也会夜夜梦回边关，梦回哨卡。我们的官兵为了向祖国承诺守土有责这句话，无一不是同他守卫的这方疆土厮磨得难分难离，把自己的汗啊泪啊血啊情啊一点一滴渗进这方土地里，把自己的五脏六腑七情六欲统统都交付给这方土地。当祖国需要他为这方疆土付出生命时，他义无反顾。

宋景原是穿着一身迷彩服来的，他刚执行完任务回来。他今年四十刚出头，头发已经花白了，皮肤也很干燥，高寒缺氧对健康的影响是显而易见的。他是原十八军军长的儿子，军人世家。十八军是二野的王牌部队，当年在张国华军长率领下挺进西藏，立下过卓著功勋。宋景原的父亲是张国华的部下，他自己到了成都军区，又把儿子送回西藏来当兵。这些老西藏对西藏的感情，不是用言语所能表达的。宋景原本来在条件较好的林芝部队，主动提出愿意到海拔更高的地方来工作，结果真的被调到日喀则军分区来了，这就是老西藏的家风。就凭这一点，就是英雄气概。交谈到这里，我站起来敬了宋景原一杯酒，当然只是用葡萄酒表示一下，我只对他说了一句最简单的话："你辛苦了！"

他真的很辛苦，军分区主要领导就他一个人在家主持工作。有几十台车到青海去接装备，按计划今天返回日喀则，他亲自去迎候他们胜利归来。他说，去接装备的干部和司机们太辛苦了，几天几夜在高寒缺氧的青藏公路上开进，要翻越唐古拉山口，人员装备车辆一点问题没有发生，安全归队，他很高兴，我也为他高兴。

唐柳

日喀则河滩里的一大片唐柳，又一次将我们领回到唐朝。

关于这片唐柳的来历，日喀则人赋予了它们浓重的神话色彩。说是，唐朝的一位公主远嫁到西藏来，从长安出发时在路边折了一根柳枝当拐杖，一路拄拐到西藏。公主来到日喀则，看到这片土地很湿润，把拐杖往这里一插，活了，千百年来生生不息，繁衍出这片唐柳。这则传说的真实性已经无关紧要，重要的是它反映出大唐在藏族人心目中留下的深远影响。

唐柳生长在年楚河河谷一处开阔的河滩里。这里的地势比周围低，避风，冬天能积起很厚的雪，夏季又有山上下来的雪水滋润这片土地，使这里成为喜温喜湿的柳树生长的一片福地。到别地去旅游，往往让你看一些人工景观，意思都不大。到西藏来旅游，最大的特点是能看到许多原生态的自然景物，使人觉得和大自然更亲近、更贴心，可以获得一点回归自然的感觉。在林芝看到了千年巨柏，到日喀则来又看到这些千年古柳，不免提醒自己，不要一不小心真的走到唐朝去，甚至走到公元前的年代去，回来时不认得路怎么办？

日喀则的唐柳与林芝的巨柏，两种风格。林芝巨柏使人想到傲然挺立的武士，老当益壮，不减当年。日喀则的唐柳却不是这样，虽然有的树干粗得十来个人围不拢，可是这些唐柳长到半人来高时，谁也不肯再往上长了，一棵一棵都开始伸懒腰，粗胳膊粗腿地往横向发展，一不小心就骨折了，断胳膊断腿劈叉在地，又重新长起来，还是不接受教训，还是往横里长，一棵树一大片。看着这些唐柳，很自然地就想起舞姿百态的盛唐舞女，一个个身段婀娜，舞姿婆娑。但这些唐柳看上去却比林芝巨柏显得更加老态龙钟，像是一群全都上了岁数的胖妇人在跳舞，跳的是盛唐时期的老年舞。她们一个个雍容华贵，身份显赫，却风韵犹存，人老心不老。在某一个重要节拍中想做一个漂亮的下蹲动作，又蹲不下，但意思有了。唐柳的实际年龄比林芝巨柏小得多，林芝巨柏是公元前生人，唐柳是唐代生人，相差一千几百岁。它们一旦谈起恋爱来，就很成问题，人们肯定会议论纷纷，别的倒没有什么，主要是年龄相差太大了，唐柳可以做林芝巨柏的孙女了，不像话。唐柳在巨柏面前真的不算老，她们显得老态龙钟的主要原因是身体太胖，个子太矮，腰太粗，这要怪唐朝以胖为美的观念有些问题。这也没有办法，唐朝实在太富了，生活太好了。

生活好了就要发胖，不愁吃不愁穿了就想跳舞，这是盛唐遗风，好现象。如今你到各个大城市的公园街头去看看，都是一群一群身体发福、头发花白的老太太，打扮得漂漂亮亮，穿着红衣服，拿着大大的红绸扇子，左一扭右一扭地在跳舞。石台阶上准有三个瘦老头在为她们敲锣打鼓助威伴奏，咚咚锵，咚咚锵。可能吵得上班族有些意见了，这一两年北京咚咚锵的声音小了、少了，改放磁带了。个别老太太本来不会跳，看得心热了，心动了，也想跳，动作跟不上，就一个人在房前屋后偷偷加练，向前跨三步，向后退三步，转过身来向左挪三步，向右挪三步，再转过身来把右腿撇到左腿外面向下一蹲，又把右腿撇到左腿外面再向下一蹲。每个动作都有板有眼，一丝不苟。练好了，就腰里扎着红绸带加入舞蹈队去了。笑容也多了，医院也不去了，再不喊心里发闷脑袋涨痛了，子女们省心不少，都说，这样好。

这样的太平盛世景象，不是盛唐遗风是什么？

当然，若是有空到小街小巷去走一走，尤其到农村去走一走，被各种揪心事弄得没有心思跳舞的老太太还不少。

选自《散文》2006年第5期

冬日青菜

顾村言

“青菜白盐粳子饭，瓦壶天水菊花茶。”

一直很喜欢板桥所撰这副对联，十四个字，六个名词，然而组合在一起却异常神妙，自己从中是可以轻易地嗅到故里老屋的气味的——甚至可以触着一个精神家园，此身此心皆为所安，所谓“咬得菜根，则百事可为”。

这对联所说的青菜可算园蔬中最平常之物，以至于我们那地方有时干脆就简称为“菜”，比如，儿时母亲若对我说：“到园子里拔几棵菜吧。”这菜倘不特意说明，指的便是青菜。

既为平常之物，自然一年四季都有，青菜种类极繁，有大有小，有先有后，春夏间有小青菜、蔓菜（或曰鸡毛菜），秋日则有高脚汤菜（茎较高，白色，腌菜颇宜），而冬日出场的则是一种矮帮子青菜，家乡称之为“百合头”——出门在外的老乡，若提起家乡的“百合头”——尤其是霜打过的，鲜有不作神往之色的。

“百合头”，外地似无此种说法，扬州、苏州一带的青菜有“扬州青”、“梅岭青”、“苏州青”等，上海也有“上海青”，都吃过，味道都不错，然而感觉似不及“百合头”——不知是不是童年滋味的缘故。或者也未必，过年回故乡，母亲用“百合头”烧上一碗青菜汤，怎么吃都是好吃。青菜吃完了，一碗没有青菜的清汤都可以倒在碗里，再吃下一碗饭去。母亲于是笑着说，“鸡鸭鱼肉不吃，光泡菜汤怎么行？”我头埋在碗里，回一句：“在外地吃不到啊！”

“百合头”得名大概还是缘其形近于百合之故，此菜菜帮极矮而肥，玉白中略有青色，一瓣瓣大大小小紧凑在一处，绝不分散叉开，是有点像百合的，菜叶自然是青翠色，半椭圆形，表面可以看到筋络，稍稍厚实，然而又不无泼俏，清爽如邻家新妇，温柔敦厚，处处拿得起，放得下，做什么都让人放心。

家乡有一种说法是“腊月里青菜赛羊肉”，说的也就是“百合头”。这种菜一定要打过霜才好吃，若在霜前吃，则有一种青帮气，略略浮躁；经霜以后，叶子有些软搭搭的，然而食之却躁气全无，细嫩软糯，且略有酥甜感。

“百合头”在我们那里一般都是烧汤，洗净，嚓嚓切几下即丢下锅，只需油盐两样，煸至菜帮有些瘪了，便放水，烧开后小焖片刻即可出锅，极其简单——母亲做这菜沿袭了外公的做法，还会略丢一些生姜米下去（生姜剁成米粒状）。小时偶然吃到生姜米，总是要吐出来，很不喜欢，然而现在却喜欢上这样的做法，觉得尤有余味；也有拌百叶丝或豆腐的，一定要家乡的老豆腐，玉白色的，一煮那么多孔，与青菜在一起，白是白，碧是碧，可真是“翡翠白玉汤”。

每到冬天，三天两头都吃这玩意儿，但从来也没见人吃厌过，反倒是人家办喜酒，连着几天大吃大喝，常常有人乘着醉意忍不住嚷着要来一碗青菜汤——彼时的青菜汤简直救命汤一般，所谓“三天不吃青，两眼冒金星”，怎么可以连着几天不吃青菜呢？

人家办喜酒时除了“百合头”烧汤，也可切去有叶的半边，光留后半部菜帮子，细心地洗净（尤其是小菜帮里会有烂泥），然后在菜心中间划个十字，煮一下，出锅碧青中有些瓷白，很是温润——家乡称之为菜头，此菜头烧河蚌极佳，均煮至酥烂，鲜香异常，也有烧淡菜的，淡淡的海鲜味之外，别有一番清朗意味。

隆冬时节，青菜煮粥、青菜炒饭也往往让人多吃几碗。菜饭好些年不吃了，记得儿时吃菜饭往往拌以小块脂油，放几片香肠，青绿的饭上点几片红色，三下五下即可扒完一碗，吃完满嘴油汪汪的。

“扬州青”与“百合头”有些相似，唯不及“百合头”得平和之味，然而“扬州青”、“梅岭青”却成就了几味扬州名点，一是翡翠烧卖——用地产青菜取叶斩剁茸，再加猪油、火腿等调和而成，也真亏了清代那帮老饕能想出“翡翠”二字，这东西摆放在小蒸笼中有些像青石榴，温软又如碧玉，小小巧巧，面皮蒸熟后如水晶，馅心的嫩绿全透出来了，咬一下，碧浆香泛，咸甜适宜，毫不腻口，常常一个烧卖只一两口也就没了，几乎忘了吃的什么，直到尝第二个时才稍稍想起。

另一个是占肉垫青菜，占肉就是大肉丸子，即声名显赫异常的狮子头，是扬州“三头宴”中的一头，扬州狮子头上桌爱以青菜心伴之，红烧或是清炖均是如此，七八个狮子头在碗里排成一圈，中间点缀有碧绿的菜心，一点也不觉狮子头滞重，反而见其神韵与轻灵，食者筷子往往也最先奔向菜心。

这两样食品也许是可以代表扬州城市的形象的唐诗里的扬州有些像狮子头伴菜心，繁华之外，清丽隐隐可触；而如今的扬州还是以“翡翠烧卖”喻之最为相宜，并不繁华，但俨然“小家碧玉”，宜于平淡家居，所以也格外让人思念。

现在吃青菜，大概还是“上海青”为主，烧汤难酥，清炒居多，佐以香菇，青菜味道比家乡差些，但有菇之香顶着，所以觉得还能凑合。

小女喜吃里面的小小菜心，称之为“菜娃娃”，吃过了偶尔高兴起来，还会稚声稚气地朗诵：

> 青菜青，绿盈盈，辣椒红，像灯笼。
>
> 妈妈煮饭我提水，爸爸种菜我捉虫。

——倒真想有个园子种些青菜，让她捉虫，再看看“菜娃娃”怎么长大，只是不可得。

选自《散文》2006年第3期

海上花

鱼 丽

白玉兰

夏夜，上海人家的院落里泼了一盆盆的水，那凉四下里弥散开来，将热一点点地吞噬进去。院内的白玉兰树也捋着这股凉气，清丽可人地浸润在这夜色中。

白玉兰最宜和院落结伴，那从闺阁里透出的脂粉香，在夜空里丝丝缕缕地渗开，正可以让它沾染个满怀。一直觉得，它应该是夜晚的植物，在青蓝的夜色中，穿一袭立领旗袍，清丽、端庄，与养在深闺中的大家女子相似。“春季到来绿满窗，大姑娘窗下绣鸳鸯，忽然一阵无情棒，打得鸳鸯各一方。”周璇的老歌，一股脑儿地钻出来，是把这城市当作抒情小调来唱的。白玉兰那种端庄、妩媚，正要配着这种怀旧心思去听。

关于白玉兰的儿时印象是浅浮在梦中的，家里有盛米的大瓷缸，涂釉的表面浮着凸纹，缠绕着一些花枝，其中就有白玉兰。它在记忆这口深井里，唤起的是无瑕的美，让人感到某种纯洁。就是听人喊玉兰一词，也会觉得清新雅致，觉得她定是着月白衫，梳麻花辫的清秀女子。中国汉字组合讲究的是和谐，和谐即为美。玉，原本有着温良的气质；兰，则摇曳出一派旖旎的风姿，两字相合，再衬以“白”字的简洁，再是清雅不过。清人沈同有一首七言绝句《题玉兰》:“翠条多力引风长,点破银花玉雪香;韵友自知人意好,隔帘轻解白霓裳。”正是和着这一路的清雅之韵吟唱而来。后来知道白玉兰是上海的市花,觉得这花竟真是暗合了上海这座城市的女性气质,典雅温和,神定气闲。

十几年前在异地读张爱玲的文章,便遇到了生长在上海的白玉兰,谁知这花在天才作家的眼中竟是“邋遢丧气的花”。作家当时情绪失去了控制,顺手也抹去了白玉兰天然的温雅气质,以后再想到白玉兰的花开花败,也像一段长长的心事,内心免不了生有嫌隙。或许,这种典雅华丽注定是要遭到诟病的,它耐不了性,急切切地要把别人比下去,可身子却到底是凡间的,不能乘风归去。花期又长,让人看到熟厌,花败时,也不干脆利落地谢幕,仍不知趣地在枝头招摇,活该要招惹些笔下难堪了。

定居申城后,忙着读书、工作、买房、生子,竟是低头走路,无心望天。每次坐车,也只是默默地看着那阴灰街景,似已忘了这种城里的花。那日,从上图出来,沿着淮海路向常熟路的方向走,这是一条惯熟了的路,却不知怎地,突然发现沿街的地方有一排白玉兰。它与春天一起出场,那一树的白花,热烈而安静地悬在枝头,雪白、傲岸,像在吟着一首诗,又像高飞着的鸽子,扑棱棱地在树枝树梢处盘旋。花朵与花朵之间,又有着不合群的疏离,好似上海女子的脾性,争强好胜、不甘人后,骨子里总透着清高,拼了命也要挣出个头。它的那份要强心仿佛钢琴弹出的一个半高音,悬在空中,挣扎着不肯落下。

看这花,觉得自己像是已经看过很久了,从没有错过身似的。再以后,无论是走过院落、庭院、弄堂,都会不由自主地去找白玉兰，看它的花开花败、枝叶荣枯。觉得它的花朵里藏有神秘的身世，就像陈丹燕在《上海的金枝玉叶》里写的那些女子，命运多舛，不可捉摸。

颜文梁的画册里，也有白玉兰。那洁白的花色，像毕加索《亚威农少女》中少女白皙的脖颈。颜文梁的画并不新鲜，但是他怀旧，对处于角落里的这丛花树，他报以温柔体贴的眼神，叫人生出一种自然的感情，像是享受到了天伦之乐。花相与心情有关，它是画家的温柔梦，那它便也是梦了。

夹竹桃

春日的阳光渐渐地艳了，躲在一幅姜黄竹帘的后面，翻看《长恨歌》。光影渐渐移动，在屋里细致地描出层层的格子花，看着它，心中一片清凉。此时，书中那粉红的夹竹桃正在心头热热闹闹地开着。

曾是上海滩三小姐的王琦瑶，家毁夫亡，无奈中流落至苏州的邬桥。她此时本应心如止水。可是，可是心头的那棵夹竹桃，偏还是忍不住伸了出来。“她已经感觉到了上海的气息……栀子花传播的是上海的夹竹桃的气味，水鸟飞舞也是上海楼顶鸽群的身姿……她听着周璇的‘四季调’，一季一季地吟叹，分明是要她回家的意思。”夹竹桃显然是宜入文的，正好衬着上海小姐那副小家碧玉的样，榴红衫子湖绿撒花裙子，很有些讨巧的意思。

家乡没有这种花树，小时候是在小说中读到的。一个小女孩误喝了夹竹桃煎的汁水，中了毒。从此，对夹竹桃有一种隐隐的拒绝。后来才知道这个舶来的花树，原本是产于印度、伊朗的，因为它的茎、叶、花朵都有毒，从而注定它此生只能独

(毒)自美丽。

看洁尘的电影随笔集,《黑夜里最黑的花》,妖娆的文字,也是独自美丽的,一心要使人中毒。里面有关于夹竹桃的一段文字:“米歇尔·菲佛把许多白色夹竹桃泡在浴缸里,那些枝叶的断面会渗出有毒的汁液,这样制作的毒水,拿去害那个玩弄抛弃她的男人。”

夹竹桃算是出世的花。夏日里坐火车去福州,车行到南方,竹林,树木,农田、菜畦,漫坡的绿色铺天盖地。火车轰隆隆钻进一个涵洞后再钻出来,眼前蓦然一亮,绿色中簇拥出一排艳艳的花树,显出一派中国“闹”的意境,那种不带功利的,抛却烦忧的,绝对的闹。热热闹闹的红,是重叠青翠里的一个活跃,让人心境立刻开朗了。

一直以为夹竹桃只宜在山道间、乡路边生长,定居上海后,才发现这种花树极易见。公园、校园、街边、弄堂常能见到。从春末开始打花蕾,在初夏的阳光里,它们一天天地膨胀起来。在几场夏雨后,花骨朵儿咧了嘴,花就灿灿烂烂地开满了枝头。它的枝条是一蓬一蓬的,姿态却又极秀丽,浓浓地荫蔽了炎炎的夏日。

这种花树,在苏州河畔生长最多。它们密密地,不甘寂寞地,总是挤在一起,这棵与那棵之间显得很有情谊,是上海小女子间的那种情谊,相互之间是仿佛可以传递私房话的,可以商量计划的样子。它与那杨柳做着邻居,仍是一副小家碧玉的风情,总是要保持高昂的姿态,一心想营造一种氛围,然而却因底气的不足,计划搁浅,可在骨子里还是不肯就范的一副楚楚可怜的模样。

每日上班下班,经西藏路桥,拐弯沿苏州河岸边走,便能见到这丛丛密密的花树。路的另一侧多是一些破旧的厂房、仓库，看到这家常女子与这些老房子为邻，似也在俏丽中含了些淡淡的惆怅。

天暗了，暮色醇厚，有人在苏州河拍电影，船头的灯火亮起来，映照着河岸迷离，夹竹桃嚼碎了初上的月光，枝影横斜的河岸就有了无数光的碎屑。“我是景色，也是目光。”波伏娃的话在乳白的月色下浮起，像是给这河岸边的花做了很好的诠释。

选自《散文》2006年第5期

蟋　蟀(节选)

朱　鸿

地上的活物有大有小，人宠小不宠大，宠猫不宠虎，其所玩乐由血气定，从而西班牙人斗牛，印度人舞蛇，中国人斗蟋蟀。明宣宗便是著名的蟋蟀迷，而且对这种游戏极为娴熟，曾经密诏苏州府领导况钟为他进几个优秀角色。真是上有所好，下必甚焉，一时天下处处有人培训蟋蟀并组织其表演。

多年之后我才知道蟋蟀属于昆虫科，直翅目，以产卵繁殖，雄性善鸣而好斗。辨蟋蟀的凶猛，白不如黑，黑不如赤，赤不如青麻头，并以项壮者，腿长者，背宽者为上。察其病有四：一仰头，二卷须，三练牙，四踢脚，犯其一即不可用。然而小时候不懂，在蓖麻地红苕地韭菜地或墙根一带随便捉一个便令其拼，结果往往是败下了战场。装蟋蟀的器具十分简陋，往往是一个已经烂得不能饮水的瓷杯，有讲究的，也不过是一个灰色的瓦罐而已。底层铺土，以持地气，由于有养兵的意思，遂给吃栗子，吃馍，甚至吃苹果。这种游戏使人兴趣浓烈成瘾，然而不赌，不赢钱，纯粹自娱而娱人，大约是当时不开化吧！有一天晚上我到一家优雅社区找朋友，灯影之下，草坪之中，有蟋蟀徐疾唱和，不禁弯腰觅之，不料蟋蟀依然灵敏，一进入其势力范围，它们便噤声以防人犯。我蓦地想到故乡，遂心泛五味。我很久没有回去了，天凉了，不知道故乡的蟋蟀作何打算。

蟋蟀是避寒趋暖的昆虫，古人往往以蟋蟀对气候的反应表达季节的变迁，《诗》云：“七月在野，八月在宇，九月在户，十月蟋蟀入我床下。”它俗称蛐蛐，别名促织，谚曰：促织鸣，懒妇惊。农业文明以男耕女织为主，一年的生活都按季节安排。蟋蟀之音，预示秋爽秋萧天冷了，女人应该赶快制布做衣以备过冬之需，不然北风吹，大雪飘，一家大小穿什么，遂谓蟋蟀为促织。

选自《散文》2007年第1期

从黑暗中抽出幸福的嫩芽

肖建新

一粒种子，在进入泥土之前，先得采下天空上的阳光，雨露，流云，小鸟的踪迹，节气和农人日复一日的辛勤劳作。一个季节并不算太长，但种子必须用终身的等待，经受外界赋予它的一切考验。只有浑身饱满，贮藏农人满意眼神的种子，才有可能进入泥土，体味另一轮生命的魅力。

进入泥土，就坐在祖先坐过的那间暗房，种子才真正感到"留住我们的根"那句歌词的含义。那是主人老李的小儿子常唱的一首歌。怎样才能留住根，在未成为一粒种子之前，是无法深刻体验到的，它只能模糊地感觉到，根似乎就在身下，那些从泥土中向上传输水分的细小血管，在黑暗的泥土中伸展着躯体。自从被撒到泥土里，身上厚厚地盖了一层土，又浇了几瓢水，它才开始体味到黑暗的滋味，一个怎么也嚼不烂的词语老在周围徘徊走动。每一粒种子都像祖先一样，接过一种使命，就得安心于黑色的包围，煎熬内心并不平衡的调料。黑，又像空气，从每个角度浸入种子的内心，浸入它几乎处于休眠状态的体内循环，同时，黑，蒙住了它的眼睛，那双曾经看清天上一切的眼睛。种子，对黑暗的理解远比人类深刻。

其实，此时种子的内心是何等的烦躁，终日不见阳光，吹不到一丝春风，见不到一个故人，只有一些声音远远地传来，又远远地传去，惊醒有些沉睡的思绪。它得像所有的母亲一样平静下来，等待一个日子的来临，等待另一个生命的萌动，几天，一月，也许一季，甚至更长，但它必须得等待下去，直至那个日子的来临。

种子在泥土中渐渐平静下来，思考着自己与周围的一切。自己的许多兄弟，都没有机会来做一粒种子，来为一个家族传递密码，而是进入仓库或动物的胃，此时也许被分解成自己身旁的一些肥力，正眼巴巴地望着自己。更为不幸的是，许多兄弟在还未成熟之前，就被在一旁窥伺的虫子爬进了体内，偷走了那点微弱的养分。有些兄弟在回家的路上，被老鼠悄悄地运入了一间黑色的库房。想到这一切，这粒黑暗中的种子便有了丝丝安慰，自己毕竟是幸运的，有机会接过那根无形的接力棒，向下传递着时间的轴承。它想到了自己的主人老李头，脑袋发亮，在手掌细心观察自己的表情，姿势，眼光，他把附着在自己身上的一些尘土轻轻吹起，又在手心捣了捣，显然胜于任何一位父亲，它不由得充满了感激。

种子在怀念中，渐渐睡了，就像一位有些疲惫的旅客，在夜晚的列车上穿越时间的纬度，睡眠，或许就是自己的另一个旅程，它必须得踏上去，蒙胧中，它隐约感到了一些闷热，有些憋气，它急于想敞开自己身上的那层黑色的服饰，但他浑身无力。不知什么时候，它突然觉得凉了下来，浑身的燥热渐渐散去，它似乎也听到了一些树叶的声音，它明白老李在用一些树叶为自己遮荫。

种子在一场细雨中苏醒，它在黑暗中隐约看到了自己身体上的变化，有些地方有些胀痛，它知道自己正在临近一个日子，临近一场新的典礼。它咬咬牙，努力鼓起身上的力。它觉得内心有一把小手正在向外伸，正一点一点剥去身上的壳和身体周围的那些黑色，但那双蒙眬的眼睛还是无法睁开。

它又在焦急中等待了几日，黑色还是那样暗，就有些心慌了。难道自己永远也无法见到另一个天日，见不到故园，要像所有的兄弟一样回到泥土、变成灰粒？黑暗已经腐烂了身体的某些部位，痛苦已在身体里走了那么多回，还有什么不能承受？它记得老李的大儿子，大学放假回家，常在它的身旁读一本“生命不能承受之轻”的书，那时他和它对那篇文章都是疑疑惑惑，为什么不用“重”而要用“轻”呢？但它还未理解透彻，老李的儿子就离开了，而它也只好把这个问题带到黑暗中去思索。

什么是重什么是轻？种子这时候觉得这个问题太深沉。它还未是一颗种子的时候，看到飞鸟的飞翔是轻的，而飞鸟的翅膀是重的，鸟用自己的翅膀证明了飞翔的快乐，农人收获时的心情是轻的，收获时的脚步是重的，农人用脚步的重验证了心里的轻；太阳的声音是重的，是阳性的，把庄稼碾得越来越厚，月亮的声音是轻的，是阴性的，把那些阳性的喘息渐渐抚平；春天的风是重的，一口气把一种颜色吹上了山顶，夏天的雷是轻的，闪了几下才把一片云掀开；村庄是重的，走了多少个年份，还是没有换成城市，人是轻的，蹦跳的孩子才几天就成了大人，轻重各行其道，又相互交织，又有谁能将它们彻底分清？

种子渐渐觉得自己的身体里亮起了一盏灯，忽然间看清了自己的内心。原来，那些黑暗，并不是黑暗，只是光明的另一面，就像火焰点燃的瞬间，黑暗才肯离去。有了这些信心，种子并不着急，耐心地等待那一线光明的到来。

当老李最终揭开树叶的那一刻，种子刹那间睁开了眼睛，一切是那样的美好，天空，阳光，云彩，飞鸟，树木，还有老李，这些幸福的事物，终于从黑暗中抽出了嫩芽。

种子终于找到了自己的根，那些伸在地里的多只手臂。

选自《散文》2007年第1期

老工厂里的童歌〈外一篇〉（节选）

沙　鸥

永远的小鸟

一切都已过去，可我还是忘不了它当时的样子。

那时的我，已经不是最初那个书包吊在屁股上的小毛丫头了，再过半年我就要小学毕业升入初中。可是升入初中后，郊外路边的野酸枣，夏天树上那香香白白的洋槐花，那片让人想一想都酸的流口水的绿杏林，还有那些躺在鞋盒子里的发光的玻璃弹球，花花绿绿的纸画片，还有其他许多许多的童生的乐趣，都要和我们依依不舍地告别了。做了初中生，就意味着从此是大孩子了。大孩子们是不好意思再去玩这些流鼻涕的东西呢。

我第一眼看见这只雏鸟时，就是在这些童年的乐趣快要被时光偷走的时候。

爸爸跟我们说，它的妈妈是只黄鹂鸟。

黄鹂？就是那首“两个黄鹂鸣翠柳”里的黄鹂吗？我和弟开始惊讶眼前这团毛茸茸的“小线球”了。

它看上去像是对周围的一切都感到害怕。它那么小，也就婴孩小粉拳头那么大一点点。周身圆嘟嘟的，绒毛是嫩嫩的金黄，细细密密的却又很蓬松。它两只小爪子我们都没有看见，应该是躲在身子下边了吧。弟只用手指轻轻地触碰它一下，它就被吓得全身发抖。从它被风吹落在院子里，到爸爸捡起它捧在自己的手心，这只小黄鹂一直都没有睁开过眼睛。连它发抖时，也是闭着眼睛微微地颤。它还没有从刚才被恶风卷落坠地的恐慌里逃离出来。

我们都特别的心疼它。从院子里这么高的桐树上摔下来，它一定是受了很大的惊吓。

爸爸转身从厨房里拿来妈平时买菜时挎的一个深蓝色的塑料篮，倒扣在台阶上，正好可以做一个现成的鸟笼。他把小黄鹂放进了“笼子”。我和弟弟不再唧唧喳喳了。我们嚼好了馍花，放一点点在指尖上去喂它。可它还是不愿意睁开眼睛，也不肯吃我们给它准备的食物。我们把清水放到它的嘴边它也不喝，身子也是连动也不动。爸爸说这是小鸟不见了它妈妈，所以不肯吃饭。我和弟蹲在它旁边像哄小孩子一样轻声地劝它吃点东西。可它像是没听见，根本不理睬我们，继续着“闭目养神”。到最后，我和弟都有点耐不住了。如果它能听懂我们说的话多好。或者我们会说鸟语，那又该多好呢。

就这样，时间过了小半个钟头。

突然，头顶有了婉转的鸟叫声。这声音刚开始是动听的，忽然间，却一下子变得惊慌，而且叫得一声比一声急。爸走过来悄悄地对我们说，你们都别出声。听见没？老黄鹂在找它的小孩。

我们的小黄鹂这时像一下子睡醒了一样，两只小眼睛猛地睁开了，胖胖的小身子还连挪带移地在“笼子”里动了起来。它开始仰着毛茸茸的脖子向前面的树梢啾啾地叫起来，清脆稚嫩的童声特别的好听。我们这时都已经躲起来了，因为看见了站在树枝上的老黄鹂。

那是一位美丽的鸟妈妈。纤细的身子，嫩黄的羽毛，婉转的啼声。刚开始它是立在枝头的，看到我们都远离了它的宝宝后，就箭似的俯冲了下来，飞落在鸟笼前。它围在笼子旁边蹦跳了几下，啾啾啾啾地叫着，又把头探进笼子里轻轻啄了啄小黄鹂的羽毛，像是一位母亲在尽心抚慰自己迷路的孩子。这只雏鸟这时也紧紧地依偎着紧挨老黄鹂的栏杆，小眼睛里满是委屈和伤心。

爸爸说，有老黄鹂喂食，小黄鹂才会开口吃东西，不然就会饿死。咱们只有也捕到这只鸟妈妈，把它们放在一起，小黄鹂才能活下去。可只要我们一围上前去，黄鹂妈妈就扑啦一下又飞回到上面的枝头。这样来回试了几次，爸爸甚至连“少年闰土”捕麻雀的办法都使了出来，可还是没有用。鸟妈妈反应太敏捷了，我们稍有动静，她就会迅速地飞回去。

最后，我们没有办法捕到老黄鹂，鸟妈妈也没有办法带回它的宝宝。它立在枝头，一声长一声短的殷殷呼唤它的孩子，直到最后连叫声都声嘶力竭了。后来老黄鹂大概伤心过度，觉得自己已经是救子无望，最后哀叫了几声后终于痛苦地飞去了。

眼前这一切，仅仅是因为那阵无意间刮过的大风。

中午过后，爸带着弟去了外婆家。家里头只剩下了我一个人。哦，应该是，两个人。还有小黄鹂，它现在也应该算是我们家的一员了。

我把它从笼子里捧出来放在手掌上，细细地看它。它静静地待着，就像一只刚刚出生的小鸡。不过这次它却是睁开了两只小豆豆眼睛看我了。它的眼睛里充满了胆怯，担心。我心里不由得又多生出几分怜悯和同情。

我和它玩了一会儿，斜过头时无意间睨见了大门口的那只大铝盆。那里面装满了水，正在太阳下晒着呢。我们家平时会用这盆晒热的水洗脸，洗衣服。这时，一个突发的念头闪过了我的脑子。为什么不用这晒热的水给小黄鹂洗个澡呢？我欢喜地捧着它跑过去，弯下身子用手先试了一试水温。太好了，不冷也不热。我对着手心里的小家伙说，别怕，姐姐给你洗个澡。

我并不知道，这个新奇的劲头，将要带来一个多么不可饶恕的错。

我双手托着它的小身子，慢慢地把它放进水里。刚浸进水里了一小会儿，它浑身蓬松的绒毛就湿漉漉的粘在了它的小肚子上。我赶紧把它捧上来，拿出贴身的小花手帕帮它擦水。可是，这时候的小黄鹂又突然的恐惧了起来。它的全身开始剧烈地发抖，开始发烫！这比我们刚见到它时更加严重。它亮晶晶的黑眼睛也因为痛苦紧紧地闭上了，似乎已经失去了再去睁开的力量。

我突然间感到很害怕，隐隐的觉得自己像是做了一件错事。

只是几分钟，它整个身子就不再动弹了。这时我的心真是悔恨交加。我真怕它会因为我而死掉。我学着医生给病人做人工呼吸的样子，想掰开它的小嘴往里面吹气。可是它的嘴太小了，我竟然是一点办法也没有。只好用手指轻轻地摁它的腹部，一下一下地摁。如果它是因为不小心呛水晕了过去，那我摁一会儿它就会缓过气来的。它一定会醒过来的。

时间就这样艰难地一滴一滴地流着。

没有用。它最终还是没有醒过来。看着它冰冷地躺在我的手心里，我的后悔，自责，眼泪，伤心，一并绞在了一起，一点一点地绞痛着我即将长大的心。除了自顾自的呢喃着你别死，你别死，我不知道自己还能去做什么。

一只初生的小黄鹂，刚刚失去了妈妈，本来是可以想办法让它慢慢地好好地长大的。可是只几分钟，只几分钟而已，原本活泼泼的小鸟就这样从我的眼前消失了……

我伤心极了，流了很多泪。

如果爸和弟回到家，我该怎么跟他们解释小黄鹂突然的死亡。我该怎么说。难道帮它洗澡就是正当的理由吗？

这一切，都是我的错。

我把对自己的一切责备，心头的一切忏悔，连同小黄鹂一起，默默地包进了我的花手帕里。我把它们埋在了门前不远的地方，那片到处开遍盛夏的野花的泥土里。

时至今日，我仍旧很想念它。有一次夜半醒来，我忽然又想到了它。黑夜放大了我的脆弱，搅起了我对自己年幼无知的更深的忏悔。在这个沉静的晚上，我竟又像孩提时一样，趴在床上呜呜地哭了很久。

今年夏天的一个早晨，我在附近学校的水池边，无意间救起了一只因为着急喝水从进水管壁上落水的麻雀。也许，这是我无法想象的同一个生命的再世和轮回。

可是，我依旧还是忘不了那只小黄鹂。如果说出来能减轻积压在我心底的不忍和愧疚，那么我愿意让它们从我的心底静静地走出来。

如果你还活着
你也许已经忘了我

如是你真的死了
那你也一定还记得我
雏儿!
我就是那个夏天的孩子
可我的爱
它却害了你!
你在自己另一个王国里自由的飞
而你可知道
在漆黑的夜里
我却还为你流着泪

选自《散文》2007年第12期

姜花白

陈蔚文

姜花，写下这两个字，清气上行。岭南水乡地，豆蔻的儿女。我在广州朋友家头回见到姜花，或者说，头回对姜花留下深刻印象。进门柜上，瓶中两枝开得峭拔的花，其叶蓁蓁，暗香浮动，屋内其实装修普通，但门厅处有了这瓶姜花，一室变得清静可喜。

花就该有香的，白花呢，若隐若现的香，其他颜色的花呢，可香得稍稠一点。忖想下我喜欢的花，似多有芬芳，桂，梅，荷，还有栀子，茉莉，说到茉莉，我原以为它香气清淡，前年中秋，见街对面花摊上茉莉开得正好，买回两盆放在室内。

夜来，香气差不多是在袭击，本来夜晚会钝些的嗅觉被满室香气惊动。枕边，头顶，手伸出的地方，鼻子碰到之处，到处是围拢的香气。房间并不小，天花板也高，也许香气一直在往下沉——它差不多成固态了，密度大于空气，因此下沉。香得睡不着，香得几乎头痛，呼吸之间，香气从鼻子、瞳仁、嘴巴钻进，无孔不入，终于受不了，开窗，偏巧今晚无风，且香味浓成近固体，小微风推它不动！它们只管在屋里开得心醉神迷。热恋当口，如果茉莉也有性别，也可能它们为点小事拌起嘴，斗气使性起来，把屋子都快香破了！我被香气念了一夜紧箍咒，这才知道唐僧硬下心肠也很烦人。

过分馥郁的还有晚香玉，民间叫夜来香的童年夏天，邻家院里种了许多，晚上八九点钟和同伴在院里捉迷藏，有几回藏在大丛夜来香后头，我蹲在那，屏声静气，香气冲得人头晕脑涨。这种香以致留下后遗症，如今，即使白天见夜来香，即使隔几米开外，人也有点晕乎，浓郁的香气一直追我追到这来了。

白兰也香，家里有一大株，开时此起彼伏，有时不及摘就在枝上开过了头，花瓣扎撒着，像摊开手脚的八爪蟹。这时的白兰不香了，最香时是才开时，妇人用湿手巾盖了，五角钱一对，淡的浅黄，削了皮的糖蔗的色，女人佩在衣襟上，凉幽幽的香。

没有香味的花似静物。比方牡丹，它富饶，但有点端着，特为宫里画师摆出的姿势，谁叫它被封为“百花之王”呢，还曾被到处传唱，“有人说你娇媚，娇媚的生命哪有这样丰满；有人说你富贵，哪知道你曾历尽贫寒”——这歌词破绽可真多，谁说娇媚的生命一定不丰满，那杨玉环作何解释？还有，牡丹怎么就比别的花更历经贫寒？若说蕊寒枝瘦的梅，倒还让人信服，有林逋等人的诗为证。可牡丹，它哪像受过贫寒？活脱脱富家底子，四月洛阳城，牡丹开得惊天动地，倾国倾城。

不香的花还有白玉兰，上海市花，春天，苏州河边开了，小区也开了，修长的钟状白花，花萼处有抹淡粉，无香。见有诗歌讴歌它“那么香，那么浓！像春天炽烈的爱情！”，可我闻了三遍还是无香，此外我也看不出它炽烈，只是还雅洁，叫白兰的心性沉稳的姑娘。

还有同为木兰科的广玉兰，叶子肥厚，像橡皮树叶，高大，花瓣润泽，釉质。父母家院子有，从五楼阳台望下去，碗状花朵，每一朵都有它自己的分量。它也不香，说来，块头大的花好像都不香，反而细小的花香得多。可能是块头大的花香起来怕把人吓着了，香气一碗一碗，一盆一盆，会把人熏得趔趄。

海棠也不香，不然不会与鲥鱼一道惹恨。

山茶也无香。开起来奋不顾身，一开一树，有点痴厚。一树山茶不及一朵好看。白山茶有悼亡之意，开在巴黎青年阿芒的心上人玛格丽特的鬓边，把她风流后头的忠贞映衬出来，打开头，它就为她的肺病备下。

芙蓉也无香——可恨为什么有人偏用这花做网名，叫什么不好，偏和花过不去！芙蓉让我想到“明月照沟渠”。这花，与我有非同一般的感情，老外婆至今拿它当治百病的良汤，但凡发炎上火，煎一碗喝下，然后，她老人家就觉得渐次舒坦了，芙蓉花浓稠的汁液沿身体涤荡了一遍。

老外婆年年冬天要采芙蓉花，晒干，各家儿女分些，四季备用。我小时起就喝，加点糖，如果中药都能这个味，我很愿喝上一辈子。芙蓉药用不是没有依据的，它凉血，外用可治疮痈。芙蓉花煎服，这是外公留下的习惯，外公还通晓不少方子，他走了二十三年，这些年芙蓉仍是家里亲戚。

说回姜花，它气味简，静，雨水清新，东方迂回的白，但实际上，它老家竟在印度与马来的热带。为什么叫姜花，其实和老姜煲鸭的姜没关系，同是姜科而已，姜花是姜花属，生姜是姜属——听着有点像废话，但事情就是这样子。不过又据说姜花有多种，有种叫杜若，鸭跖草科，听来像屈原的兰草与史前鸭嘴兽的关系。

姜花喜暖湿，吴方言一带的江南见得少。岭南多姜花，主妇和鱼虾一道从菜市买回。香港的夏秋之间，姜花也遍处都是。有花贩怕花早开，把花苞浸于盐水，买回遂成“盲花”，不再开，青灵灵的苞就要萎去。如要破解，把花倒转浸于清水一小时，盐分稀释，花开就有希望了。

盲花，这多像被掐紫的青春，不，不是肉体，是心，是心有了久久不褪的淤痕。快乐的能力和开放的希望就要减掉大半。掐紫的青春也没法倒转浸于清水一小时，稀释伤害的盐分。青春比姜花残酷。

选自《散文》2007年第10期

蔬菜小语

胡　弦

芹　菜

在菜园里，与白菜萝卜茄子辣椒相比，还是芹菜最有美人相。

小时候吃芹菜，最喜的是芹菜炒肉丝。生活困难，肉难得一见，所以，吃这道菜，其志在肉而不在芹菜。但芹菜炒肉丝要一般待客时才有，宾客之间讲的是彬彬有礼，虽然肉好吃，但大人的筷子首先伸向的还是芹菜，只有小孩子专挑肉吃。芹菜有美人相，可惜小孩子既不懂礼数，也不解风情。

没有肉呢？平常居家过日子，就芹菜炒芹菜。

后来生活好了，芹菜炒肉丝几乎家家都可以放开肚皮吃，它却又渐渐从宴席上消失了。代之而起的是西芹炒百合。徐州的酒宴，一开始点菜，很少有人点西芹百合，一般是等到宴席的后半段，上主食之前，主人再加点两个素菜，这时候常有西芹百合炒上来。百合如玉，西芹如翡翠，有时再点缀几粒红玛瑙般的枸杞子，端得好看。几乎吃饱了的客人，骤然“美色当前”，又不免精神一振，夹两段在口里，脆脆嫩嫩，汁液从齿颊间流过，恹恹思睡的胃也像突然醒了过来。

从配荤到返素，生活质量在提高，口味，兜了一圈，又回来了。

但西芹已非传统的芹菜，这是近年来从国外引进的大型芹菜，叶柄宽而肥大，纤维少，品质脆嫩。不但在餐桌上，即便在菜园子里，它也渐渐代替了株形高而细长的传统品种。

有西芹，原来我们吃过的那些就叫本芹了。本芹，随种植地域不同，又分旱芹和水芹。我在北方，从小接触的都是旱芹。水芹生南方，《吕氏春秋》载："菜之美者，有云梦之芹。"这云梦之芹，就是水芹了。与旱芹的颀长高挑不同，水芹叶柄长，叶片大而翠绿，无主杆，根部硕大，是一团白茎，枝叶从白茎抽长，呈伞状蓬生，叶细碎而枝条纤细。

云梦之芹，多么美妙的名字，当春雨暖了江南，水沟旁，湿地上，绿油油的芹菜一片片鲜活地漫开，它蓬生的枝叶就像一朵朵浮动的绿云，天地间弥漫着芹香，那芬芳的气息，多么像缥缈的美梦。

旱芹生平地，水芹生江湖陂泽之涯。旱芹比水芹粗大，茎也硬朗爽直得多。旱芹秀健，水芹妩媚；旱芹是律诗，水芹是小令；旱芹是碧波荡漾，水芹是春水渐宽。

我到南京后，才吃到水芹，香气浓郁，比旱芹口感更好些。也有称水芹为楚芹者，因其过去多产楚地，其中又以蕲州最为有名。苏东坡被贬黄州时，到过蕲州，发现彼地芹菜味美，而他老家有道菜"春鸠脍"，其做法是用雪下芹菜的嫩芽，配以斑鸠肉丝炒熟。于是，他就把老家的菜改良成了"蕲芹春鸠脍"，即今"东坡春鸠脍"是也。

斑鸠是美味，宋朝时似乎比现在多得多，抓来炒吃，也不会有野生动物协会的人士来抗议。苏东坡在杭州时还发明过"东坡肉"。他在仕途上是个倒霉的人，但奇怪的是，放逐江湖的政治灾难却把他造就成了美食家。

芹菜，也有许多人叫它"富菜"，因"芹"音 qin，与"穷"近，所以反其道而行之。对贫穷的恐惧，使人在给菜命名时也风声鹤唳。

其实，“芹”与“勤”音才更近，近到完全相同。一畦畦的芹菜，看上去永远都是安静的。可在广阔的田畴里，到处都走动着勤苦的人。我的乡亲中，许多人名字里带个“芹”字，且以女性为多，是要借重芹菜的美人相，也借重其勤劳意。漂亮与勤劳，在朴素的乡村审美观里是不可分的。

芹菜长到粗大时，茎中会有空隙——芹菜是虚心的菜。李白：“徒有献芹心，终流泣玉啼。”杜甫：“献芹则小小，荐藻明区区。”都自谦得不得了。著名红学家周汝昌先生出了书，也取名《献芹集》。芹菜使人谦虚，而我们都知道，谦虚使人进步，骄傲使人落后。李白，杜甫、周汝昌，不是诗坛巨星，就是学界名流，他们的煌煌成就里，或许也有芹菜的一份功劳吧。

芹菜，与处于穷途的文人也似乎特别有缘。苏东坡创名菜“蕲芹春鸠脍”，他大概想不到，数百年后，一位身在南京的文人也爱吃这道菜，并因此自号雪芹、芹圃、芹溪。只是他在生活中比苏东坡还背运，只有文学成就一点也不比苏东坡差，写出了旷世名作《红楼梦》。

雪底芹菜的嫩芽，色泽清雅，娇嫩异常，是难得的美味，又像是人生或文学的隐喻。

姜

孔子无疑是姜的忠实拥趸，他在《论语·乡党》中说：“不撤姜食。”两千多年前，要做到每食必有姜，不容易，要知道那时候他的老家山东还不种姜，现在有名的莱芜姜才不过百年历史。不过，孔子周游列国，吃姜，自然比一般人便利了许多。

我怀疑孔子是个大大的美食家，因为他还曾说过“食不厌精，脍不厌细”，对吃如此严谨，已不亚于对待学术研究了。只不过那时还不时兴大张旗鼓地提倡美食，他在这方面的才能也就被儒学之名掩去了。

孔子会怎样吃姜呢？以他“割不正不食”的习惯，是否也要把姜切得方方正正呢？我有时猜想，现在的厨师在烧菜时，抡起刀板，把一大块生姜啪一声拍个筋断骨折，往锅里一丢，当菜端上来时，孔子会不会不下箸呢？我想不出来。想不出来就不多想了，面对香气扑鼻的美食，口腔的反应总是比大脑要重要得多。嗨，吃了再说。

但孔子吃姜，至少说明了两个问题：一是国人吃姜的历史不短，几千年了；二是姜的地位很高，毕竟能把大名写进《论语》的蔬菜，没几个。

姜属姜科，多年生草本，须根不发达，根茎肥大呈不规则状态。我们通常能见到的，也就是这不规则的根茎。我老家有人种过姜，姜棵的高矮，与小麦仿佛，叶披针形，一般不开花。不开花并非不能开，据说姜花还是挺漂亮的，在咱们这里不开，纯属气候所至，姜原产印尼一带，人家原是热带岛国居民，来到中国，类似于当年的知识青年下乡，受得委屈大了，推究起来，咱们心里难免还是会偶有愧疚的。不过，这且撇开了不提，毕竟味蕾需要，姜，还是要照吃不误的。

姜用作调味料，几乎所有的荤菜中都有姜的踪迹。由于生姜所特有的辛辣味可以去除鱼、肉中的腥膻气味，又可以增添独特的芳香，因此几乎无姜不成菜。姜亦可作正菜，没长成的新鲜嫩姜，少辣气，有甜脆意，用来炒肉，鲜美无比。姜还可作中药，《本草纲目》：“姜，味辛，微温，无毒，久服去臭气，通神明，归五脏，散烦闷，解药毒，益脾胃，发散和中。”我小时候感冒风寒，家贫，连ABC也买不起，姜就是ABC，一大碗姜茶下肚，汗出如浆，豁然病已。吴文英《杏花天·汤》中有云：“蛮姜豆蔻相思味，算却在、春风舌底。”姜茶微有甜味儿，到了词家笔下，不但甘香温暖，还能勾春引色、妙解风情。

为什么那么多的菜和药都离不开姜呢？值得深思。看来姜的作用，引申到社会学也是有意义的，比如某人被单位废弃不用时，也许就应该站在姜的位置上反思一下，说不定会有所觉悟。

姜，种类繁多，我偶尔到过一个与姜有关的网站，发现其关键词一栏列有：生姜、大姜、黄姜、老姜、菜姜、仔姜、鲜姜、沙姜、香姜、白姜、红姜、野姜、虎爪姜，凤头姜、阳荷姜、山东大姜、台湾肥姜……数量之多，看得让人头大。不过生活中所见，一般都是黄姜。黄姜香辣，气味浓烈，肉质结实，是姜中上品。但黄姜也只是姜出土后变化的一个阶段，其他还有新姜、老姜之分。新姜指刚出土的姜，皮薄肉嫩，味淡薄；老姜皮厚肉坚，味道辛辣，但香气又较黄姜为逊。新姜宜作配菜或酱腌，取其鲜脆。老姜除了做菜，还宜入药。鲜脆是情，老辣是道。情到深时化作爱，化作满腔欢喜；道行深了就是药，就是看破红尘，治病救人。

新姜惹人怜爱，宋刘子翚《咏姜诗》：“新芽肌理细，映日莹如空；恰似匀妆指，柔尖带浅红。”把新姜比作色泽细匀、微透淡红、半透明的女子手指，美妙得很。柳宗元的评价更高，“世人悠悠不识真，姜芽尽是捧心人”，他把新姜比作绝代佳人西施了。

有人把新姜比作少女，就有人把老姜比作少妇。俗语“老妞，干姜，越嚼越香”，话说得确实俗了点，但俗的道理却似乎特别有道理，心理学家菲尔德曼博士就说：“魅力比年轻更重要……成熟女性完全可以胜过年轻少女。”岂止有道理，史实也多有印证，比如三国时，一向道德胜过“美色”的圣人关羽同志，让他不能自持的女人是秦宜禄的老婆。曹操所喜欢的女人中，也几乎全是成熟少妇。吴懿的妹妹，原刘璋的儿媳。刘备打入成都，便把她娶来做了老婆。姜是老的辣，虽然脱去了许多水分，但味道浑厚宽容，多了内在的吸引力，比之于女性，就是风度卓然，芳香独特，魅力的附加值更高了。

古人把姜比来比去都是女性，但我以为，姜的辣，更近于雄性之美。新姜是美少年，是白马银枪；黄姜是张飞，刚猛忠烈，带着点莽撞；老姜是姜子牙，雄才大略又老谋深算。这不同种类的辣，都是肝胆，是心肠，是武功，祛的是风寒邪气，扶的是人间正道。

大　蒜

小时候，母亲出谜语让我们猜：“弟兄七八个，围着柱子坐，一说要下山，衣服都撕破。”让我们猜是什么，我和弟弟齐声答：“蒜！”

答得准确，不在于我们善于猜谜，而在于这谜面故老相传，不知多少年月了。况且母亲常常忘记，这谜他早已出过多次，我们没有记不住它的道理。

但我仍然喜欢这谜语，在于虽然是一些蒜瓣，却像好汉，类水浒传中人物。一帮兄弟呼啸下山去，干什么？自然是闯荡江湖，纵横人间，做惊天动地的事业。

在幼小的心灵中，江湖梦总是让人激动，而它就藏在一则谜语里，虽然我们吃的蒜瓣，总被母亲放在锅里蒸到熟香软糯，但那生蒜头的辛辣谁没领教过。有时遇见了大个儿的蒜头，就把它想象成了银灿灿追魂夺命的流行锤，敬畏得很。

大蒜，带着点野气，甚至带着点匪气，但更多的是英雄气。蒜的江湖，自然在台面之上，鼎镬之间，从青菜小炒到大鱼大肉，到处都有蒜的侠踪。近日天寒地冻，城市里吃火锅的人剧增，在热蒸汽的冉冉升腾中，总是听得有人说：来一碟蒜泥。

许多菜肴是缺不了蒜的，不要说大小宴席，即便是在旅行中，干饼冷馍，若得几瓣大蒜佐食，冷涩的味蕾也会即时生动。我想，人体内的五脏庙里，应该天然供着蒜的神位，蒜香不到，寝食难安。十道菜里八道有蒜，没有蒜的帮忙，咱们的胃口必然大面积陷入黑暗，而厨师们手中的大砍刀，肯定不会像现在这样耀武扬威，所向披靡。

蒜草莽气重，有股横冲直撞的味道，古人医书中说它“属火，性热，善化肉”，引申就是“辛熏之物，生食增恚，熟食发淫”。恚是怒，显然是乱性之物，所以《楞严经》列它为五荤之首，禁食。这个“荤”字，现在理解为肉鱼之类，其实肉鱼古代归“腥”，荤指葱蒜等蔬菜，看看它的草字头就知道，荤原是指蔬菜的。但我前些日子在一家寺庙里吃素斋，虽无鱼肉，却时见葱蒜，可见师傅们佛经还未读得通达。

蒜不会改其辛辣，入得寺庙，也应属鲁智深一党。鲁智深让人又恨又爱又怕，蒜亦如此。人们对待大蒜，总是充满了矛盾的。

比如，就其气味，有人呼为蒜臭，饭罢要漱口刷牙嚼口香糖；有人誉为蒜香，如蒜香蛏鳝、蒜香脆皮鸡都是名菜，宋人罗愿《尔雅翼》甚至记载“胡人以人蒜涂体，爱其芳气……”这“芳气”一词，值得为之浮一大白。

比如有人说吃蒜能致视力模糊，可有人又说它“初食不利目，多食却明”，意即吃多了眼睛就亮了。

比如蒜是配料，可在菜肴里地位重要，人们给菜命名时，又常常蒜字打头，无锡名菜蒜茸蒸蟹、江堰名菜独蒜烧石爬鱼皆是也。

比如蒜虽被认为是味重发热之物，可医家又说它“久食令人血清”。它气味不好闻，却又能去腥膻，“置臭肉中能掩其臭”。道理讲得兜兜转，转了一圈，又回来了。

说来说去，从思想深处，人们对蒜还是无法舍弃，所以蒜一直稳居在我们的菜谱中。又因其属于“有缺点的同志”，虽然也入得朝堂，大体上却还是民间身份，比如它很少出现在古人诗词中，一些民间小调如竹枝词中倒有它的身影。有一首竹枝词写得好：“夜半呕哑拨橹声，菜佣郭外听鸡鸣。青菘、碧蒜、红萝卜，不到天明已入城。”碧蒜，多么动听的名字，蒜薹清新，蒜苗可人，蒜在成长中，竟是如美丽的邻家小妹的。

蒜薹、蒜苗也有辛烈气息，但都是我所爱。虽然我一向仰慕君子之风，可面对大蒜却无法温文尔雅，有时坐到餐桌前也颇费踌躇，可美食当前，岂能放过，至于口气问题，也就只好“蒜”了。直至吃得满头大汗，像条莽汉，才知道这是自己的真面目，平时的西装革履一副精英模样，只是“装蒜”。

蒜中无绅士，但蒜中有真山水。它辛辣的鼓动和诱导，正是要见人的真性情。

苦　瓜

癞葡萄像什么呢？像手雷，美国鬼子用的那一种，椭圆形，表面有瘤状凸起。这是我小时候的印象。那时候，村子里也只有杨木匠家种它，在他家绿瀑似的篱笆上大大小小地悬垂着。杨木匠的老婆是他从外地拐来的，据说是个资本家的女儿，人像玉做的，瘦，皮肤比一般人白。她被批斗的时候，脸更白。后来我见到长条形的苦瓜，觉得她就是那样子。

我们去偷癞葡萄。杨木匠的老婆看见了，在院子里说："拿去吧，能吃的。"我们就朝她瞄准，把癞葡萄扔过去，嘴里喊："咚——"癞葡萄苦，我们尝过，不能吃。我们以为她在使坏，才把癞葡萄当手雷用。

过了近三十年以后，我才知道癞葡萄还叫苦瓜。我从城里回乡，杨木匠去世了，他老婆已是个瞎眼老太婆，脸上全是褶子，不再像玉，甚至不再像苦瓜，而像风干了的丝瓜。

苦瓜苦，有些人的人生比苦瓜还苦。在我的家乡，现在依然很少有人吃苦瓜。癞葡萄还是有人种，主要用作观赏。

我第一次吃苦瓜，是在四川的泸州。那是一道凉拌苦瓜，碧碧的，如翡翠。由于经过了处理，吃起来没想象的那么苦，淡淡的苦意在凉凉的感觉里洇开，很快就消失了，就忍不住再来一筷。我学会了吃苦瓜，觉得那苦意更类似于清爽的代名词。那几日间在青山绿水里留连，觉得彼地山水，都与这碧瓜有种精神上的通连。

再后来我在太湖吃到苦瓜，感觉依旧好，并且知道，在国内许多地方，苦瓜是被普遍种植和食用的。

在南京人的餐桌上，苦瓜很常见。大大小小酒家的菜单上，都有苦瓜。其吃法也多，如清拌苦瓜丝、绿豆凉瓜汤(苦瓜又名凉瓜)、苦瓜炒腊肉、糖醋苦瓜、干煸苦瓜、鱼香苦瓜、尖椒苦瓜、五味苦瓜、冬菜苦瓜，等等。

南京的历史上，曾有个叫苦瓜和尚的人，就是清初书画大师石涛。他是明皇室后裔，改朝换代后心中凄苦吧，所以取这名字。他在南京曾做过长干寺主持，后来归隐扬州，以卖画为生。据说他餐餐不离苦瓜，甚至还把苦瓜供在案头朝拜。苦瓜，在他那里已类似某种精神建筑，他住在里面，拉开了与俗世的距离。苦瓜的苦，其实含了不合作和孤绝的傲气。

与苦瓜和尚的精神寄托不同，现在的人吃苦瓜，更注重其营养价值。清代王孟英《随息居饮食谱》载："苦瓜清则苦寒；涤热，明目，清心。可酱可腌……味甘性平，养血滋肝，润脾补肾。"医家认为，苦瓜归脾、胃、心、肝经，有清热祛心火、解毒、明目、补气益精、止渴消暑、治痈的功效。大概苦能克甜，苦瓜还能降血糖。现在的高血糖病人，常被要求吃苦瓜。不但克糖，还能去脂。苦瓜里有种成分叫高能清脂素，据说减肥有特效，因此又常被营养师们作为减肥佳蔬向美眉们推荐。

减肥是件吃苦耐劳的事，常见的运动减肥法，是每天去操场跑个20圈，或者到健身房里折腾个死去活来。但现在不同了，吃苦瓜，仅仅就是吃苦，耐劳就免掉了，难度已减去一半。有苦瓜相佐，减肥也就不显得那么悲壮了。

肥胖之躯，仿佛富饶之国。苦瓜性苦寒，苦寒，类似于一种忆苦思甜的精神吧，像对身体进行的一次再教育。

苦瓜除了癞葡萄、凉瓜之名，别称还有很多：

如锦荔枝。这大概是指椭圆形的苦瓜，因其形类荔枝。清叶申芗《减字木兰花·锦荔枝》："黄蘼翠叶，篱畔风来香引蝶，结实离离，小字新偷锦荔枝。但求形肖，未必当它妃子笑。藤蔓瓜瓤，岂是闽南十八娘。"写得好。

如菩达、菩提瓜。苦瓜清心火，有佛性。苦瓜烹调时，还不会把苦味传给与它搭配的菜，仿佛有君子之德。君子之德也是佛性。

如红羊、恒菜。红羊美且活泼；恒菜似有深意。

如红缕鞋。苦瓜成熟时，瓜开裂，露出的是红色瓜瓤。

如红姑娘。这是我最喜欢的名字。表面有瘤和皱纹，怎么会叫做姑娘呢？还真的奇怪，苦瓜比喻姑娘，并不给人以丑的感觉。成熟中的苦瓜，有种锦绣般的诗意在里面。但你去生活中寻觅，又觉得找不到这么个人。红姑娘，类似一个梦。

选自《散文》2008年第2期

野蔬·山果

李国涛

明代伟大药物学家李时珍著《本草纲目》，人民卫生出版社出过校点本，内容极其丰富。我们普通人不必，也无力通读。但是，如果手边有书，偶尔翻几页，也颇有收益。我近来借得一册，两大卷，于是也偶把吃到的野蔬山果与它对照，看一看。老年多暇，觉得倒也有趣。

马齿苋

已故作家马烽的夫人段杏绵，把她院里长的马齿苋摘了两把，送到我家，请我品尝。她说这东西极易生长，吃也吃不完。我一看，认出来，这东西在徐州一带也多的是，野生的。我记得那一带农民把它叫成“马马菜”，没人吃，是喂猪的。农家孩子初学的农活是“打猪草”，打的主要就是它。她说她的儿子（是位有名的外科医生）患慢性肠炎，久治不愈，后来就常吃这个马齿苋，有效。我记起汪曾祺散文名篇《故乡的食物》里有此一题。汪说：“马齿苋现在很少有人吃。古代这是相当重要的菜蔬……我的祖母每于夏天摘肥嫩的马齿苋晾干，过年时作馅包包子。……马齿苋有点淡淡的酸味。”他说，味儿挺香。他还说，“三年自然灾害……那时，这是宝物！”我吃的却是新鲜的，没有晾干。吃法是，先用水煮三二分钟，然后切碎，拌酱油、香油、醋。我觉得味道真是不错，后来只要老段给送来，我就吃。大约吃过十次八次。

马齿苋入中药。《本草纲目》菜部第二十七卷里就有此药。描写其形，也与所见相同："叶青、梗赤、花黄、根白、子黑"。李时珍曰"其叶比并如马齿，而性滑利似苋"。我吃起来，觉出除了汪曾祺所说的"淡淡的酸味"，还有点"滑利"，其实是有点黏糊糊，滑爽。李时珍还说："马齿苋处处园野生之"，它真是太易生存，最不怕旱，说它"布地生"，大约就是不往高里长，只贴地面向四周发展，"人多采苗煮晒为蔬"，这与汪曾祺家乡的吃法一样。书里对它的药物定性是："酸，寒，无毒"。它可治的病很多，包括肠疾和痔疮、糖尿病、血痢等等。

醋林子·沙棘

经过科学开发之后，普通的果蔬草木都可以大大升级，身价高贵起来。我们喝冷饮，其中有一种叫"沙棘果汁"，是北京有名的汇源果汁厂出品，价格不菲。一度，央视的广告上几乎天天有它，有"维生素宝库""维C之王"的美誉。真是好得不得了。我指着图问孩子们，"认识吗？"不认识。我说，就是醋溜儿！他们想起了。他们记得，那是"文革"前或"文革"中，在太原西山地区，干旱的黄土坡上，产煤的山上，一路走去，两边很多这种植物。它不怕干旱，像酸枣那样丛生。不过当时看到的没什么叶子，秋天就长出柿黄色的小珠珠，有半个黄豆大小，圆的。通西山煤矿的几条公路上，跑煤的车极多。工人随手采集许多枝。小孩招手要，车上工人就扔下几枝。孩子们抢过一枝，大家分开。干什么？在那个穷困的时代，吃呀！那可不容易。枝上满是刺。孩子们要耐心地一个一个摘下。吃到嘴里，那个酸呀，不皱眉的人很少。太原人爱吃醋，就以“醋”名之。单说酸还罢了，它的刺多，通体都是刺。谁要想从枝上啃下，不能怕扎嘴。小孩子们当年实在是馋得不能忍了，扎也要啃，于是小嘴四周总有小血点出来。因为如此，小孩子也啃不完就扔了，你看它在地上，浑身满是煤灰尘土，没有一点鲜亮，而且可以说：很丑。那时，成年人没人会多看它一眼。

今年秋天，我到晋东南的平顺县去了一次。那里山高谷深，到处是树木丛林，几乎没有灰土。我忽然在公路边见到此物。原来它不是那么灰眉土眼，鲜亮，甚至可以说“光彩照人”。它有茂密的叶，丛生，约一米高。在浓绿的枝叶间，有时就在枝叶上面，一支一串果实出来了，大的约有七八寸长，如谷穗，如玉米，深黄而水灵灵地摆在绿叶丛中，真是美极了。问一下，本地叫它“酸溜溜”。回家我翻看《本草纲目》，发现还是太原的“醋溜儿”更近它的真名。《本草纲目》果部第三十二卷说，它叫“醋林子”，一转音就成了“醋溜儿”。李时珍说它“以味得名”。其性“酸，温，无毒”，“食之生津，醒酒止渴”。有些地方腌制后，当醋用。但这书上只说它生于四川邛州，并不确。查了一下，它在现代植物学上的学名叫“沙棘”，生于北方广大的干旱地区。除了食用以外，更重要的作用是防沙，保护土壤。山西有一位作家周山湖，在晋中下放过，后来曾替那山村想法“致富”，其中一条就是卖醋溜儿。问题是如何摘。他说，农民摘果的办法是，砍下来的沙棘果堆在场院里，等到冬天，沙棘果都冻成冰珠了。这时，只需妇女儿童，到场院里摔打枝子，果实就哗哗地落下。扫成堆，就等人来买了。但我不知后来这个计划实现了没有。

另一种胡麻

芝麻和芝麻油，是人人皆知的东西。它们简直是中国人的调味之王。我记得在1996年亚特兰大奥运会电视节目中，播出中国运动员就餐时，中国厨师为他们准备了一锅番茄鸡蛋汤，里面又滴上芝麻油，运动员一进餐厅就闻到这熟悉、亲切的味道，个个欣然。有个美国黑人厨师，闻到味，又见到这个场面，瞪大眼睛，露出颇为惊奇的样子。他大约不理解中国人怎么喜欢这种怪味。

芝麻又有多种名称。但我一直没有弄清楚芝麻和胡麻的关系。按说，很简单。《辞源》上就有这两个条目。《芝麻》一条说："植物名。本作胡麻、脂麻。晋石勒时讳胡字，改名芝麻。见'胡麻'"。而"胡麻"一条说："相传汉张骞得其种于西域，故名。又名巨胜、油麻、脂麻、芝麻……种子有黑白两种，皆可榨油。"这样说来，胡麻有四个别名，芝麻是其中之一。关于胡麻还有些小故事，或曰典故。《本草纲目》解胡麻就有这样的说法："俗传胡麻须夫妇同种则茂盛。故本事诗云：胡麻好种无人种，正是归时又不归。"这诗是说妇人想念在外的丈夫。周作人有名的《自寿诗》里有句云："闲来随分种胡麻"。周自云以半个出家人之身，去种胡麻，是随大溜。这里用的也是这个典故。但是他的诗里这一处是用胡麻，另一处是又用芝麻。后来胡适和了一首，有句云"打油莫待种芝麻"，用的也是"芝麻"。那么，胡麻、芝麻，应是同一种植物了。我们常见的白芝麻，在《本草纲目》里称"白油麻"。但胡麻的"气味"是"甘，平，无毒"，而白油麻却是"甘，大寒，无毒"。好像它们又不是一种东西。

下面，才是我要说的事。在山西太原以北的各个地区，也就是占了山西一半的地面上，还包括内蒙一部分，农民经常吃的食用油，也叫“胡麻油”。这种胡麻油可并不是芝麻油。太原也供应过这种油，我吃过。其色较芝麻油略深，也略稠。胡麻油可以炒菜，也可以生调蔬菜，可以烙饼，可以炸糕，做月饼。外地人吃不惯它那种味。我第一次吃到，几乎吃不下去。当地的伙伴说，“胡麻油嘛，多香！这地方，有贵客，过年节，才吃呢。”后来我才吃惯了，觉得也真是不错。小说家张石山对太原以北各地生活，简直是“大百科”。一说到胡麻油，他说，好吃。但是他说，雁北人遇到有人大笑，常讽之曰“吃油糕吃多了吧”。什么意思？因为用胡麻油炸的糕，要是吃多了，能醉人，而且能醉几天。醉态如何呢？笑，就是一个笑！想不笑也不行，直笑得脸上肉疼，还笑。要叫医生说，大概就是中毒，面部痉挛。我猜，胡麻这种东西，也许在张骞时代传来时，就有不同品种。一种是正宗芝麻或脂麻；还有一种一直就只叫“胡麻”，到现在还是只叫“胡麻”，只活在晋、蒙等地。

花椒芽

中药里有一味川椒，常用于治疗胃病。所谓川椒，就是四川产的花椒。花椒，北方各地均产。山西就多。我近来翻看《本草纲目》，原来秦椒就是花椒，李时珍曰“秦椒，花椒也。始产于秦，今处处可种。”还有蜀椒，即川椒。此外还有多种，大部分是作调味品的。且说山西产的上品名“大红袍”，以其色红而名之。我见到晋东南产，晋中的盂县也产。在“地椒”条目里引李时珍的话云：“贴地生叶，形小，味微辛。土人以煮羊肉，香美。”从语气看，他是指其叶而言，并对椒叶煮羊肉甚为欣赏。我在盂县餐桌上曾见过，在炖羊肉、炖猪肉或烧鱼的盘里，有一小枝、两小枝花椒叶，盖在菜上面。那就是先在菜里当调味品煮过的。我原以为这里盛产花椒，是点缀物。不知这是取花椒叶的味，而且是有来头的用法——李时珍记之于书的。但是，这是“地椒”之叶，还是普通的花椒叶，我当时没问过。总之花椒叶可食用，是好调味品，这是李时珍说的。

2008年我到晋东南的平顺县，才见到以花椒叶为调味品。平顺县古属上党。上党盛产药材，其中就有地椒一种。现在不知还是否有地椒。但是花椒多的是，山上野生的就不少。这是一个山高谷深的贫困县，风景绝佳，而工、农业都不好发展。当地在花椒上想主意。现在有“花椒芽菜”这种产品上市。花椒大家都吃过。一说花椒芽，大约吃过的人就少了，或者没有了。我就从未吃过。我见过花椒树，满是小而硬的刺。谁去摘那芽？而且，花椒多的是，尽够用，谁又稀罕那个芽？现在，就在这芽上打主意了。这芽倒也不是在花椒树上摘的，而是在大棚里撒种种树。树长到一二尺高，即可摘用数年，全摘嫩芽用。就像在城里在初春季节卖香椿芽一样，那芽就是在大棚里养的小香椿树上摘的。有关人员告诉我，在百姓家里也不常吃花椒芽。偶有食之者，是在花椒树上摘芽，细盐腌之而已。现在有工厂来做一种叫做“花椒芽菜”的调味品，调制上面有许多讲究，秘不外传。我尝过，浓浓的花椒香味，细嫩的树芽又有一种香味，加上辣椒酱，极开胃。听说还要再建两个制此种小菜的工厂，以满足市场需要。现在，这里的产品，已有专利，销路甚好，形成规模生产。这是李时珍也无法想到的事。

选自《散文》2008年第12期

动物之美(节选)

阳 飏

麋 鹿

麋鹿，也称“四不像”，因为它的角似鹿非鹿，它的头似马非马，它的身似驴非驴，它的蹄似牛非牛。如果有一篇四不像的文字，形式不像诗歌，内容不像小说，韵味不像散文，更不像匕首一般犀利的小品文，应该如何给这类文字归类呢？我梦想能办一份刊物，名字就叫《麋》——落日下的麋鹿，有一种锈蚀的青铜的美感，这美不仅仅是愉悦，更是压迫你的重量。留下一册两千言的《道德经》而后就谜一般失踪了的老子，我更愿意相信他是骑一头麋鹿离开人间的，这样，将会给后世的历史研究者、文物考古研究者、思想史研究者及诸多边缘学科研究者，乃至小说编纂者提供更大的想象空间。如果那样的话，老子就不只是一位哲人，而更可能是作为一位中国人原创的神学意义上真正的神，被香火鼎盛地供奉膜拜了。

迄今为止，我尚未见到过图片以外的麋鹿，即使动物园有，我也不愿意去看。我不愿意看见这似乎是由于计算而呈现出精美比例的青铜动物，在铁栅栏后面那毫无生气的肉体。

麋鹿，当落日坠落得和你处于同一水平线的时候，你就趁机消失了自己吧，锈蚀的青铜的落日，将携带着你沉重的呼吸和心跳，彻底坠入黑暗之中。

忍不住先文学麋鹿，再科学麋鹿。

从春秋战国时期始，对麋鹿的记述就不绝于书。《孟子》中记述，“孟子见梁惠王，王立于沼上，顾鸿雁麋鹿曰：‘贤者亦乐此乎？’”汉代许慎《说文解字》中有：“麋，鹿属，从鹿，米声。”晋朝张华所著的《博物志》中更有：“海陵县扶江接海，多麋鹿，千百为群，掘食草根，其处成泥，名曰麋，民人随此种稻，不耕而获，其收百倍”的记载——不用你移海造田，在生产力低下的古代，这些麋鹿似乎比拖拉机更管用。

及至清朝，乾隆皇帝认为，驼鹿或驯鹿就是古人说的“麋”，而“鹿与麋皆解角于夏，不于冬”。乾隆二十七年（1762 年）他写了一篇《鹿角记》，辨明世上并没有在冬天解角的鹿，鹿和麋都是在夏天解角的。可是《月令》为什么记载说，麋是在冬天解角呢？对此，乾隆皇帝一直未能“究其所由”。清乾隆三十二年（1767 年）冬季，乾隆皇帝从承德避暑山庄回到北京，忽然心血来潮，想起南海子皇家猎苑里那一群叫“麈”的大鹿，会不会在冬季解角呢？他派御前侍卫到南苑验视。果然，“麈”已经开始解角，御前侍卫将已经脱落的十五只“麈”角带回宫。乾隆皇帝一看，“乃爽然自失。”于是写下了一篇《麋角解说》。乾隆感叹不知道还有在冬天掉角的野兽，“天下之理不易穷，而物不易格者，有如是乎！”遂即命人把这篇《麋角解说》镌刻在从南苑捡回来的麋角上，以记其事。看来，中国历史上不但有指鹿为马糊弄皇帝滥施淫威的大臣，亦有说“麈”为麋知错就改的皇帝。皇帝不用包金牙说出来的话也是金口玉言，知错就改的皇帝给他的金口玉言倒像是又镶了一圈金边。

十九世纪中叶，在中国传教的法国神父大卫发现了养有麋鹿的皇家猎苑。他花钱弄了两张鹿皮运到国外，经鉴定，是当时欧洲人从来没有见过的一个新鹿种，因而轰动了动物界。后来欧洲人从这里弄走了少量麋鹿。可是在麋鹿的故乡——中国，十九世纪末叶的战乱彻底破坏了南海子皇家猎苑，麋鹿从此在中国绝迹。侥幸流落到欧洲的少数麋鹿，被英国一位贵族贝福特公爵收集起来，养在他的庄园中，才使这个物种在世界上幸存下来。1985年，贝福特公爵的后代与北京市政府、中国国家环保局协议，送还数十头麋鹿，让它们重返祖先的故居——南海子。这样，一个在原产地已经绝迹了一个世纪的物种，又被重新引进回来。

骑一头麋鹿离开人间的老子，几乎就要重返人间了——老子胯下的青牛变麋鹿，我这是指牛为鹿，自己装傻哄自己傻乐。

选自《散文》2009年第3期